Allemand

Programme 2025

mitreden neu

2de

A2 > B1

W0274089

Sous la direction pédagogique de

Emmanuelle COSTE
IA-IPR Académie de Nancy-Metz

Lorraine AUBRY
Professeure agrégée
Académie de Reims

Sandrine HEIM-FONTON
Professeure agrégée
Académie de Nancy-Metz

Romain KERRIEN
Professeur agrégé
Académie de Strasbourg

Patrice PÉRIL
Professeur agrégé
Académie de Paris

Alice ROZAT
Professeure agrégée
Académie de Versailles

Valentin RENÉ-JEAN
Professeur agrégé
Académie de Strasbourg

Maria TISSIER
Professeure agrégée, Formatrice
Académie de Nancy-Metz

hachette
ÉDUCATION

Directrice éditoriale : Perrine Dutertre

Responsable de projet : Anke Feuchter

Conception graphique : Le Studio d'exées, Cécile Chaumet (Escape Game)

Mise en pages : Le Studio d'exées

Couverture : Anne-Danielle Naname

Droits iconographiques et vidéos : Nadine Gudimard, Chloé Williamson

Droits textes : Diariatou Kebe

Illustrations : Théo Allard (pages Grammatik), Johanna Crainmark (p.12/13), Loïc Menon (p. 145)

Infographies : Lionel Buchet (p. 53, 81, 109, 118, 119, 165)

Cartographie : Légendes Cartographie

Fabrication : Léa Freling

Photogravure : Nord Compo

Enregistrements, montage, mixage : Quali'sons

Hachette Education s'engage pour la préservation de l'environnement

Depuis plusieurs années, nous mettons en place des solutions **innovantes et écoresponsables**, en concertation avec nos fournisseurs, pour **limiter notre empreinte carbone et diminuer l'utilisation du plastique, en suivant 5 grands objectifs :**

1. **Optimiser** le **format** et la **pagination** de nos ouvrages ainsi que le grammage du papier.
2. **Utiliser** du papier **certifié** suivant l'un des 2 schémas de certification internationale, PEFC ou FSC.
3. **Supprimer** peu à peu le **pelliculage plastique** de nos couvertures.
4. **Imprimer** nos ouvrages **en France ou en Europe**.
5. **Recycler** 100 % des ouvrages invendus.

PAPIER CERTIFIÉ

hachette s'engage pour l'environnement en réduisant l'empreinte carbone de ses livres. Celle de cet exemplaire est de :
850 g éq. CO_2
Rendez-vous sur www.hachette-durable.fr

hachette-education.com

ISBN (à utiliser pour toute commande de l'ouvrage) : 978-2-01-714963-7

Bienvenue dans ton manuel mitreden neu 2de !

Il va t'accompagner pendant ton année de seconde et t'aidera à poursuivre ta découverte de la culture et des pays germanophones.

Découvrir le programme

mitreden neu aborde les **six axes** du nouveau programme (Représentation de soi et rapport à autrui, Vivre entre générations, Le passé dans le présent, Défis et transitions, Créer et recréer, Les pays germanophones au carrefour de l'Europe). Pour chaque axe, trois des quatre **objets d'étude** du programme sont traités dans des chapitres indépendants. La palette de **18 chapitres** et un ***Escape Game*** ouvre de nombreux horizons de découverte.

Comprendre pour s'exprimer

Chaque chapitre t'entraîne à **écouter et lire** pour comprendre, mais aussi à **t'exprimer**, à l'oral et à l'écrit, en interaction et en continu, en particulier dans le cadre des projets (***Kurz-Projekt*** et ***Mein Projekt***). Dans tous les cas, le travail prend appui sur des supports authentiques qui te donnent un accès à la **culture des pays germanophones** tout en te permettant de progresser dans la **maîtrise de l'allemand**.

Se repérer pour progresser

Plusieurs rubriques t'accompagnent au fil des pages pour t'apporter les aides et informations dont tu as besoin. Le « coin culture » (***Kulturecke***) te donne une information culturelle complémentaire ; le ***Vokabelcoach*** t'apporte du lexique pour t'exprimer ; le ***Sprachcoach*** te rappelle un fait de langue présent dans les documents ou utile pour t'exprimer et la rubrique ***Methodik*** te donne des stratégies de compréhension ou d'expression.

Rester motivé(e) et engagé(e)

Pour varier les modes de découverte, ton manuel te propose de travailler en groupe, en binôme ou seul(e) selon les parcours. Il y a même un parcours différencié dans chaque chapitre, et c'est toi qui choisiras ton chemin (***Wähl deinen Weg***).

Avec **mitreden neu**, tu pourras aussi réviser de manière ludique dans les pages ***Kultur macht Spaß*** ou plonger dans les secrets du Teufelsberg grâce à un ***Escape Game*** immersif.

S'entrainer pour progresser

Tu pourras mémoriser le lexique de chaque chapitre et comprendre les faits de langue grâce aux pages ***Wortschatz*** et ***Grammatik***. La rubrique ***Phonologie*** t'aidera à prononcer correctement des sons précis et à bien lire certaines lettres ou combinaisons de lettres. Mais pour bien retenir, il faut manipuler : tu pourras le faire avec les nombreux exercices du manuel ou **interactifs** !

À la fin de ton manuel, les pages ***Methodik*** et le précis grammatical sont des outils précieux pour travailler en classe et à la maison. N'hésite pas à t'en servir !

Aller plus loin

Et si tu es curieux(se), si tu as envie d'en apprendre davantage, tu trouveras des ressources et des références supplémentaires dans la rubrique ***Kultur-Profi***. Grâce au QR-code, tu pourras aller plus loin, seul(e) ou avec la classe.
Tu sais maintenant l'essentiel sur ton nouveau manuel. Nous espérons qu'il t'aidera et te motivera.

Viel Spaß und viel Erfolg!

Emmanuelle Coste

À la découverte de ton manuel

Pour entrer dans le thème

L'ouverture

- Plonge dans **le thème** de chaque chapitre (***Kapitel***) à travers **des visuels** ancrés dans le monde germanophone.

- Aide-toi des deux questions (***Steig ein!***) pour commencer à réfléchir à la problématique et à tout ce que tu sais déjà sur le thème.

Pour découvrir et approfondir

1, 2, 3, 4…

- En deux ou trois étapes selon les **chapitres**, découvre des **documents variés** et **ancrés** culturellement pour découvrir la **diversité** des pays germanophones.

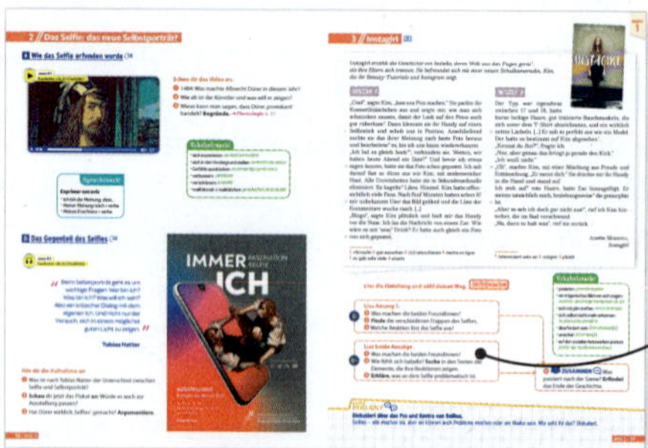

- Choisis le chemin qui te convient le mieux dans ton parcours de découverte.

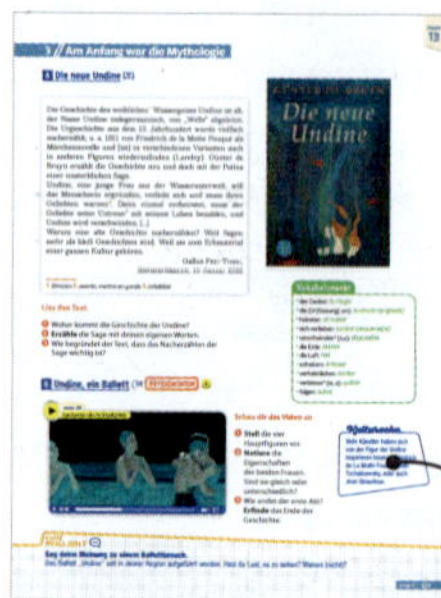

- La rubrique ***Kulturecke*** t'en dit plus sur l'arrière-plan culturel du sujet.

Pour t'exprimer en allemand

Vokabelcoach • Sprachcoach • Wortschatz • Phonologie

- Dans chaque leçon, les rubriques ***Sprachcoach*** et ***Vokabelcoach*** t'aident à observer et comprendre la langue directement **en contexte**.
- Un ***Kurz-Projekt*** te permet de t'exprimer ou discuter sur le sujet de la séance.
- La rubrique ***Üben*** te propose de mettre directement en pratique le lexique avec lequel tu t'es familiarisé.

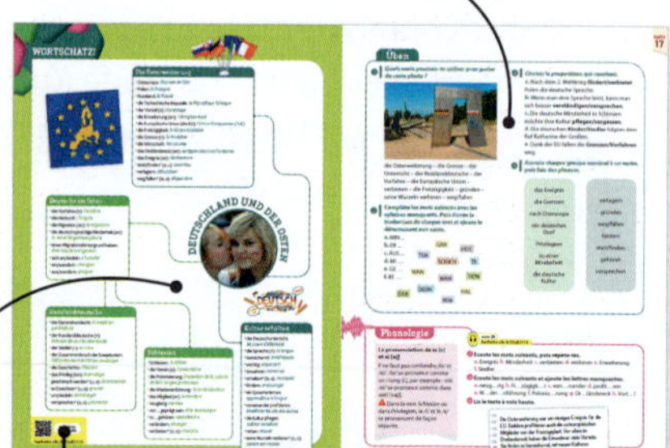

- Dans chaque chapitre, une carte mentale de vocabulaire (***Wortschatz***) t'aide à retenir le lexique essentiel de la séquence.
- Tu peux même t'entraîner encore avec des **exercices interactifs** et autocorrectifs !

Pour comprendre la langue

- Dans chaque chapitre, une page ***Grammatik*** t'explique deux points de langue en trois étapes : observation, mémorisation, entraînement.

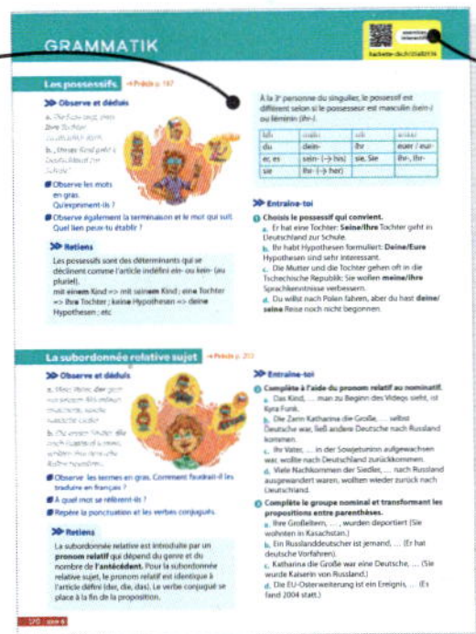

- Tu peux aussi t'entraîner avec les **exercices interactifs** et autocorrectifs.

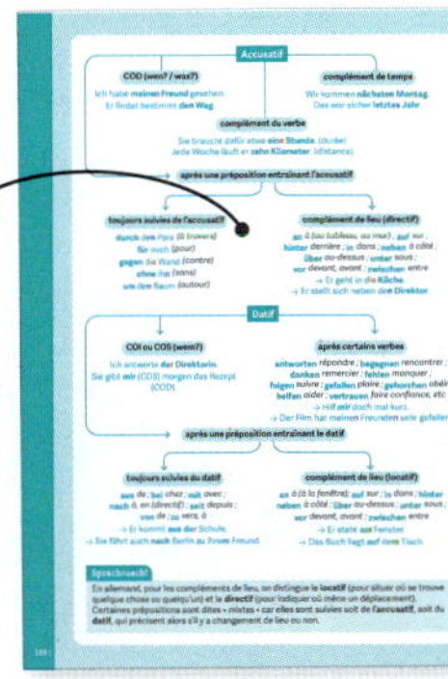

- En fin de manuel, le **précis grammatical**, t'explique tous ce que tu as besoin de savoir en Allemand.

- Des **fiches de méthodologie** t'aident à mettre en place des automatismes de compréhension et d'expression.

Pour t'évaluer et aller plus loin

- Des **projets finaux** variés avec un guidage étape par étape.

- Des aides méthodologiques pour t'accompagner dans leur réalisation.

- Pour aller plus loin dans le thème de la séquence, explore les étagères de la rubrique ***Kultur-Profi*** pour découvrir des romans, bandes dessinées, films, séries...

Pour apprendre en t'amusant

- Pour chaque axe du programme, une double page de **jeux**, **quiz culturels**, **devinettes**, etc. pour réviser et compléter tes connaissances de manière ludique.

- Un grand **Escape Game** situé dans le mythique *Teufelsberg* à Berlin pour explorer, résoudre des énigmes et atteindre tes objectifs tout en découvrant le lieu et son histoire.

axe 1
Représentation de soi et rapport à autrui

Kapitel 1

Objet 1
De Dürer à Schiele, l'autoportrait ou l'art de se mettre en scène

Mein perfektes Ich!
Faszination Selfie: ein neuer Trend?

A2

Entdecken	Sprache	
	Grammatik	**Wortschatz**
1 Drei Porträts 2 Das Selfie: das neue Selbstportrait? • Wie das Selfie erfunden wurde • Das Gegenteil des Selfies 3 Instagirl	• Les mots interrogatifs • Le passif au prétérit **Phonologie** • Prononcer le /h/	• Das Aussehen • Exzentrisch oder weise • Die Eltern-Kind-Beziehung • Ein Radiobeitrag

MEIN PROJEKT Wir stellen unsere Selbstporträts vor.

Kapitel 2

Objet 2
Le *Tracht*, reflet d'une identité ou phénomène de mode ?

Stolz auf meine Tracht!
Die Tracht: Tradition oder modischer Trend?

A2+

Entdecken	Sprache	
	Grammatik	**Wortschatz**
1 Tracht für alle • Bei Feiern ein Muss • In jedem Alter • Exportschlager aus Bayern 2 Trends • Fesch und cool • Für das Foto 3 Tradition	• Les qualificatifs des adjectifs • *bei*, chez ou lors de **Phonologie** • Prononcer les mots transparents	• Anlässe • Kleidung • Bekleidung und Geschäft • Wer trägt Tracht? • Mode und Geschichte • Identität

MEIN PROJEKT „Trachten zeigen Identität!" Stimmt das? Debattiere.

Kapitel 3

Objet 4
Zweite Heimat. Identité multiculturelle et écriture de soi

Doppeltes Zuhause
Wie sehen Schriftsteller aus dem Ausland ihre Beziehung zu Deutschland?

>B1

Entdecken	Sprache	
	Grammatik	**Wortschatz**
1 Ankommen und sich zurechtfinden 2 Das Leben in Deutschland • Eine völlig fremde Welt • Mein Name ist Ausländer • Mutter, ich bin allen fremd • Schreiben zwischen den Kulturen	• *wenn* et *als* • L'expression de la postériorité **Phonologie** • La prononciation des mots étrangers	• Die Migration • Das Leben • Die Integration - Schwieriges - Positives

MEIN PROJEKT Ich schreibe die Kurzbiografie eines Autors.

Kultur macht Spaß!

- Wer hat was gemalt?
- Der Mythos von Narziss
- Selfiemania
- Dirndl-Profi
- Richtig oder falsch?
- Zitatepuzzle

axe 2
Vivre entre générations

Kapitel 4
p. 44 - 51

Objet 2

Grandir dans les familles Mann ou Bach, chance ou fardeau ?

Eine schrecklich nette Familie

Berühmte Mutter: Vorbild oder Abgrenzung?

A2

Entdecken

1. Am Anfang war das Talent
   - In der DDR
   - In der Bundesrepublik
2. Die Rebellion der Tochter
   - Music Queen
   - ‚Der erste Guru'
3. Tochter und Enkelin

Sprache

Grammatik
- Les mots interrogatifs
- Le passif au prétérit

Phonologie
- Prononcer le /h/

Wortschatz
- Das Aussehen
- Exzentrisch oder weise
- Die Eltern-Kind-Beziehung
- Ein Radiobeitrag

MEIN PROJEKT Wir machen ein Interview mit den drei Künstlerinnen der Familie Hagen.

Kapitel 5
p. 52 - 59

Objet 3

Kampf der Generationen, les conflits intergénérationnels, mythe ou réalité ?

Generationen: nacheinander – miteinander

Wie ähnlich sind wir unseren Eltern und Großeltern?

A2+

Entdecken

1. Ganz verschiedene Generationen
   - Generationen, Unterschiede und Klischees
   - Generationen und Geschichte
2. Gen Z – die faule Generation?
   - Erwartungen in der Arbeitswelt
   - Neues im Unternehmen?
3. Gemeinsamkeiten

Sprache

Grammatik
- Les emplois de *während*
- Le comparatif de supériorité

Phonologie
- Bien prononcer les mots qui se terminent sur /-tion/

Wortschatz
- Die Familie
- Verschiedene Generationen
- Beziehungen
- Die Arbeitswelt
- Wie oft?

MEIN PROJEKT Ich mache einen Podcast über die Generation Alpha.

Kapitel 6
p. 60 - 67

Objet 1

Senioren-WGs, Mehrgenerationenhäuser, un nouveau vivre ensemble ?

Neues Miteinander

Zusammen wohnen für ein besseres Leben?

>B1

Entdecken

1. Allein oder einsam?
   - Gern allein
   - Einsamkeit – ein wachsendes Problem
2. Zusammen ist es besser!
   - Positive Atmosphäre
   - Spaß : Nicht nur für junge Leute!
   - In der WG
   - Im Gemeinschaftsgarten

Sprache

Grammatik
- L'expression de la préférence
- L'expression de la condition avec *wenn*

Phonologie
- Prononcer les /ch/, /sch/ et /g/

Wortschatz
- Wohnen
- In der Wohnung
- Allein sein
- Zusamenleben
- Regeln einhalten

MEIN PROJEKT Wir debattieren über das Thema Wohnen.

Kultur macht Spaß ! p. 68 - 69

- Meine bekannten Eltern
- Generations-Experte
- Lesewettbewerb
- Richtig oder falsch?
- Rätsel-Rallye
- Die Fantastischen 4

axe 3
Le passé dans le présent

Kapitel 7
p. 72 - 79

Objet 2
Ruhr, Lusace : quel avenir pour les friches industrielles ?

Spurensuche
Sollte man die Vergangenheit recyclen?

A2

Entdecken

1. Abreißen oder sanieren?
   - Leben in einer alten Schlosserei
   - Abriss und Neubau
2. Erkunden
   - Spaziergang in die Vergangenheit
   - Die Archäologie der Gegenwart
3. Erleben
   - Die Völklinger Hütte in 30 Sekunden

Sprache

Grammatik
- Le prétérit
- L'expression de l'iréel (*würde, müsste, könnte, sollte*)

Phonologie
- Prononcer /au/ et /äu/

Wortschatz
- Bauen
- Verändern
- Die Umwelt
- In die Vergangenheit reisen
- Erkunden
- Erinnern

MEIN PROJEKT Ich gestalte eine Werbebroschüre.

Kapitel 8
p. 80 - 87

Objet 2
Abiball, Maturaball, une tradition intemporelle ?

Auf dem Weg zum Abi
Das Abitur: Anfang oder Ende einer Zeit?

A2+

Entdecken

1. Die Schule in Deutschland
2. Jetzt wird gefeiert!
   - Das Abi-Buch
   - Der Abi-Streich
   - Der Abi-Ball
3. Abitur – und dann?
   - Messe, Abi, was dann?
   - Wunderbar frei?

Sprache

Grammatik
- Les prépositions devant les compléments de temps
- L'expression du temps

Phonologie
- Le son [ts]

Wortschatz
- Das Schulsystem
- Die Schüler
- Nach dem Abitur
- Abi-Traditionen

MEIN PROJEKT Ich schreibe einen Einladungsbrief.

Kapitel 9
p. 88 - 95

Objet 3
La vague des *Ostromane* : comment la littérature s'empare-t-elle du passé ?

Erinnerungen an die DDR
(N)Ostalgisch oder erleichtert?

>B1

Entdecken

1. Ostalgie, was ist das?
   - Alles wie damals
   - Typisch DDR
2. Besondere Tage
   - In der Kindheit
   - Rebellion und Repression
   - Die Geschichte dahinter

Sprache

Grammatik
- Le parfait
- *dennoch* et *trotzdem*

Phonologie
- Prononcer le /st/

Wortschatz
- Ein autoritärer Staat
- Gefühle
- Erinnerung
- Rebellion

MEIN PROJEKT Wir spielen eine Fernsehtalkshow zum Thema Erinnerungen an die DDR.

Kultur macht Spaß!
p. 96 - 97

- Die Lost-Places-Story
- Schul-Rallye
- Bilder-Quiz
- Richtig oder falsch?
- Das DDR-Memory

axe 4
Défis et transitions

Kapitel 10
p. 100 - 107

Objet 1

Skigebiete. Welche Zukunft? Quel avenir pour les stations de ski ?

Schnee ade!
Das Ende der Skigebiete?

A2

Entdecken	Sprache	
	Grammatik	**Wortschatz**
❶ Schnee war gestern! • In den Alpen • Im Allgäu ❷ Schnee um jeden Preis • Schnee von gestern • Plastik statt Schnee? ❸ Alternative Aktivitäten • Winterspaß ohne Schnee	• Le futur • Les verbes de modalité *können, müssen* et *wollen* **Phonologie** • Prononcer les lettres /w/ et /v/	• Der Wintersport • Alternative Aktivitäten • Der Klimawandel • „Schnee ohne Schnee"

MEIN PROJEKT Wir machen einen Werbespot oder ein Werbeplakat.

Kapitel 11
p. 108 - 115

Objet 3

Quelle éducation à la démocratie en Allemagne ?

Jugend zählt, Jugend wählt
Wie kann ich mich für Demokratie engagieren?

A2+

Entdecken	Sprache	
	Grammatik	**Wortschatz**
❶ Die Jugend: informiert und aktiv? ❷ Demokratie leben • Drei Initiativen - #Diskutiermitmir - Demokratische Schule - Jubu • Wählen ab 16 – Pro und contra	• Les verbes à préposition • L'expression du but avec *um ... zu* et *damit* **Phonologie** • Prononcer /ach/- /äch/ /och/- /öch/ et /uch/-/üch/	• Sich engagieren • Aktiv werden • Demokratie und Wahlen • Mengenangaben und Proportionen

MEIN PROJEKT Wir schreiben einen Brief an die Europäische Union.

Kapitel 12
p. 116 -123

Objet 4

Les centrales nucléaires en Allemagne, une question toujours controversée ?

Aus für Atomkraft
Wie geht es nach dem Ausstieg weiter?

>B1

Entdecken	Sprache	
	Grammatik	**Wortschatz**
❶ Atomkraft – nein danke! • Der Button • Die Wolke ❷ Nach dem Ausstieg • Die erneuerbaren Energien • Der deutsche Strommix ❸ Atomkraft – ja, bitte? • War der Ausstieg gut?	• Les connecteurs doubles • L'infinitif substantivé **Phonologie** • La prononciation des noms composés	• Energie • Atomkraft • Die Umwelt • Reagieren

MEIN PROJEKT MÉDIATION Wir drehen ein Erklärvideo über die deutsche Atomkraft.

Kultur macht Spaß! p. 124 - 125

- Wintersport-Quiz
- Der Politik-Test
- Das Tabu-Spiel
- Richtig oder falsch?
- Energierätsel

axe 5
Créer et recréer

Kapitel 13
p. 128 - 135

Objet 2
La Loreley, une histoire envoûtante sans cesse revisitée

Legenden aus dem Wasser
Wasserwesen, eine Inspiration für Künstler aller Zeiten?

A2

Entdecken	Sprache	
❶ Ein Wasserwesen von heute ❷ Eine Nixe aus der Romantik • Der Dichter • Das Gedicht ❸ Am Anfang war die Mythologie • Die neue Undine • Undine, ein Ballett	**Grammatik** • L'emploi de *nämlich* • Les pronoms **Phonologie** • Prononcer /eu/	**Wortschatz** • Das Wasserwesen • Die Loreely • Sagen, Legenden, Märchen • Verschiedene Welten

MEIN PROJEKT Ich schreibe eine Geschichte über ein Wasserwesen.

Kapitel 14
p. 136 - 143

Objet 1
Siegfried & cie : mythes légendes et marketing

Ein Apfel für die Nachwelt
Wilhelm Tell – immer noch aktuell?

A2+

Entdecken	Sprache	
❶ Der Nationalheld Wilhelm Tell • Die Geschichte von Wilhelm Tell • Was verbinden Schweizer mit Tell? ❷ Alte Legende neu vermarktet • Eine Schweizer Komödie • Ein deutsches Theaterstück • Ein internationaler Erfolg ❸ Wieder zum Leben erweckt	**Grammatik** • Le prétérit • La cause et la conséquence **Phonologie** • Prononcer la fin des mots en *-er* (le son [ɐ] et [ɐ̯])	**Wortschatz** • Die Legende • Der Held • Die Werte • Das Kulturerbe

MEIN PROJEKT Wir schreiben eine Rede.

Kapitel 15
p. 144 - 151

Objet 4
La figure du Faust à travers les époques et les arts

Faust – ein beliebter Antiheld
Müssen wir Klassiker aktualisieren, um sie heute noch zu verstehen?

>B1

Entdecken	Sprache	
❶ Faust – eine alte Geschichte? • Goethes Faust in 90 Sekunden • Wer sind die Figuren? ❷ Und Faust heute? • Im Comic • In der Rockoper • Eine feministische Version	**Grammatik** • Le discours rapporté • Les prépositions du discours indirect **Phonologie** • Phonologie /ß/ ou /ss/	**Wortschatz** • Ein Klassiker • Faust • Neuinterpretation • Genres und Künstler

MEIN PROJEKT Ich schreibe einen Klappentext.

Kultur macht Spaß!
p. 152 - 153

- Schnelligkeits-Quiz
- Zitate-Rallye
- Richtig oder falsch?
- Nibelungen-Puzzle

axe 6
Les pays germanophones au carrefour de l'Europe

Objet 1
Le couple franco-allemand, une relation exclusive ?

Tandem D+F

A2

Wie wichtig ist uns die deutsch-französische Freundschaft?

Entdecken	Sprache	
	Grammatik	**Wortschatz**
❶ Deutschland und Frankreich: von gestern bis heute • Es war nicht immer einfach • Das deutsch-französische Paar heute ❷ Die Generation Europa • Im Film • Als politische Vision • Als Erfahrung	• Les adjectifs épithètes • Les interrogatives directes et indirectes **Phonologie** • [ʃ] et [ç]	• Krieg und Frieden • Zusammenarbeiten • Die Jugend macht mit

MEIN PROJEKT Ich entwerfe ein Plakat zum Tag der deutsch-französischen Freundschaft und stelle es vor.

Objet 2
À l'Est, du nouveau ?

Blick gen Osten

A2+

Wie verbunden ist Deutschland mit dem Osten?

Entdecken	Sprache	
	Grammatik	**Wortschatz**
❶ Deutschland im Zentrum Europas • Die EU-Osterweiterung • EU-Familienfeier am Dreiländereck ❷ Deutschland und der Osten – eine lange Geschichte! • Russlanddeutsche • Zuhause zwischen Ost und West • Fremd und doch zu Hause • Deutsche Minderheiten in Polen	• Les possessifs • La subordonnée relative sujet **Phonologie** • /ie/et /ei/	• Die Osterweiterung • Deutsche im Osten - Russlanddeutsche - Schlesien • Kultur erhalten

MEIN PROJEKT Wir machen eine animierte Karte.

Objet 3
La Hanse, précurseur d'un espace économique intégré et de la mondialisation ?

Die Hanse

>B1

Mehr als Handel und Piraten?

Entdecken	Sprache	
	Grammatik	**Wortschatz**
❶ Die historische Hanse • Die Stärke in der Union • Großmacht mit Höhen und Tiefen ❷ Die Hanse – gestern und heute • Das Schiff, der Pirat • Und die Stadt ❸ Nostalgie mit Zukunft	• Le génitif du complément du nom • Les infinitives en *zu* **Phonologie** • Savoir lire à voix haute.	• Der Handel • Erfolge und Gewinne • Probleme und Verluste • Identität und Tourismus • Die Hanse und das Meer

MEIN PROJEKT Wir organisieren eine Ausstellung.

So könnt ihr richtig **mitmachen!**

Zu Beginn der Stunde
Guten Tag, hallo!
Setzt euch und packt bitte eure Hefte und Bücher aus.

Au début du cours
Bonjour ! Asseyez-vous et sortez vos livres et cahiers.

Nehmt eure Bücher und schlagt Seite XX auf.

Prenez vos livres et ouvrez-les à la page XX.

Jetzt schalten wir den Beamer ein.

Nous allumons maintenant le vidéoprojecteur.

Überprüfe deine Hypothesen. Hast du richtig getippt?

Vérifie tes hypothèses. As-tu vu juste ?

Was erfährst du über ...? Fülle den Lückentext / die Tabelle aus.

Qu'es-ce que tu apprends au sujet de ...? Complète le texte à trous / le tableau.

Bringt folgende Aussagen in die chronologisch richtige Reihenfolge.

Mettez les affirmations suivantes dans l'ordre chronologique.

Schau dir das Bild / Video an. Was fällt dir dazu ein? Um welches Thema geht es?

Observe l'illustration / la vidéo. Qu'est-ce qu'elle t'inspire ? Quel est le sujet ?

Lies den ersten / zweiten / dritten Teil des Textes.

Lis la première / deuxième / troisième partie du texte.

Suche im Text Ausdrücke, die zeigen, dass ... Finde eine Textstelle, die zeigt, dass ...

Recherche des expressions dans le texte qui montrent que ... Trouve un passage dans le texte qui montre que ...

Sammle Informationen zur Hauptfigur.

Recherche des informations au sujet du personnage principal.

Bist du mit diesen Ansichten einverstanden? Begründe (deine Antwort).

Es-tu d'accord avec ces points de vue ? Justifie (ta réponse).

Fasse den Text auf Deutsch zusammen und berücksichtige folgende Punkte: ...

Résume le texte en allemand en tenant compte des points suivants : ...

Erstellt einen Prospekt.

Réalisez un prospectus.

Bildet Zweier / Dreier / Vierergruppen und spielt die Szene.

Formez des groupes de deux / trois / ou quatre élèves et jouez la scène.

Schreibe die Fortsetzung der Geschichte.

Écris la suite de l'histoire.

Macht eine Umfrage.
→ Die Ergebnisse werden im Plenum / in der Klasse vorgestellt und besprochen.

Faites un sondage.
→ Les résultats sont présentés et discutés en plénière / en classe.

Seht euch im Internet die offizielle Website von ... an.

Allez sur Internet sur le site officiel de ... .

Dreht ein Video, um Werbung für ... / eine Reportage über ... zu machen. → Schreibt das Drehbuch. Beachtet dabei folgende Punkte: ...

Tournez une vidéo, pour faire de la pub pour ... / réaliser un reportage sur ... → Écrivez le scénario. Pensez aux points suivants ...

Lies die Forums-Beiträge, achte auf die wichtigen Informationen und schreib einen persönlichen Beitrag.

Lis les commentaires du forum, fais attention aux informations essentielles et rédige un commentaire personnel.

Am Ende der Stunde Tschüss und auf Wiedersehen!

À la fin du cours Au revoir !

Selfie vor Resten der Berliner Mauer

axe 1

Représentation de soi et rapport à autrui

1 Mein perfektes Ich — A2

Faszination Selfie: ein neuer Trend?

PROJEKT

Mach ein Selbstporträt und stell es vor.

2 Stolz auf meine Tracht! — A2+

Die Tracht: Tradition oder modischer Trend?

PROJEKT

„Trachten zeigen Identität!“ Stimmt das? Debattiere.

3 Doppeltes Zuhause — >B1

Wie sehen Schriftsteller aus dem Ausland ihre Beziehung zu Deutschland?

PROJEKT ...

Schreibe für einen Lesezirkel die Kurzbiografie eines Autors.

Kultur macht Spaß!

Fichier professeur

Évaluation Kapitel 1
Évaluation Kapitel 2
Évaluation Kapitel 3

Kapitel 1

Mein perfektes Ich?

Faszination Selfie: ein neuer Trend?

Dans ce chapitre...

Culture

- Des autoportraits de peintres germanophones
- Le thème du selfie dans un roman jeunesse

Langue

- Le lexique de l'autoportrait, de la représentation de soi
- Prononcer les voyelles longues et brèves
- Les verbes réguliers au présent de l'indicatif
- Les verbes irréguliers au présent de l'indicatif

MEIN PROJEKT

- Mach ein Selbstporträt und stell es vor.

STEIG EIN

1. Schau dir die Bilder an. Was haben sie gemeinsam?
2. Findest du es gut, sich für ein Selfie in Szene zu setzen?

1 // Drei Porträts

Albrecht Dürer (1471-1528), *Selbstbildnis*

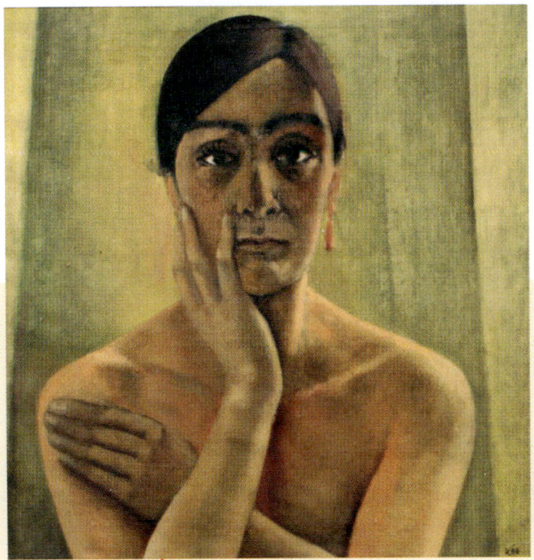

Anita Ree (1885-1933), *Selbstbildnis*

Otto Waalkes (geb. 1948), *Selbstbildnis*

Kulturecke

Albrecht Dürer (1471-1528) malte Selbstporträts, die zu den bekanntesten der Kunstgeschichte gehören. Mit seinen Gemälden und Zeichnungen zählt er zu den größten Vertretern der Renaissance.

Vokabelcoach!

- der Blick: *le regard*
- das (Kunst)Werk (e): *l'œuvre d'art*
- malen: *peindre*
- das Selbstbewusstsein: *la confiance en soi*
- sich als ... darstellen: *se représenter en tant que*
- wie ... aus/sehen* (a, e): *ressembler à*
- lustig: *drôle*
- selbstsicher: *sûr de soi*
- selbstverliebt = narzisstisch

Sprachcoach!

Le présent de l'indicatif → p. 22

- Le présent de l'indicatif se forme avec les terminaisons : *-e, -st, -t, -en, -t, -en.*
- Attention aux **verbes forts** dont la voyelle du radical change à la 2e et 3e personne du singulier. ***sehen*** → *du siehst, sie sieht*

Schau dir die Bilder an. DIFFÉRENCIATION

1. **Sag,** wer die Personen auf diesen Gemälden sind. **Beschreibe,** was du siehst.
2. **Sag,** was dir jetzt auffällt. Was ist charakteristisch für jedes Bild?
3. Was will der Künstler deiner Meinung nach von sich zeigen? → **Wortschatz** p. 20
4. **Begründe,** welches Selbstbildnis du am besten findest.

KURZ PROJEKT ...

Mach bei einem Kunstprojekt mit.

Für ein Kunstprojekt in der deutschen Partnerschule überlegst du, wie du dich darstellst.
Liste auf, was du für deine Präsentation brauchst: Farben, Stilmittel, Accessoires. Was willst du zeigen?

2 // Das Selfie: das neue Selbstporträt?

A Wie das Selfie erfunden wurde

VIDÉO 01
hachette-clic.fr/25all2001

Schau dir das Video an.

1. 1484: Was machte Albrecht Dürer in diesem Jahr?
2. Wie alt ist der Künstler und was will er zeigen?
3. Wieso kann man sagen, dass Dürer ‚provokant' handelt? **Begründe.** → **Phonologie** p. 21

Vokabelcoach!

- sich inszenieren: *se mettre en scène*
- sich in den Vordergrund stellen: *se mettre en valeur*
- Gefühle ausdrücken: *exprimer des sentiments*
- verbessern: *améliorer*
- verschönern: *embellir*
- realitätsnah ≠ realitätsfern: *proche/loin de la réalité*

Sprachcoach!

Exprimer son avis

- *Ich bin der Meinung, dass...*
- *Meiner Meinung nach* + verbe
- *Meines Erachtens* + verbe

B Das Gegenteil des Selfies

AUDIO 01
hachette-clic.fr/25all2002

„Beim Selbstporträt geht es um wichtige Fragen: Wer bin ich? Was bin ich? Was will ich sein? Also ein kritischer Dialog mit dem eigenen Ich. Und nicht nur der Versuch, sich in einem möglichst guten Licht zu zeigen."

Tobias Natter

Hör dir die Aufnahme an.

1. Was ist nach Tobias Natter der Unterschied zwischen Selfie und Selbstporträt?
2. **Schau** dir jetzt das Plakat **an**: Würde es auch zur Ausstellung passen?
3. Hat Dürer wirklich ‚Selfies' gemacht? **Argumentiere.**

3 // Instagirl

Instagirl *erzählt die Geschichte von Isabelle, deren Welt aus den Fugen gerät*[1]*, als ihre Eltern sich trennen. Sie befreundet sich mit einer neuen Schulkameradin, Kim, die ihr Beauty-Tutorials und Instagram zeigt.*

AUSZUG 1

„Cool", sagte Kim, „lass uns Pics machen." Sie packte ihr Kosmetiktäschchen aus und zeigte mir, wie man sich schminken musste, damit der Look auf den Fotos auch gut rüberkam[2]. Dann klemmte sie ihr Handy auf einen Selfiestick und schob uns in Position. Anschließend suchte sie das ihrer Meinung nach beste Foto heraus und bearbeitete[3] es, bis ich uns kaum wiedererkannte. „Ich lad es gleich hoch[4]", verkündete sie. Wetten, wir haben heute Abend ein Date?" Und bevor ich etwas sagen konnte, hatte sie das Foto schon gepostet. Ich sah darauf fast so dünn aus wie Kim, mit seidenweicher Haut. Alle Unreinheiten hatte sie in Sekundenschnelle eliminiert. Es hagelte[5] Likes. Himmel. Kim hatte offensichtlich viele Fans. Nach fünf Minuten hatten schon 87 mir unbekannte User das Bild geliked und die Liste der Kommentare wuchs rasch. [...]
„Bingo", sagte Kim plötzlich und hielt mir das Handy vor die Nase. Ich las die Nachricht von einem Zac: Wie wäre es mit 'nem[6] Drink? Er hatte auch gleich ein Foto von sich gepostet.

1. *s'écrouler* 2. gut aussehen 3. *(ici)* retuschieren 4. *mettre en ligne* 5. es gab sehr viele 6. einem

AUSZUG 2

Der Typ war irgendwas zwischen 17 und 19, hatte kurze lockige Haare, gut trainierte Bauchmuskeln, die sich unter dem T-Shirt abzeichneten, und ein wirklich nettes Lächeln. [...] Er sah so perfekt aus wie ein Model. Der hatte es bestimmt auf Kim abgesehen[1].
„Kennst du ihn?", fragte ich.
„Nee, aber genau das bringt ja gerade den Kick."
„Ich weiß nicht."
„Oh", machte Kim, mit einer Mischung aus Freude und Enttäuschung. „Er meint dich." Sie drückte mir ihr Handy in die Hand und stand auf.
Ich steh auf[2] rote Haare, hatte Zac hinzugefügt. Er meinte tatsächlich mich, beziehungsweise[3] die gemorphte Isi.
„Aber so seh ich doch gar nicht aus!", rief ich Kim hinterher, die im Bad verschwand.
„Na, dann tu halt was", rief sie zurück.

Anette MIERSWA, *Instagirl*

1. interessiert sein an 2. mögen 3. *plutôt*

Lies die Einleitung und wähl deinen Weg. DIFFÉRENCIATION

A2 — **Lies Auszug 1.**
1. Was machen die beiden Freundinnen?
2. **Finde** die verschiedenen Etappen des Selfies.
3. Welche Reaktion löst das Selfie aus?

A2+ — **Lies beide Auszüge.**
1. Was machen die beiden Freundinnen?
2. Wie fühlt sich Isabelle? **Suche** in den Texten die Elemente, die ihre Reaktionen zeigen.
3. **Erkläre**, was an dem Selfie problematisch ist.

Vokabelcoach!
- posieren: *prendre la pose*
- ein trügerisches Bild von sich zeigen: *montrer une image trompeuse de soi*
- sich mit jdm treffen: *rencontrer qqn*
- sich selbst nicht mehr erkennen: *ne plus se reconnaître*
- überfordert sein: *être dépassé(e)*
- unsicher: *incertain(e)*
- auf den sozialen Netzwerken posten: *poster sur les réseaux sociaux*

4 **ZUSAMMEN** Was passiert nach der Szene? **Erfindet** das Ende der Geschichte.

KURZ PROJEKT

Diskutiert über das Pro und Kontra von Selfies.
Selfies – alle machen sie, aber sie können auch Probleme machen oder ein Risiko sein. Wie seht ihr das? Diskutiert.

WORTSCHATZ!

SELFIES & CO.

Sich in Szene setzen

- außergewöhnlich: *extraordinaire*
- besonders: *particulier*
- ewig: *éternel*
- modern: *modern*
- neu: *nouveau*
- originell: *original*
- schön: *beau, belle*
- beeindrucken: *impressionner*
- sich als ... inszenieren: *se mettre en scène en tant que*
- sich von seiner besten Seite zeigen: *se montrer sous son meilleur jour*
- posieren: *poser*
- ungewöhnlich: *inhabituel*

Das Selbstporträt

- der Maler: *le peintre*
- der Künstler: *l'artiste*
- das Selbstbildnis: *l'autoportrait*
- das Selbstporträt: *l'autoportrait*
- sich dar/stellen: *se représenter*
- eine Collage machen: *faire un collage*
- ein Foto machen: *prendre une photo*
- ein Selfie machen: *faire un selfie*
- malen: *peindre*

Das perfekte Ich

- das Idealbild: *l'image idéale*
- die Schönheit: *la beauté*
- der Filter: *le filtre*
- das Aussehen: *l'apparence*
- perfect: *parfait*
- selbstsicher: *sûr(e) de soi*
- selbstverliebt = narzisstisch
- mit + datif... zufrieden sein: *être satisfait de*
- an sich zweifeln: *douter de soi*
- retuschieren: *retoucher*
- etwas verändern: *modifier qqch*
- verschönern: *embellir*
- sich schminken: *se maquiller*

Selfies teilen

- die sozialen Netzwerke: *les réseaux sociaux*
- der Follower: *l'abonné sur un réseau social*
- digital: *digital(e)*
- schnell: *rapide*
- abhängig: *dépendant(e), acccro*
- löschen: *effacer*
- jdm gefallen* (ie, a): *plaire à qqn*
- liken: *liker*
- ins Internet stellen: *mettre sur internet*
- auf den sozialen Netzwerken posten: *poster sur les réseaux sociaux*
- sein Leben zeigen: *montrer sa vie*

exercices interactifs
hachette-clic.fr/25all2003

Üben

1 Classe les mots suivants selon leur nature : nom, adjectif et verbe. Rajoute les articles et la majuscule aux noms.

künstlerin – sozial – inszenieren – posieren – digital – follower – foto – darstellen – schnell – netzwerk – ewig – schön – schönheit – löschen

2 Repère l'intrus parmi les mots suivants et justifie ta réponse.

a. retuschieren – bearbeiten – verändern – arbeiten

b. das Selfie – das Selbstporträt – der Narzissmus – das Selbstbildnis

c. der Fernseher – das Internet – das Smartphone – das Netzwerk

3 Complète le texte avec les mots ci-dessous.

inszenieren – Künstler – gefällt – Selbstporträts

Albrecht Dürer und Egon Schiele sind zwei berühmte …, die viele … gemalt haben. In ihren Gemälden … sie sich, um sich von ihrer besten Seite zu zeigen. Mir … vor allem Schieles Bild ‚Selbstbildnis mit Pfauenweste.'

4 Trouve le mot correspondant à chaque définition.

a. Sie gibt es im Internet, damit man in Kontakt bleiben kann.

b. So ist man, wenn man nur sich selbst sieht und sich absolut toll findet.

5 a. Observe cet auto-portrait célèbre de Albrecht Dürer. Parmi les mots suivants, choisis ceux que tu associes au tableau.

selbstsicher – spontan - narzisstisch – reich – ängstlich – Selfie – Selbstporträt – elegant – arm – unsicher – posieren – retuschieren – Filter – verändern – sich inszenieren – an sich zweifeln

b. Utilise-les dans 3 ou 4 phrases pour décrire le portrait.

Phonologie

AUDIO 02
hachette-clic.fr/25all2004

Les voyelles brèves et les voyelles longues

Les voyelles sont brèves quand elles sont suivies d'une double consonne *Mann* …
Elles sont longues quand elles sont infléchies (*Flügel*), doubles (*Beet, Biene*), suivies d'un **h** (*Sohn*) ou devant consonne unique (*Mut, Wut*).

1 Écoute ces mots et dis si la voyelle est brève ou longue.

selbst – gefallen – malen – schnell – schön – stellen – verbessern – lustig – erkennen – Gemälde – provokant

2 Entraîne-toi à lire ces phrases à haute voix.

a. Das Selfie gefällt ihm.

b. Du stellst dein Selfie online.

c. Sie malt das Bild in ihrem Atelier.

3 Lis ce texte à voix haute.

Max und Maren machen Tag und Nacht Selfies! Dann stellen sie die Fotos ins Internet und hoffen auf viele Likes. Manchmal chatten sie mit neuen oder alten Freunden, und das macht Spaß!

exercices interactifs
hachette-clic.fr/25all2005

Le présent de l'indicatif des verbes réguliers

→ Précis p. 193

>> Observe et déduis

a. *In der Galerie zeigt er 30 Bilder.*

b. *Kennst du ihn?*

- Relève les verbes dans ces deux exemples. Donne leur radical.
- Souviens-toi. Quelles terminaisons ajoute-t-on au verbe pour le conjuguer ?

>> Retiens

Pour conjuguer un verbe régulier au présent de l'indicatif, j'ajoute les terminaisons ***-e***, ***-st***, ***-t***, ***-en***, ***-t***, ***-en*** au radical.

>> Entraîne-toi

1 Conjugue les verbes entre parenthèses au présent de l'indicatif.

a. Kim (*machen*) ein Selfie mit ihrer Freundin.
b. Viele Followers (*folgen*) Kim.
c. Ich (*finden*) Selfies spannend.
d. Du (*teilen*) gerne deine Fotos auf Instagram.

2 À quelles personnes ces verbes sont-ils conjugués ? Plusieurs réponses possibles.

schreibe	ich	malt
teilt	du	denke
inszenierst	er, sie, es	bearbeite
macht	wir	wohnen
retuschiere	ihr	stellst
	sie	
	Sie	

3 Relie les éléments des deux colonnes.

1. Kim und ich	a. verschönerst deine Selfies.
2. Isa und du	b. bearbeite immer meine Fotos.
3. Du	c. laden die Bilder hoch.
4. Ich	d. schminkt euch jeden Morgen.

Le présent de l'indicatif des verbes irréguliers

→ Précis p. 194

>> Observe et déduis

a. *Du siehst so perfekt aus.*

b. *Das Selfie gefällt mir sehr.*

- Retrouve l'infinitif des verbes des phrases ci-dessus.
- Que remarques-tu ?

>> Retiens

Les verbes irréguliers connaissent un **changement** de la voyelle du radical à la 2e et 3e personne du singulier uniquement : ***a*** → ***ä***, ***e*** → ***ie*** ou ***i***.

>> Entraîne-toi

4 Conjugue les verbes entre parenthèses au présent de l'indicatif.

a. Du (*sehen*) gut aus.
b. Dein Selfie (*gefallen*) ihm sehr.
c. Kim (*helfen*) Isa gerne.
d. Ihr (*lesen*) die Nachrichten immer gleich.

5 Te souviens-tu ? Trouve les formes manquantes des verbes *haben* et *sein*.

ich	…	…
du	…	hast
er, sie, es, man	…	…
wir	sind	…
ihr	…	…
sie/Sie	…	…

6 Trouve l'infinitif des verbes suivants.

ihr verändert – du gibst – er isst – du hilfst – sie schläft – du trägst – ihr seid – du hast – man lässt – er hängt

MEIN PROJEKT ✓

Wir stellen unsere Selbstporträts vor.

Zeig deinen neuen Mitschülern, wer du bist, und präsentiere dein Selbstporträt in der Klasse.

SCHRITT 1

Male dein Selbstporträt oder erstelle eine Collage über dich. Zeig, wer du bist!

SCHRITT 2

Tausche dein Selbstporträt mit dem eines Mitschülers / einer Mitschülerin. Er oder sie soll raten, was du von dir zeigen willst.

Stellt euch gegenseitig Fragen, um mehr über euch zu erfahren.

METHODIK

Prendre des notes pour sa présentation

- Hiérarchise tes idées en les liant entre elles, notamment la cause et la conséquence.
- Aère tes notes en mettant en valeur les mots importants et sans rédiger.

SCHRITT 3

Stell jetzt deinen Partner / deine Partnerin **vor**.

Die ganze Klasse kann Fragen stellen, um zu verstehen, was dieses Porträt über ihn/sie aussagt.

METHODIK

Préparer des questions

- Prépare tes questions.
- Pose des questions ouvertes (Was ...? Wie ...?) pour obtenir des réponses développées.

Kultur-Profi

Pour aller plus loin sur ce thème, flashe ce code.

hachette-clic.fr/25all2006

GEMÄLDE

Selbstporträt mit Pfauenweste
EGON SCHIELE

Selbstbildnis vor grünem Hintergrund
PAULA MODERSOHN BECKER

MUSIK

BÜCHER

Kapitel 2

Stolz auf meine Tracht!

Die Tracht: Tradition oder modischer Trend?

Dans ce chapitre...

Culture

- Les costumes traditionnels
- L'histoire de la mode des *Dirndl*
- Vêtement et identité

Langue

- Le lexique des vêtements et de l'identité culturelle
- Prononcer les mots transparents
- Les qualificatifs des adjectifs
- *bei*: chez ou lors de

MEIN PROJEKT

- „Trachten zeigen Identität!“ Stimmt das? Debattiere.

STEIG EIN

1. Beschreibe die dargestellten Situationen (Orte, Personen, Aktivitäten...).
2. Was ist auf allen Fotos zu sehen? Weißt du etwas über diese Kleidung?

1 // Tracht für alle?

A Beim Feiern ein Muss

Notes de la vidéo : die Tracht: *vêtement traditionnel* • der Exportschlager = was international gut verkauft wird • die Lebensweise: *le mode de vie*

Schau dir das Video an.

1. a. **Notiere**, wo die Reportage gedreht wurde.
   b. **Liste auf**, was die Menschen dort machen.
2. **Hör** dir jetzt **an**, was der Journalist zu den Kleidern sagt:
   a. Wie heißen sie?
   b. Er nennt zwei Kategorien. Welche?
3. a. **Notiere** die Fakten zu den Kreationen der Mode-Designerin. → Phonologie p. 29
   b. Wie erklärt sie den Erfolg dieser Kleider?

B In jedem Alter

nach einer Umfrage in Österreich

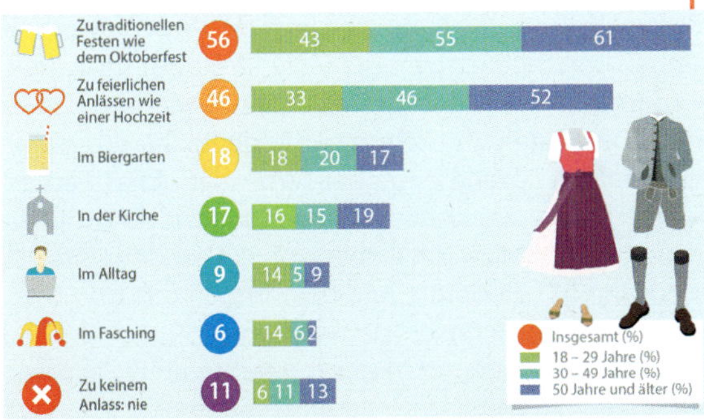

Schau dir die Grafik an.

1. **Fasse zusammen**: Zu welchen Festen tragen die Österreicher Tracht?
2. **Vergleiche** die Antworten der jüngeren und der älteren Generationen: Was überrascht dich?

Vokabelcoach!

- von der Stange: *prêt-à-porter*
- die Designer-Kleidung: *la haute couture*
- der Anlass (¨e): *l'occasion*
- verkaufen: *vendre*
- das Schaufenster: *la vitrine*
- die Kleidung: *les vêtements*
- das Dirndl: *vêtement traditionnel féminin*
- die Lederhose: *le pantalon en cuir*

C Exportschlager aus Bayern

Das Oktoberfest-Geschäft erobert[1] die Republik: ob Berlin, Hamburg oder Frankfurt – überall gibt es ähnliche Feste. Und längst breiten sich nicht nur die Oktoberfeste über das ganze Land aus, auch die bayerische Tracht trägt man inzwischen auch weit nördlich der Mainlinie. „Wir sind ausgesprochen zufrieden mit dem Trachtengeschäft“, sagt C&A-Sprecher T. Rolfes, denn C&A verkauft Dirndl und Lederhosen inzwischen deutschlandweit[2]. Selbst Aldi Süd verkaufte Ende August eine Woche lang Trachtenblusen für 7,99 Euro. „Wir beobachten, dass immer mehr Trachtenmode verkauft wird, auch wenn wir es nicht genau beziffern können“, sagt die Sprecherin des Verbandes German Fashion. Tatsächlich gibt es kaum ein Modehaus, das im Sommer keine eigene Trachtenlinie ins Schaufenster stellt.

Während die Ketten vor allem auf die Massenproduktion setzen, kann man in Bayern durchaus ein kleines Vermögen[3] für das Volksfest-Outfit ausgeben. Beim Münchner Kaufhaus Lodenfrey kostet das Dirndl des Jahres schlappe 899 Euro, für Herren gibt es die Hose aus handgefärbtem Hirschleder für 1199 Euro.

Nach Philipp Vetter, *Welt.de*, 17.09.2015

1. *conquérir* 2. in ganz Deutschland 3. *la fortune*

Aus der Kollektion Hugo Boss/ Kinga Mathe 2023

Lies den Text.

1. a. **Notiere**, wo Trachtenmode verkauft wird.
   b. Wann werden Trachten verkauft?
   c. Wie viel kosten sie?
2. **Erkläre**, warum die Tracht ein Erfolg ist.

2 // Trends

A Fesch und cool

Die Jugend vernetzt[1] sich über Länder hinweg. Die eigene kulturelle Identität ist mit Trachtenmode schnell darstellbar, denn die visuelle Kommunikation wird immer wichtiger. Immer mehr junge Menschen tragen zu Festen und Feiern in Süddeutschland selbstverständlich Trachtenmode. Wer das Oktoberfest oder ein anderes großes Volksfest ohne Dirndlkleid oder Lederhose besucht, gehört nicht dazu[2]. Ein farbenfrohes Dirndl und das Trachten-T-Shirt für Männer versetzen in Feierlaune und bestimmen das Bild bei vielen Partys. Mädchen und Jungen suchen sich aus der vielfältigen Trachtenmode aus, was ihnen gefällt. Sie tragen eine Weste mit akkurat gearbeiteten Paspeln[3] zur Jeans. Eine lange oder kurze Trachtenbluse passt zum Hosenanzug.

So ist es keine Überraschung, jung wirkende Trachtenmode beim sonntäglichen Brunch oder den Familienfeiern zu sehen. Materialien, Farben, sowie Stickereien oder Drucke bestimmen die Wirkung[4] eines Gewandes[5].

alpenclassics.de

1. *connecter* **2.** *(ici) n'est pas à sa place* **3.** *la bordure (couture)* **4.** der Effekt **5.** das Kleidungsstück

Vokabelcoach!

- die Identität: *l'identité*
- darstellen: *représenter*
- farbenfroh: *très coloré*
- die Feierlaune: *l'humeur festive*
- der Anzug (¨e): *le costume*
- wirken: *avoir de l'effet*
- die Stickerei (en): *la broderie*
- der Schnitt: *la coupe*

Lies den Text.

1. a. **Erstelle** eine Liste der Kleidungsstücke und Accessoires.
   b. Welche Anlässe gibt es, Tracht zu tragen?
2. **Notiere**, wie die kommunikative Funktion der Kleidung dargestellt wird.

Sprachcoach!

Préciser un contexte → p. 30

- Pour préciser un contexte temporel, on emploie ***bei*** (+ dat.) suivi de l'événement. ***bei*** se contracte avec ***dem***: *beim Oktoberfest, bei einer Hochzeit…*

B Auch fürs Foto DIFFÉRENCIATION

Schau dir die Fotos an.

1. **Beschreibe** sie: Farben, Accessoires, Make-Up, Atmosphäre.
2. Kann man sagen, dass die Personen ‚Tracht' tragen ? **Argumentiere**.
   → **Grammatik** p. 30

Fotos von Jochen Scherzinger - artwood

KURZ PROJEKT

Beschreib deine ideale Tracht.

Stell dir vor, du sollst eine Tracht tragen. Beschreibe, welche Art du wählst (traditionell, modern, Farben, Länge..) und zu welchem Anlass du sie trägst (Fest, Umzug, Karneval, Kunstfotos, Modenschau…).

3 // Tradition

Von der Position der Dirndlschleife[1] bis zur Länge der Lederhose: Wenn zur Volksfestsaison Trachtenkleidung wieder vermehrt in Erscheinung tritt, kochen die Emotionen hoch. Kein Wunder[2], denn Tracht hängt[3] sehr eng mit Kultur und Identität zusammen[3].

Trachtenmode auf Volksfesten ist ein eher junges Phänomen. Es kommt mir schon ein bisschen lächerlich vor, von Tradition zu sprechen. Ich bin 1947 in München geboren. Die ersten 50 Jahre meines Lebens hab ich so gut wie nie eine Person mit Tracht gesehen, schreibt ein Nutzer auf Instagram.

Trachtenexperte Wandinger bestätigt: Tracht ist Mode einer bestimmten Zeit, verbunden mit Vorstellungen von Echt-Sein, Tradition, Zugehörigkeit, Heimatvorstellungen.

Natürlich gibt es historische Wurzeln und überlieferte Vorläufer[4] der Trachtenmode – mit all ihren regionalen Besonderheiten und vielfältigen Interpretationen.

Die Faszination fürs Gebirge und die romantische Vorstellung vom dortigen Leben dienten als Inspirationsquelle – zunächst vor allem beim Adel und Bürgertum. Bayerische Regenten setzten die Trachten

mit dem ersten Oktoberfest 1810 als Marketing-Instrument ein: Sie schickten[5] Kinderpaare in Tracht auf die Theresienwiese zur Hochzeit von Kronprinz Ludwig und Prinzessin Therese – als Symbol für die Eigenständigkeit und kulturelle Besonderheit Bayerns. Was wir heute als typische Tracht bezeichnen und vielleicht auch noch als ‚echt' erklären, war einfach einmal Mode einer bestimmten Zeit, einer bestimmten sozialen Schicht[6], erklärt Wandinger, und das aber auch nur immer 20, 30 Jahre lang, bis die nächste Modewelle alles wieder verändert hat.

Anna Klein, BR24

1. le nœud 2. pas étonnant 3. être lié 4. précurseur 5. envoyer 6. la classe

Lies den Text und wähl deinen Weg. DIFFÉRENCIATION

A2

1. **Notiere** die ‚transparenten Wörter'. → Phonologie p. 29
2. **Suche** Textstellen, die Tracht …
   a. … als Ausdruck der Identität darstellen.
   b. … als Mode darstellen.
3. **Fasse** die verschiedenen Meinungen **zusammen**.

A2+

1. **Zeig**, dass die Tracht nicht immer gern getragen wurde.
2. **Erkläre**, warum die Tracht als Ausdruck einer kulturellen Identität gesehen wird.
3. **Belege**, wie Tradition und Mode zusammenhängen.

5 … ZUSAMMEN
Erstellt eine Mindmap über Trachtenmode (Geschichte, kulturelle und soziale Aspekte …).

METHODIK

Pour bien **choisir ton parcours**, prends le temps d'analyser les différentes consignes : choisis une consigne dans chaque parcours, et tente de réaliser les deux. Fais ensuite le parcours qui te semble le mieux adapté à tes compétences.

Vokabelcoach!

- die Erscheinung (en): *l'apparition*
- die Vorstellung (en): *l'idée, la représentation*
- die Zugehörigkeit: *l'appartenance*
- die Heimat: *le pays natal*
- die Wurzel (n): *la racine*
- die Eigenständigkeit: *l'autonomie*
- bestimmt: *certain, défini*
- die Welle (n): *la vague*

Sprachcoach!

Nuancer une caractéristique
→ p. 30

- Pour préciser le sens d'un adjectif, on peut le faire précéder d'un deuxième adjectif : *eine jung wirkende Mode, ein total schicker Trend*

WORTSCHATZ!

KLEIDUNG UND IDENTITÄT

Kleidung

- der Anzug (¨e): *le costume*
- der Druck: *l'impression*
- der Hut (¨e): *le chapeau*
- die Tracht (en): *le vêtement traditionnel*
- die Bluse (n): *le chemisier*
- die Lederhose (n): *le pantalon en cuir*
- die Schleife (n) : *le nœud*
- die Stickerei (en): *la broderie*
- die Weste (n): *le gilet*
- bunt: *multicolore*
- farbenfroh : *très coloré*
- schlicht : *simple, épuré*
- an/ziehen* (o,o): *mettre sur soi*
- gefallen (ie, a) (+dat.): *plaire à*
- tragen (u,a): *porter*
- wählen: *choisir*

Anlässe

- der Alltag: *le quotidien*
- der Anlass (¨e): *l'occasion*
- die Feier (n): *la fête, la cérémonie*
- die Hochzeit (en): *le mariage*
- die Taufe: *le baptême*
- die Kommunion: *la communion*
- der Karneval: *le carnaval*
- das Volksfest (e) : *la fête populaire*
- dabei sein: *être de la partie*
- feiern: *fêter, célébrer*

Bekleidung und Geschäft

- der Preis (e): *le prix*
- die Boutique (n): *la boutique*
- die Kette (n): *la chaîne*
- die Maßschneiderei: *la confection sur mesure*
- die Produktion: *la production*
- das Geschäft (e): *le commerce*
- das Schaufenster (-): *la vitrine*
- das Vermögen (-): *la fortune*
- ausgeben: *dépenser*
- erwerben* (a, o): *acquérir*
- kosten: *coûter*
- von der Stange sein: *du prêt-à-porter*

Wer trägt Tracht?

- der / die Jugendliche (n): *l'adolescent(e)*
- der / die Erwachsene (n): *l'adulte*
- der Adel: *la noblesse*
- das Bürgertum: *la bourgeoisie*
- der Bauer (n): *le fermier*
- der Jäger (-): *le chasseur*
- der Tourist (en): *le touriste*
- der Besucher (-): *le visiteur*
- das Kind (er): *l'enfant*
- jedermann: *chacun*

Identität

- der Lebensstil: *le mode de vie*
- die Besonderheit: *la particularité*
- die Eigenständigkeit: *l'indépendance*
- die Globalisierung : *la globalisation*
- die Heimat: *le pays natal*
- die Kunst (¨e): *les arts*
- die Modenschau (en): *le défilé de mode*
- die Vorstellung (en): *la représentation*
- die Wirkung (en): *l'effet*
- regional: *régional*
- dazu/gehören: *faire partie de*
- sich vernetzen: *se connecter*

Mode und Geschichte

- der Spirit: *l'état d'esprit*
- der Stil: *le style*
- der Trend (s): *la tendance*
- die Tradition (en): *la tradition*
- die Faszination: *la fascination*
- die Entstehung : *la formation, l'apparition*
- echt: *authentique*
- modern: *moderne*
- modisch: *à la mode*
- historisch: *historique*
- schick: *chic, élégant*
- traditionell: *traditionnel*
- typisch : *typique*

exercices interactifs

hachette-clic.fr/25all2008

Üben

1 Cherche l'intrus.

a. das Modehaus – die Boutique – die Besonderheit – das Geschäft
b. das Kleid – die Taufe – die Bluse – der Anzug
c. der Verkauf – die Wirkung – der Preis – das Vermögen
d. die Identität – die Heimat – die Faszination – die Tradition

2 Retrouve les noms de la même famille que ces verbes.

a. vorstellen **b.** entstehen **c.** drucken **d.** produzieren **e.** anziehen **f.** wirken **g.** jagen **h.** faszinieren

3 Résous les anagrammes et complète le texte.

AAGLLT – CEHIPSSTY – AALNSS – ADEEIILLNORTT – ACEHNRTT

Junge Leute tragen gern … bei Familienfesten und sogar im … . Dagegen tragen ältere Menschen … Kleider vor allem bei Volksfesten. Für Touristen ist der … zum Kauf ganz anders: Diese Kleider sind wie ein … Souvenir aus den Ferien.

4 Retrouve les verbes de la même famille que ces noms.

a. die Zugehörigkeit **b.** die Ausgabe **c.** die Feier **d.** die Wahl

5 Quels termes conviennent pour décrire cette image ?

die Taufe – das Volksfest – die Kirche – die Hochzeit – der Jugendliche – bunt – schick – die Blumen – glücklich – modisch – traditionell – der Mann – der Garten – das Dirndl – die Modenschau – schick

a. Fais 4 phrases avec les mots retenus pour la décrire.
b. À ton avis, pour quelle circonstance ce couple est-il habillé? Pourquoi en Tracht? Imagine la réponse que te ferait l'un des deux à cette question.

Phonologie

Prononcer les mots transparents.

Tu as sûrement constaté que les mots transparents, simples à comprendre, posent parfois un problème en expression orale : on a tendance à les prononcer « à la française ». Il faut donc particulièrement faire attention à bien prononcer toutes les lettres séparément, et « à l'allemande ».

AUDIO 03
hachette-clic.fr/25all2009

1 Écoute les mots suivants et répète-les.
die Produktion – das Instrument – das Symbol – die Identität – die Kommunikation – sozial

2 Écoute les mots suivants et écris-les.

3 Lis ce texte à voix haute.

Die romantische Faszination für regionale Traditionen ist ein kulturelles Phänomen, das nicht nur saisonale Mode ist, sondern auch Demonstration historischer Identität mit symbolischer Inspiration.

exercices interactifs
hachette-clic.fr/25all2010

Les qualificatifs des adjectifs

→ Précis p. 189

Observe et déduis

a. *Das ist eine typisch bayerische Lederhose.*

b. *Das ist modisch bedrucktes T-Shirt.*

- Repère les adjectifs dans les énoncés : lesquels se rapportent à un nom ?
- Que qualifie les autres ?

Retiens

Lorsqu'un adjectif qualifie un autre adjectif, il reste invariable (comme les adverbes), on parle de fonction adverbiale. Dans ces exemples *modisch* qualifie *bedruckt*, et *typisch* qualifie *bayerisch*.

Entraîne-toi

1 Dans le texte suivant, repère les adjectifs qui ont fonction de compléments.

Mein Bruder ist ein deutschlandweit berühmter Fotograf. Er benutzt echt innovative Farbfilter, und seine Kunstwerke sind surreal bunt. Er stellt seine ganz schön teuren Bilder in kleinen Galerien aus.

2 Choisis lequel des deux adjectifs prend la fonction d'adverbe et complète les phrases.

a. Ich mag …Hemden. + (bunt / kariert)

b. Die Besucher kaufen … Hüte. + (bayerisch / traditionell)

c. Wir führen ein … Geschäft. + (echt / erfolgreich)

d. Er will einen … Anzug. + (schwarz / traditionell)

e. Es gibt eine … Liebe zur Tracht. + (romantisch / wild)

f. Das Oktoberfest ist ein … Volksfest. + (original / bayerisch)

g. Die Kunstfotografien zeigen … Heimatvorstellungen. + (modern / hoch)

bei: chez ou lors de ?

→ Précis p. 188

Observe et déduis

a. *Bei der Hochzeit trägt die Braut ein Dirndl.*

b. *Bei meiner Freundin gibt es sonntags immer Kuchen.*

- Repère les compléments circonstanciels.
- Lequel indique un lieu et lequel un moment ?

Retiens

Tu connais déjà la préposition **bei** (+datif) pour indiquer « chez », comme dans *Ich esse* **bei** *meiner Oma.* Elle sert parfois à introduire une situation, ou un événement à caractère temporel : *Ich habe meine Freundin* **bei** *einem Tanzkurs kennengelernt.* (…pendant un cours de danse)

Entraîne-toi

3 Précise si *bei* indique un lieu ou un événement. Puis traduis les phrases.

a. Bei der Prüfung hatte ich Angst.

b. Wir treffen uns heute bei Simon.

c. Bei meinem ersten Kauf habe ich zu viel Geld ausgegeben.

d. Ich lasse meine Haare beim Friseur schneiden.

e. Bei Kindergeburtstagsfeiern machen Luftballons eine nette Atmosphäre.

f. Bei der Taufe war die ganze Familie da.

g. Viele Touristen tragen beim Oktoberfest Tracht.

4 Traduis les phrases suivantes en faisant attention au sens de bei.

a. Bei mir zu Hause ist es am schönsten.

b. Ich wohne noch bei meinen Eltern.

c. Ich hatte nur bei besonderen Anlässen ein Dirndl an.

d. Tracht war beim bayrischen Adel sehr beliebt.

MEIN PROJEKT ✓

Debattiere!

Argumentiere für oder gegen folgende Behauptung:
„Trachten zeigen Identität!“

SCHRITT 1

Lies deine Notizen und / oder die Texte in diesem Kapitel.

SCHRITT 2

Mach eine Tabelle mit Argumenten für und gegen die These: Pro und Kontra.

SCHRITT 3

Ergänze die Tabelle mit persönlichen Argumenten und deiner eigenen Meinung.

SCHRITT 4

Nimm Stellung und **markiere** deine wichtigsten Argumente mit einem Textmarker.

SCHRITT 5

Diskutiert!

METHODIK

Bien présenter ses arguments

- L'argument et l'exemple seuls ne suffisent pas dans le cadre d'un débat : il faut les introduire par des expressions comme *Ich denke, dass ..., Als Erstes möchte ich sagen, dass ... Dagegen ... In der Tat ...*
- Prépare des fiches avec toutes les expressions qui te permettent de présenter tes idées.

METHODIK

Participer à la discussion

- Respecte les règles mises en place par l'enseignant(e).
- Laisse terminer ton interlocuteur(trice) avant de prendre la parole, sois concis(e) et clair(e), écoute bien les arguments des autres afin de proposer à ton tour des interventions cohérentes.

Kultur-Profi

Poster Schwarzwaldmädel

FILM

BUCH

Pour aller plus loin sur ce thème, flashe ce code.

hachette-clic.fr/25all2011

MUSIK

Kapitel 3

Doppeltes Zuhause

Wie sehen Schriftsteller aus dem Ausland ihre Beziehung zu Deutschland?

Dans ce chapitre...

Culture

- Le quotidien en Allemagne de personnes issues de l'immigration
- Des récits d'auteurs issus de l'immigration

Langue

- Le lexique de l'immigration et de l'intégration
- Prononcer les mots d'origine étrangère
- *wenn* et *als*
- L'expression de la postériorité

MEIN PROJEKT ...

- Schreib für einen Lesezirkel die Kurzbiografie eines Autors.

STEIG EIN

1. Sieh dir die Bilder an. Welches Thema verbindet sie alle?
2. Wer sind diese Menschen? Stelle Hypothesen auf.

1 // Ankommen und sich zurechtfinden

1. *son environnement lui manque* 2. *sévère* 3. *la performance* 4. *das Diplom (e)* 5. *la bourse* 6. *être enthousiaste* 7. *désenchanteur* 8. *se faire remarquer* 9. *(ici) où la vie va l'emmener*

Birgit Weyhe, Lebenslinien, 2020

Vokabelcoach!

- der Student (en): *l'étudiant*
- ein/wandern: *immigrer*
- ausländische Wurzeln haben: *avoir des racines étrangères*
- etwas vor/bereiten: *préparer qqch*
- sich zurecht/finden: *trouver son chemin*
- aufregend: *excitant(e)*
- enttäuschend: *décevant(e)*

Lies den Comic. DIFFÉRENCIATION

1. **a. Finde heraus,** warum Ann Mabel froh ist, als sie nach Uganda zurückkommt. → **Grammatik** p. 38
   b. Erkläre, wie das Leben und die Schule dort sind.
2. **Sag,** warum Ann Mabel nach Dänemark zieht. Wie ist ihr Leben in diesem Land?
3. Wie erlebt sie ihre Zeit in Hamburg? Fühlt sie sich dort wohl? **Erkläre.**

KURZ PROJEKT

Ein Studium im Ausland - Ja oder nein?

Wie stellst du dir das Leben dieser Studentin in Deutschland vor?
Möchtest du auch im Ausland studieren? Warum (nicht)?

A Eine völlig fremde Welt

AUDIO 04
hachette-clic.fr/25all2012

Ich habe, wie gesagt, vor 28 Jahren meine Heimat, die Sowjetunion, verlassen und bin als jüdischer Flüchtling[1] in Deutschland aufgenommen worden. Damals bin ich mit dem Wunsch nach Europa gekommen, die große weite Welt persönlich kennenzulernen. [...] Draußen wartete dann jedoch eine völlig fremde Welt auf uns. [...] Sie war bei Weitem nicht so spannend und interessant wie in den Büchern, die wir gelesen hatten. Wir sind aber trotzdem geblieben.

Später bin ich in Deutschland selbst Teil der dortigen Literatur geworden. Und inzwischen werden meine Bücher sogar als [...] Lehrermaterial benutzt, um Neuankömmlingen Deutsch beizubringen und sie in das europäische Leben zu integrieren. Ich konnte es kaum glauben, aber Syrer und Iraker lernten tatsächlich mit meinen Büchern Deutsch.

Wladimir KAMINER,
Ausgerechnet Deutschland, 2018

1. *le réfugié juif*

B Mein Name ist Ausländer

Ich weiß, wie sich das anfühlt, irgendwo nicht willkommen zu sein, aber ich bin viel glücklicher darüber, zu wissen wie es sich anfühlt, wenn man Unterstützung und Zuspruch erhält.
Saša STANIŠIĆ, *Schriftsteller*

AUDIO 05
hachette-clic.fr/25all2013

Ich lebe in Hamburg. Ich habe einen deutschen Pass. Mein Geburtsort liegt hinter fremden Bergen. An der vertrauten Elbe gehe ich zweimal die Woche laufen, eine App zählt die zurückgelegten Kilometer. Ich kann mir kaum vorstellen, wie das ist, sich zu verlaufen[1].

Ich bin Anhänger des Hamburger Sportvereins. Ich besitze ein Rennrad, das ich so gut wie nie fahre, weil ich Angst habe, dass es mir geklaut wird[2]. [...]

Man will gelegentlich von mir wissen, ob ich in Deutschland zu Hause sei. Ich sage abwechselnd ja und nein. Die Leute meinen es selten ausgrenzend[3]. Sie sichern sich ab. Sie sagen: „Verstehen Sie mich bitte nicht falsch, meine Cousine hat einen Tschechen geheiratet."

Saša STANIŠIĆ, *Herkunft*, 2019

1. *se perdre* 2. *qu'on me le vole*
3. *(ici) rarement pour me marginaliser*

C Mutter, ich bin allen fremd

AUDIO 06
hachette-clic.fr/25all2014

In den Sommerferien in der Türkei war ich der Deutsche, doch dahin gehörte ich auch nicht. Und in Deutschland? Dazu kann ich heute noch nichts sagen, auch hier, zwischen mir und dem Land, ist die Brücke kaputt. [...] Mein Sprachfehler brachte die Kurs-Kameradinnen und -Kameraden immer wieder zum Lachen. Das scharfe R konnte ich nicht rollen. Als Kind fand ich es noch amüsant, wenn die Leute mich deshalb auslachten, als Jugendlicher schämte ich mich dafür. In meiner Gruppe waren viele Studentinnen und Studenten, in den Pausen haben sie von ihrem Studium, ihren Zukunftsplänen erzählt, es war ein neues Milieu für mich. Ich hatte natürlich nicht viel zu sagen, mich interessierte auch mehr, welche Pläne andere hatten, es wurden Berufe genannt, von denen ich noch nie etwas gehört hatte. Nach kurzer Zeit hatte ich doch ein gutes Gefühl in dieser Gruppe, ich wurde aufgenommen[1], zusammen haben wir Festivals, Ausstellungen, Kinos besucht, über Werke, Filme, Theaterstücke diskutiert. Mein Selbstvertrauen[2] erreichte ein neues Level.

Dinçer GÜÇYETER, *Unser Deutschlandmärchen*, 2022

1. aufgenommen werden = integriert werden 2. *la confiance en soi*

Lies die Titel.

1 Was haben die Autoren deiner Meinung nach gemeinsam?

Wähl deinen Weg. DIFFÉRENCIATION

A2+

2 **Lies** den Text *„Teil der deutschen Literatur"* (Dok. A)
3 **a.** Woher kommt der Erzähler?
b. Warum hat er in Deutschland Exil gesucht?
→ **Grammatik** p. 38
4 Was zeigt, dass der Erzähler in Deutschland gut integriert ist?

B1

2 **Lies** die Texte *„Mein Name ist Ausländer"* (Dok. B) und *„Mutter, ich bin allen fremd"* (Dok. C)
3 **a. Liste auf,** mit welchen Adjektiven sie ihr Leben beschreiben. **Begründe** deine Wahl.
b. Beschreib, wie sich die Erzähler in Deutschland fühlen.
4 **Zitiere** Textstellen, die zeigen, dass die Autoren gut in Deutschland integriert sind. → **Grammatik** p. 38

Vokabelcoach!

- der Erzähler (-): *le narrateur*
- zwischen zwei Kulturen leben: *vivre entre deux cultures*
- sich integrieren: *s'intégrer*
- leicht / schwer: *facile(ment) / difficile(ment)*
- Integrationsprobleme haben: *avoir des problèmes d'intégration*
- der Rassismus: *le racisme*
- die Diskriminierung: *la discrimination*
- etwas erleben: *faire l'experience de*
- sich durch/setzen müssen: *devoir s'imposer*
- die Denkweise ändern: *changer les mentalités*

5 **ZUSAMMEN**
Stellt eure Informationen **zusammen** und **bereitet** eine Mindmap zum Thema „Leben in Deutschland mit einem Migrationshintergrund" **vor**.

B Schreiben zwischen den Kulturen

„Ich weiß, dass Literatur Gesellschaften ändert und weiterhin ändern kann. Die Frage ist: in welche Richtung?"
SHARON DODUA OTOO, 2018.

AUDIO 07
hachette-clic.fr/25all2015

Kulturecke
Heinrich Böll (1917 - 1985) war ein deutscher Schriftsteller der Nachkriegszeit.

Sprachcoach!
als → p. 38
als exprime un fait unique dans le passé : *Als Sharon Dodua Otoo geboren wurde, lebte Heinrich Böll nicht mehr.*

Hör dir das Interview an.

1 Wann sind Sharon Dodua Otoo und Heinrich Böll geboren? **Nenne**, was sie gemeinsam haben.
2 Warum mag Sharon Dodua Otoo deutsche Klassiker?
3 Wie verstehst du das Zitat von Sharon Dodua Otoo? Was ist für sie die Rolle der Literatur? **Begründe**.

KURZ PROJEKT ...

Schreib einem der Autoren.
Wähl einen der vier Autoren und schreib ihm: Was dich an seiner Biografie beeindruckt, wie du seine Integration findest …

WORTSCHATZ!

Die Migration

- arbeiten: *travailler*
- ausländische Wurzeln haben: *avoir des origines étrangères*
- aus einem Land stammen: *être originaire d'un pays*
- ein/wandern: *immigrer*
- aus/wandern: *émigrer*
- etwas vor/bereiten: *préparer qqch*
- sich zurecht/finden* (a, u): *s'orienter*
- studieren: *étudier*
- nach Europa kommen* (a, o): *venir en Europe*
- vor etwas (+dat.) fliehen* (o, o): *fuir qc*
- empfangen* (i, a): *recevoir, accueillir*
- aus/grenzen: *exclure, mettre à l'écart*

Das Leben

- der Mensch (en, en): *l'Homme*
- der Fremde (n, n): *l'étranger*
- das Leben (-): *la vie*
- der Flüchtling (e): *le réfugié*
- der Migrationshintergrund: *le passé migratoire*
- die Freude: *la joie*
- die Welt (en): *le monde*
- etwas erleben: *vivre qc*
- Leute treffen* (a,o): *rencontrer des gens*
- Freunde gewinnen* (a,o): *se faire des amis*

IN EINEM NEUEN LAND

Die Integration

- die Willkommenskultur: *la culture d'accueil*
- die Bereicherung: *l'enrichissement*
- das Selbstvertrauen: *la confiance en soi*
- sich integrieren: *s'intégrer*
- aufgenommen werden = integriert werden

Schwierigkeiten

- der Rassismus: *le racisme*
- die Diskriminierung (en): *la discrimination*
- aufgeregt = nervös
- isoliert: *isolé*
- unsicher: *qui manque d'assurance*
- gefährlich: *dangereux*
- jdn aus/lachen: *se moquer de qn*
- jdn diskriminieren: *discriminer qn*
- sich für etwas schämen: *avoir honte de qqc*

Positives

- spannend: *passionnant(e), captivant(e)*
- zu etwas (+ dat.) gehören: *appartenir à, faire partie de qc*
- zwischen den Kulturen leben: *vivre entre les cultures*
- sich durch/setzen: *s'imposer*
- jdm etwas bei/bringen* (a, a): *enseigner qqch à qqn*
- sich zuhause fühlen: *se sentir chez soi*

exercices interactifs
hachette-clic.fr/25all2016

Üben

1 Associe chaque mot à son synonyme.

a. der Fremde
b. aus … kommen
c. jdn auslachen
d. aufgenommen werden
e. das Problem

1. aus … stammen
2. die Schwierigkeit
3. der Ausländer
4. sich über jdn lustig machen
5. integriert werden

2 Chasse l'intrus.

a. empfangen – Willkommenskultur – ausgrenzen – aufgenommen werden
b. sich durch/setzen – sich schämen – das Selbstvertrauen – stark sein
c. diskriminiert werden – sich gut fühlen – kein Integrationsproblem haben – sich zuhause fühlen

3 Complète les phrases avec le mot de la liste qui convient.

fliehen – Migrationshintergrund – fühlen – integriert – Diskriminierung – Willkommenskultur – Migrant

a. Viele Menschen mit … erleben manchmal … .
b. Der … musste vor dem Krieg in seinem Land … .
c. Viele Schriftsteller mit Migrationshintergrund haben sich sehr gut … .
d. Deutschland hat eine … , deshalb können sich Menschen dort gut … .

4 a. Observe cette photo. Parmi les mots suivants, choisis ceux que tu associes à la situation.

das Selbstvertrauen – sich zuhause fühlen – die Diskriminierung – die Freude – zu etwas gehören – spannend – etwas erleben – der Fremde – ausgrenzen – die Bereicherung

b. Réponds à cette question en donnant des exemples concrets.

Freundschaft ist international – was meinst du dazu?

Phonologie

AUDIO 08
hachette-clic.fr/25all2017

La prononciation des mots d'origine étrangère

En allemand, c'est généralement la première syllabe d'un mot qui est accentuée.
Ex. : der Fremde – bleiben

Les mots d'emprunt gardent leur prononciation dans la langue d'origine ainsi que leur accentuation : *der Journalist – die Balance – die Show – die Kultur*

1 Écoute les mots suivants et repère la syllabe accentuée.

Migrant – Integration – Asyl – Restaurant – Chef – Karriere – Exil – Multikulturalismus

2 Lis le texte suivant à voix haute.

Aisha aus Marokko und Leo aus Brasilien sind neu in Deutschland. Anfangs war alles kompliziert – Sprache, Bürokratie, Kultur. Doch mit Hilfe fanden sie Arbeit und Freunde. Beim Festival teilen alle Essen und Geschichten. Integration ist ein Weg, den man gemeinsam geht.

exercices interactifs
hachette-clic.fr/25all2018

wenn et *als*

→ Précis p. 201

>> Observe

a. ***Als*** *er seine Heimat verlassen hat, wollte er die große Welt entdecken.*

b. ***Wenn*** *er bei Freunden war, hat er immer über Literatur gesprochen.*

- Repère les points communs et les différences entre ces phrases.
- Déduis-en comment choisir entre *wenn* et *als*.

>> Retiens

wenn et ***als*** s'utilisent tous les deux pour dire quand quelque chose a lieu.
• ***wenn*** exprime un fait présent ou futur. Au passé, il indique une action répétée ("à chaque fois que").
• ***als*** s'utilise uniquement en référence à un fait passé. Il exprime un fait unique ("la fois où").

>> Entraîne-toi

1 Complète les phrases suivantes avec « *wenn* » ou « *als* ».

a. … ich nach Deutschland gekommen bin, war ich aufgeregt.
b. Der Flüchtling musste sein Land verlassen, … der Krieg begann.
c. … ich mich unsicher fühle, denke ich an meine Familie.
d. Früher, … die Arbeitskräfte nach Europa kamen, war die Integration schwierig.
e. Manchmal denke ich an meine Heimat, … ich durch die Stadt gehe.
f. Aber ich bin sicher, dass ich alles noch einmal genauso machen würde, … ich noch einmal die Entscheidung treffen müsste.

2 Complète le texte à trous avec « *wenn* » et « *als* ».

Viele Menschen mit Migrationshintergrund erzählen von ihrer Vergangenheit. … sie in ein neues Land gekommen sind, war es oft schwierig, weil sie keine Arbeit hatten. …sie anfangen zu arbeiten, gewinnen sie mehr Selbstvertrauen. Eine gute Willkommenskultur hilft ihnen, und … sie Freunde haben, auch.

nach et *in* pour situer dans le temps

→ Précis p. 201

>> Observe

a. ***Nach*** *ihrem Leben in Kenia musste Ann Mabel zurück nach Uganda ziehen.*

b. ***In*** *der zweiten Hälfte des Jahres war sie in Deutschland.*

- Repère le cas employé après *nach* et *in*.
- Observe la place du verbe dans les phrases.

>> Retiens

Les compléments de temps introduits par ***nach*** et ***in*** sont suivis du datif. ***in*** indique une date, une période, et ***nach*** une postériorité. Ils permettent de reconstituer une chronologie.

>> Entraîne-toi

3 Réécris les phrases avec la bonne préposition *nach* ou *in*.

a. … den Ferien in Marokko spricht Aischa kein Deutsch.
b. … diesem Jahr hat er viele neue Freunde gewonnen.
c. … der Schule geht er mit seiner Mutter in die Bibliothek.

4 Réécris les phrases ci-dessous en y intégrant l'un des marqueurs temporels proposés.

nach den Sommerferien – in seiner Jugend – später – nach kurzer Zeit in seiner Gruppe

Dinçer:
a. Er verbrachte jeden Sommer in der Türkei.
b. Er kehrte nach Deutschland zurück.
c. Er hat sich einer Gruppe angeschlossen.
d. Er konnte sich sprachlich verbessern und Freunde gewinnen.

MEIN PROJEKT ✓

Ich schreibe die Kurzbiografie eines Autors.

Die Schule organisiert einen Lesekreis zum Thema „Zwischen den Kulturen“. Du stellst einen der Autoren mit Migrationshintergrund, seinen Lebensweg und seine literarischen Erfolge vor.

SCHRITT 1

Recherchiere über einen der Autoren des Kapitels. Notiere dir Informationen über sein / ihr Herkunftsland, sein / ihr Leben in Deutschland und die Bücher, die er / sie geschrieben hat.

METHODIK

Organiser ses notes

Classe les dans un tableau ou une carte mentale (identité, origine, anecdotes, succès/difficultés...)

SCHRITT 2

Benutze Zeitangaben, um sein Leben und seine Karriere darzustellen. **Zeige**, wie interessant seine Erfahrung ist. **Stelle dar**, welche Intentionen der Autor hat und wie sein Werk auf seine Leser wirkt.

SCHRITT 3

Mach eine attraktive Präsentation: **füge** Fotos und Zitate des Autors hinzu und vielleicht auch Leserstimmen.

METHODIK

Soigner la présentation

- Un paragraphe = une étape dans la vie de l'auteur.
- N'hésite pas à utiliser des couleurs, des bulles pour les citations, etc.

Kultur-Profi

Phil Laude : Alman

MUSIK

Pour aller plus loin sur ce thème, flashe ce code.

hachette-clic.fr/25all2019

BÜCHER

FILME

Kultur macht Spaß!

AUDIO 09
hachette-clic.fr/25all2020

Wer hat was gemalt?

Schau dir diese Selbstporträts **an** und **hör** dir das Dokument an.

Ordne jedem Maler sein Selbstporträt **zu**.

1 August Macke
2 Albrecht Dürer
3 Paula Modersohn-Becker
4 Alexej von Jawlensky
5 Anita Ree

a. 

b. 

c. 

d. 

e. 

Lösung
1. d
2. a
3. b
4. c
5. e

Der Mythos von Narziss

Bring die Sätze in die richtige Reihenfolge, um die Geschichte von Narziss zu entdecken.

1 Narziss ist ein junger Mann.
2 Narziss beugt sich immer weiter vor.
3 Er fällt ins Wasser und stirbt.
4 Er will sich von ganz nah sehen.
5 Er findet sich unglaublich schön.
6 Er geht zum See und sieht darin sein Spiegelbild.
7 Er ist außergewöhnlich schön.

Lösung
1, 7, 6, 5, 4, 2, 3

Selfiemania

Welcher Selfie-Typ bist du? **Antworte**, was für dich stimmt.

1 Wie oft?
✶ Ich fotografiere mich so oft ich kann – manchmal zwanzig Mal am Tag!
● Selfies sind meistens langweilig, ich fotografiere mich nur sehr selten.
■ Ich mache nicht jeden Tag Selfies, aber manchmal schon.

2 Wie?
● Meine Selfies sind spontan – keine große Inszenierung.
✶ Ich kontrolliere alles – das Licht, meine Pose, mein Outfit …
■ Ich mache einfach immer viele Fotos, eines wird schon gut sein.

3 Mit wem teilen?
■ Meine Selfies teile ich mit meinen Freunden.
● Ich zeige sie meinen Freunden, aber ich teile sie nicht.
✶ Meine Selfies kommen sofort in alle sozialen Medien. Sonst macht es keinen Spaß.

4 Und die Location?
● Nicht so wichtig. Es geht ja um mich.
✶ Für eine spektakuläre Pose kann ich auch mal ein Risiko eingehen.
■ Ich pass schon auf. Das Selfie darf nicht zur Gefahr werden.

Zähl jetzt deine Sternchen.

Du hast 3-4 ● Selfies sind okay für dich, aber du nimmst sie nicht so ernst. Das ist okay!
Du hast 3-4 ■ Du legst Wert darauf, auf Selfies gut auszusehen und sie spielen schon eine Rolle in deinem Leben. Das ist nicht schlimm, aber bleib dabei.
Du hast 3-4 ✶ Selfies sind dir schon sehr wichtig. Vielleicht kannst du ein bisschen relaxter mit ihnen und deinem Selbstbild umgehen?

Dirndl-Profi

Was weißt du? Wähl die richtige Antwort.

1 Das Dirndl

a. Dirndl trägt man seit dem 18. Jahrhundert. Es war für Festtage gedacht.

b. Dirndl sind seit Ende des 19. Jahrhunderts Mode. Davor trugen es die „Dern" – Dienstmägde – daher der Name „Dirndl".

c. Dirndl trägt man eigentlich erst seit Mitte des 20. Jahrhunderts. Heimatfilme wie „Sissi" und „Das Schwarzwaldmädel" machten sie populär.

2 Wo wird in Deutschland heute Tracht verkauft?

a. Nur in Bayern in den traditionellen Geschäften.

b. In vielen Geschäften in ganz Deutschland.

c. In ganz Deutschland, aber nur in exklusiven Modegeschäften.

3 Beim Oktoberfest ist es ...

a. Mode, Tracht zu tragen.

b. tragen nur alte Menschen Tracht.

c. muss man Tracht tragen.

4 Woher kommt das Wort Tracht?

a. Vom Verb *trauen*: Man muss Mut haben, um Tracht zu tragen.

b. Vom althochdeutschen Verb *tragen*.

c. Das Wort hat keinen Sinn. Es ist ein bayrischer Ausruf.

5 Trachten sind ...

a. auf jeden Fall sehr teuer.

b. gibt es in allen Preisklassen.

c. sind billige Kleidung.

Lösung
1. b **2.** b **3.** a **4.** b **5.** b

Richtig oder falsch

1. Nur alte Leute tragen Tracht.
2. Tracht gibt es nur in Deutschland.
3. Auch berühmte Modedesigner kreieren Tracht.
4. Eine Lederhose hält nur eine Saison.
5. In Tracht zu heiraten ist sehr beliebt.

Lösung
1. Falsch **2.** Falsch **3.** Richtig **4.** Falsch **5.** Richtig

AUDIO 10
hachette-clic.fr/25all2021

Zitatepuzzle

Findest du für jedes Zitat die fehlenden Wörter?
Hör dir dann die Aufnahme **an**.

Flucht – Exil – Geflüchtete – Lachen – Heimweh – Zukunft

... ist eigentlich eine Tankstelle für den Widerstand, langfristig im ... zu leben. Sonst geht man unter. Lachen gibt viel Kraft. Deshalb liebe ich das Lachen auch.

Rafik Schami

... ist für mich ein Zeichen von Rückständigkeit, als würde man Angst vor der ... haben. Es gibt keinen Weg zurück. Man muss nach vorne schauen, jeder Tag beginnt mit neuen Möglichkeiten.

Wladimir Kaminer

Jeder ... kommt auf seine Weise an. Manche am Morgen nach der..., andere in jenem Augenblick, da ihnen die Einbürgerungsurkunde überreicht wird. Manche immer wieder, andere nie.

Ilija Trojanow

Wandbild in der Shanghaiallee Hamburg

axe 2

Vivre entre générations

4 Eine schrecklich nette Familie
A2

Berühmte Mutter: Vorbild oder Abgrenzung?

PROJEKT

Macht ein Interview mit den drei Künstlerinnen der Familie Hagen.

5 Generationen: nacheinander – miteinander
A2+

Wie ähnlich sind wir unseren Eltern und Großeltern?

PROJEKT

Mach einen Podcast über die Generation Alpha.

6 Neues Miteinander
>B1

Zusammen wohnen für ein besseres Leben?

PROJEKT

Debattiert über das Thema „Zusammenwohnen".

Kultur macht Spaß!

Fichier professeur

Évaluation Kapitel 1
Évaluation Kapitel 2
Évaluation Kapitel 3

Kapitel 4

Eine schrecklich nette Familie

Berühmte Mutter: Vorbild oder Abgrenzung?

Dans ce chapitre...

Culture

- Une famille d'artistes de génération en génération
- Des éléments de la politique culturelle en RDA

Langue

- Le lexique de la description et de la famille
- Prononcer le /h/
- Les mots interrogatifs
- Le passif au prétérit

MEIN PROJEKT

- Macht ein Interview mit den drei Künstlerinnen der Familie Hagen.

STEIG EIN

1. Schau dir die Bilder an. Was fällt dir zu den drei Frauen ein?
2. Was ist ähnlich? Welche Unterschiede gibt es?

1 // Am Anfang war das Talent DIFFÉRENCIATION

A In der DDR

Die Schauspielerin und Sängerin Eva-Maria Hagen gehörte zu den großen Künstlern in der DDR. Nun ist sie mit 87 Jahren gestorben.

Eva-Maria Hagen inszenierte sich zeitlebens als Objekt der Begierde, als Anwältin der Gefühle, als Mädchen voller Träume, als Gefährtin[1]. Und sie brauchte Lieder. Im Laufe der Zeit verstand sie sich, auch wenn sie immer wieder Schauspielrollen übernahm, vor allem als Sängerin.

„Ich brauche keine Juwelen, ich brauche keine tollen Kleider, ich brauche Lieder". Viele bekam sie von ihrem langjährigen Lebensgefährten Wolf Biermann geschenkt, von dem wohl wichtigsten Mann in ihrem Leben.

Verliebt haben sich die beiden ineinander, als Eva-Maria Hagen, die gelernte Maschinenschlosserin[2], 1943 in Polen geboren, einer der Stars der DDR-Filmgesellschaft DEFA war – erfolgreich vor allem im leichten Fach als aufreizende Sirene, gelegentlich aber auch als Charakterdarstellerin[3], wie in der Fallada-Adaption „Wolf unter Wölfen" des DDR-Fernsehens.

1965 haben sich Eva-Maria Hagen und der da schon in Ungnade gefallene[4] Lieder- und Theatermacher Wolf Biermann kennengelernt. Es war das Jahr, da die SED-Führung[5] zum Sturm gegen alle Freidenker in der DDR blies[6], Filme, Bücher und Lieder verbot.

Nachruf auf Eva-Maria Hagen

1. *la compagne* 2. *ajusteuse-mécanicienne* 3. *actrice* 4. *tomber en disgrâce* 5. *le régime du parti unique en RDA* 6. *souffler la tempête*

Lies den Text.

1. **Notiere** Informationen zu Eva-Marias Biographie.
2. **Ergänze** sie mit Informationen zu ihrer Karriere.
3. Was erfährst du über ihre Beziehung mit Wolf Biermann?
4. Was erfährst du über die Situation der Künstler in der DDR?

Sprachcoach!

Le passif au prétérit → p. 50

- En allemand, il se construit avec l'auxiliaire **werden** au prétérit et le participe II du verbe conjugué : *Wolf Biermann wurde 1976 ausgebürgert.*

B In der Bundesrepublik

AUDIO 11
hachette-clic.fr/25all2022

Hör dir den Podcast an.

1. Wie ging Eva-Maria Hagens Leben nach 1976 weiter?
   → **Phonologie** p. 49
2. In welchen Bereichen machte sie keine Kompromisse?
3. **Notiere** Stichpunkte zu ihrer Karriere in der Bundesrepublik.

Vokabelcoach!

- der Moderator (en): *l'animateur*
- der Zuhörer (-): *l'auditeur*
- die Sendung (en): *l'émission*
- das Thema (en): *le sujet*
- das Lied (er): *la chanson*
- die Sängerin (nen): *la chanteuse*
- hören: *entendre, écouter*
- um etwas (+ acc.) gehen * (i,a): *être question de qqch*
- der Titel (-): *le titre*

KURZ PROJEKT ...

Schreib einen Beitrag für ein Schülerradio.

Bereite für das Schülerradio der deutschen Partnerschule einen Beitrag über Eva Maria Hagen vor und nimm ihn auf.

2 // Die Rebellion der Tochter

Kulturecke
In der DDR machte Nina Hagen eine einjährige professionelle Gesangsausbildung von Jazz über Oper bis Schlager.

A Music Queen

VIDÉO 03
hachette-clic.fr/25all2023

Schau dir das Video an.

1. **Notiere** die Informationen zum Jahr 1979.
2. **a.** Wie alt ist Nina Hagen, seit wann lebt sie nicht mehr in der DDR?
   b. In welche Stadt geht sie?
3. **Fasse zusammen**, wie die Musikszene dort ist und welche Rolle Frauen haben.
4. Was bringt Nina mit zurück nach Deutschland?

B ‚Der erste Guru'

Frau Hagen, Sie haben ein Haus auf Ibiza, eine Wohnung in Paris und sind alle paar Wochen in Indien. Wo wohnen Sie, wenn Sie in Berlin sind? Bei Ihrer Mutter Eva Maria Hagen?

Wieso nicht? Wenn ich in der Stadt bin, wohne ich bei meiner Mutter – jedenfalls dann, wenn sie nicht da ist. Wenn sie da ist, renne ich schreiend vor ihr davon[1]. Genauso wie meine Tochter vor mir davonrennt. Das ist bei uns so. Das ist völlig normal. Das macht man eben so als selbstständige[2] Tochter. [...] Als ich 15 Jahre alt war, erlaubte mir meine Mutter, in eine eigene Wohnung zu ziehen – in die Kastanienallee. Ich bin ihr vorher so auf die Nerven gegangen, dass sie mich freiwillig gehen ließ und für mich den Mietvertrag unterschrieb. Wenn Mütter einen so nerven, dass man ausziehen will, heißt das nur, dass sie ihr Kind lieben. Nerven ist der Job einer jeden Mutter. [...] Nie wird ein anderer Mensch die Liebe nachempfinden können, die ich zu meiner Mutter empfinde[3]. Wenn ich sage, dass ich schreiend vor ihr weggelaufen bin, heißt das nicht, das ich diese Frau nicht abgöttisch liebe[4]. Das ist eine Beziehung, die nur zwei Menschen gehört. Die Alte ist einfach mein erster Guru gewesen und wird es auch immer bleiben – *the number one*.

Tagesspiegel

1. *je pars en courant* 2. *autonome* 3. *ressentir* 4. *adorer, vénérer*

„Wir lieben uns von Herzen, aber wir verkörpern unterschiedliche Welten."
Eva Maria Hagen

Wähl deinen Weg. DIFFÉRENCIATION

A2
Schau dir das Foto an und lies das Zitat.
1. Wie siehst du die Beziehung von Nina und Eva-Maria Hagen?
2. **Notiere** die Stellen im Text, die zu „lieben uns von Herzen" und zu „verkörpern unterschiedliche Welten" passen.

A2+
Lies den Artikel.
1. Wo lebt Nina Hagen?
2. **a.** Was macht laut Nina Hagen eine Mutter, die ihre Kinder liebt?
   b. Notiere Stichpunkte zur Beziehung der beiden Frauen.
3. **Erkläre** mit Beispielen, warum diese Beziehung kompliziert ist.
4. Was sagt Nina über ihre Beziehung zu ihrer Tochter?

ZUSAMMEN
Tauscht die Informationen über die beiden Frauen **aus**.
→ Wortschatz p. 48

3 // Tochter und Enkelin

IN DER MATRIX

GQ: Haben Sie nie eine Sehnsucht[1] nach Normalität verspürt?
Cosma Shiva Hagen: Als ich jünger war, hab' ich mir mitunter eine normale Familie gewünscht. Mit dem Alter lernt man dann die eigene Biografie zu schätzen, weil sie einen zu dem gemacht hat, der man ist. Früher wollte ich manchmal spießig[2] sein, um zu rebellieren. Heute nicht mehr. Ich hab' alles gesehen, bei den Freakfreunden meiner Mutter, bei den Politikfreunden von Wolf und Pamela Biermann, bei Punks, bei meinen Goa-Rave- und Sanjassin-Freunden auf Ibiza, in der Technoszene, bei Hip-Hop- und Jazzfans, bei sogenannten Normalos. Ich picke mir aus allem etwas für mich raus. [...] Die Welt ist zu bunt, um sich festzulegen.

GQ: Mama war früher manchmal peinlich[3]. Bewundern Sie im Rückblick Ninas Power?
Cosma Shiva Hagen: Als Kind hatte ich Angst davor, an meiner Mutter gemessen[4] zu werden. Aber ich bin seit Langem ein großer Fan von ihr. Nina ist ein Weltenkämpfer, immer mit Haut und Haar bei der Sache, das liebe ich an ihr. Und: Sie war ihrer Zeit in manchem voraus! In letzter Zeit haben wir wenig Kontakt, weil sie in Kalifornien lebt, und ich viel in Europa drehe. Manchmal tut es mir leid, dass sie nicht immer die Gabe hat, ihre Botschaft so zu formulieren, dass die Leute sie verstehen.

GQ: Für Ihre Schauspielkarriere war Oma wichtiger, oder?
Cosma Shiva Hagen:
Eva-Maria war anfangs die treibende Kraft. Sie brachte mich zu den ersten Castings, ich war 13. Irgendwie wünschte sie sich, dass ich diesen Beruf mache. Mich hat das damals nicht sonderlich interessiert, ich wollte viel lieber Fotografin werden. [...] Bis heute hege ich eine Hassliebe[5] zu meinem Beruf.

Jochen Förster, *GQ Germany*

1. *le désir* 2. *petit bourgeois* 3. *gênant, qui fait honte* 4. *être comparé(e)* 5. *l'amour haine*

Schau dir die Bilder an und lies den Text.

1. Was sagen die Fotos über Cosma Shiva und ihre Beziehung zu ihrer Mutter und ihrer Großmutter?
2. **Notiere** Stichwörter zum Thema Normalität und Leben.
3. Welche Bedeutung hatte Nina Hagen für sie, welche ihre Großmutter? → **Grammatik** p. 50
4. Was sagt sie zu ihrer Karriere als Schauspielerin?

Vokabelcoach!
- die Beziehung (-en): *la relation*
- auf etw. (+ acc.) stolz sein: *être fier(-ère) de*
- das Vorbild (-er): *le modèle*
- sich streiten* (i,i): *se disputer*
- gehorchen: *obéir*
- frech: *insolent(e)*
- vor etw. (+ dat.) Respekt haben: *avoir du respect pour*
- provozieren: *provoquer*
- sich versöhnen: *se réconcilier*

Sprachcoach!
Les mots interrogatifs
→ p. 50
En allemand, tous les mots interrogatifs commencent par un *w*. D'ailleurs, on appelle les questions introduites par l'un de ces mots des *w-Fragen*.

KURZ PROJEKT
Sprecht über die Beziehung von Eltern und Kindern.
Cosma Shiva unterhält sich mit Jugendlichen über die Eltern-Kind-Beziehung. Spielt den Dialog zu dritt oder viert.

WORTSCHATZ!

EINE (KÜNSTLER)FAMILIE

Das Aussehen

- der Körper (-): *le corps*
- die Figur (en): *la silhouette*
- das Auge (-): *l'œil*
- das Haar (e): *le cheveu*
- das Gesicht (er): *le visage*
- groß / klein: *grand(e) / petit(e)*
- blond / braun / rot: *blond(e) / brun(e) / roux(sse)*
- freundlich: *amical(e), avenant(e)*
- weise: *sage*
- aus/sehen* (a, e): *avoir l'air*
- aus/strahlen: *dégager, rayonner*
- tragen* (u, a): *porter*
- wirken: *faire un effet, agir*

Exzentrisch oder weise

- die Rebellion: *la rébellion*
- die Kreativität: *la créativité*
- die Eigenart (en): *la particularité*
- die Laune (n): *l'humeur*
- besonnen: *réfléchi(e)*
- demütig: *humble*
- frei: *libre*
- schrill: *tape à l'œil*
- überraschen: *surprendre*
- sich aus/drücken: *s'exprimer*
- aus der Reihe tanzen: *être hors normes*
- auf/fallen* (ie, a): *se faire remarquer*

Die Eltern-Kind-Beziehung

- der Respekt vor (+ dat.): *le respect pour*
- die Beziehung (en): *la relation*
- die Erziehung: *l'éducation*
- das Vorbild (er): *le modèle*
- verständnisvoll: *compréhensif (-ve)*
- liebevoll: *affectueux(-euse)*
- frech: *insolent(e), effronté(e)*
- streng: *sévère*
- sich streiten* (stritt, gestritten): *se disputer*
- sich versöhnen: *se réconcilier*
- gehorchen: *obéir*
- provozieren: *provoquer*

Ein Radiobeitrag

- der Moderator (en): *l'animateur*
- der Zuhörer (-): *l'auditeur*
- das Radio: *la radio*
- die Sendung (en): *l'emission*
- das Thema (Themen): *le sujet*
- spannend: *captivant(e)*
- lehrreich: *instructif(ve)*
- kritisch: *critique*
- unterhaltsam: *divertissant(e)*
- um etw. (+acc.) gehen* (i,a): *être question de*
- hören: *écouter*
- jdn. willkommen heißen* (ie, ei): *souhaiter la bienvenue*
- sich verabschieden: *prendre congé*

exercices interactifs

hachette-clic.fr/25all2024

Üben

1 Complète les phrases suivantes par un nom désignant une partie du corps.

a. Diese Frau hat kurze braune …
b. Sie hat blaue …
c. Sie lächelt oft und ihr … wirkt immer freundlich.
d. Jeder … ist anders: Es gibt kleine und große Menschen.

2 Associe chacun de ces mots à la bonne définition.

der Moderator – unterhaltsam – der Zuhörer – spannend – sich verabschieden

a. Auf Wiedersehen sagen
b. Journalist, der im Radio oder Fernsehen durch eine Sendung führt
c. höchst interessant
d. Person, die eine Radiosendung hört
e. ein interessantes und abwechslungsreiches Programm

3 Complète les phrases suivantes à l'aide de l'un des mots proposés.

frei – die Kreativität – auf/fallen – schriller Look – aus der Reihe tanzen

a. Mit ihrem schrillen Aussehen ist Nina Hagen immer … .
b. Sie war nie wie die anderen: Sie … .
c. Nina Hagen hat sich nie an Regeln gehalten, sie war immer eine … Frau.
d. Als Künstlerin hatte sie in allen Bereichen eine große … .

4 Choisis celui des deux mots qui convient.

a. Meine Eltern waren *streng/cool*: Ich durfte alles machen, was ich wollte.
b. Mein Vater inspiriert mich. Er ist ein *Vorbild/ein* Versager.
c. Wenn meine strengen Eltern etwas wollen, muss ich immer *diskutieren/gehorchen*.
d. Ich liebe meine Eltern und habe *Respekt/Angst* vor ihnen.

5 Regarde la photo.

a. Quels sont les mots dans la liste qui peuvent la décrire ?
streng – frei – freundlich – schrill – liebevoll – verständnisvoll – besonnen – der Respekt – sich streiten – sich versöhnen – gehorchen – provozieren – sich ausdrücken - auffallen
b. Utilise-les dans 3 phrases au moins pour présenter la situation.

Phonologie

Prononcer le /h/

En allemand, la consonne **/h/** en début de mot se prononce en expirant de l'air.

Dans cette séquence, il faut y être particulièrement attentif en prononçant le nom de la famille *Hagen*.

AUDIO 12
hachette-clic.fr/25all2025

1 Écoute les mots suivants et répète les.
Hagen – heute – Haar – hier – Hunger – Haut – hoffen – Hassliebe

2 *Zungenbrecher*. Écoute les phrases suivantes et répète-les.
a. Hanna hat ein Haus in Hamburg.
b. Halima hilft Helen bei den Hausaufgaben.
c. Hassan holt Hugo in der Hochschule ab.

3 Lis ce texte à voix haute.

Ursula ging oft aus dem Haus. Sie hatte ein Haustier, einen Hund, den sie ausführen musste. Hansi hieß er und war 8 Jahre alt. Wenn sie ins Ausland, zum Beispiel nach Holland, verreiste, blieb Hansi bei Ursulas hübscher Freundin Henriette.

exercices interactifs
hachette-clic.fr/25all2026

Le passif au prétérit

→ **Précis** p. 197

Observe et déduis

a. *Wolf Biermann wurde 1976 aus der DDR ausgebürgert.*

b. *Nina Hagen wurde vom Lebensgefährten ihrer Mutter erzogen.*

- Observe la place des verbes et leur conjugaison.
- Comment appelle-t-on le groupe *vom Lebensgefährten* ? Qu'exprime cette forme ? Quelle est la différence notable avec le français ?

Retiens

En allemand, la voie passive se construit avec l'auxiliaire werden et le participe II du verbe conjugué. Le complément d'agent est introduit par la préposition von toujours suivie du datif.

Entraîne-toi

1 Complète ces phrases à la voix passive avec werden au prétérit et le participe II du verbe indiqué.

a. Eva Maria … in Deutschland immer sehr … . *(verehren)*

b. In der DDR … viele Künstler wegen ihrer kritischen Haltung … . *(aus/bürgern)*

c. Viele Intellektuelle aus der DDR … in der BRD … . *(auf/nehmen)*

d. Brechts Lieder … von Eva Maria Hagen … . *(singen)*

e. Die drei Frauen der Familie Hagen … schon immer als talentierte Sängerinnen … . *(betrachten)*

2 Construis des phrases à la voix passive.

a. Cosma Shiva – ihre Mutter – nicht so streng – erziehen.

b. Nina Hagen – Wolf Biermann – als die eigene Tochter – an/sehen

c. das DDR-Regime – viele Künstler – kritisieren

d. Reggae – Nina Hagen – in Deutschland – ein/führen

e. viele – von Nina Hagen – der schrille Look – bewundern

Les mots interrogatifs

→ **Précis** p. 199

Observe et déduis

a. *Wann wurde Nina Hagen geboren?*

b. *Wo wohnt sie heute?*

c. *Warum sprechen Cosma Shiva und ihre Mutter selten miteinander?*

- Identifie le type de phrases et les mots introducteurs. Que remarques-tu ?
- Observe la place du verbe dans ces phrases.

Retiens

Tous les mots interrogatifs commencent par un ***w***. On parle alors de de *W-Fragen*. Le verbe conjugué suit immédiatement le mot interrogatif.
was: que, quoi ; ***woher:*** d'où ; ***wo:*** où (l'on est) ; ***wohin:*** où (l'on va) ; ***wer:*** qui ; ***warum:*** pourquoi ; ***wie:*** comment ; ***wann:*** quand

Entraîne-toi

3 Complète ces questions avec un mot interrogatif.

was – warum – wann – wo

a. … wohnte Nina Hagen, als sie ein Kind war?

b. … sang Eva Maria Hagen? Pop? Oper? Hip-Hop?

c. … wurde Wolf Biermann ausgebürgert? 1976 oder 1977?

d. … ist Nina Hagen von zu Hause davongerannt? Verstand sie sich nicht so gut mit ihrer Mutter?

4 Pose la question portant sur le groupe souligné.

a. <u>Eva Maria Hagen</u> war Wolf Biermanns Lebensgefährtin.

b. Nina Hagen kommt auch <u>aus Ostdeutschland</u>.

c. Nina Hagen ist von zu Hause weggerannt, <u>um ihr eigenes Leben führen zu können</u>.

d. Cosma Shiva bewundert ihre Großmutter sehr, <u>weil sie eine großartige Künstlerin ist</u>.

e. Trotz ihrer unterschiedlichen Temperamente sind sich <u>Nina Hagen und ihre Mutter</u> immer sehr nah gewesen.

MEIN PROJEKT ✓

Wir machen ein Interview mit den drei Künstlerinnen der Familie Hagen.

Ihr spielt für eine Radiosendung ein Interview mit den drei Frauen, die ihr in diesem Kapitel kennengelernt habt.

SCHRITT 1

Bildet Vierergruppen und teilt die Rollen unter euch auf: der (die) Moderator(in), Eva Maria Hagen, Nina Hagen, Cosma Shiva Hagen.

SCHRITT 2

Macht euch Notizen, wer was sagen möchte.
- Der (die) Moderator(in) **bereitet** die Einleitung, das Schlusswort und die Fragen **vor**.
- Die Schüler(innen), die eine der drei Frauen spielen, **fassen zusammen**, was sie wissen: Leben, Karriere, Beziehung zueinander.

METHODIK

Prendre des notes pour sa présentation

- Hiérarchise tes idées en les liant entre elles, notamment cause / conséquence.
- Aère tes notes en mettant en valeur les mots importants et essaie de ne pas rédiger.

SCHRITT 3

Spielt jetzt das Interview: Einleitung, Fragen, Antworten und Schlusswort.

SCHRITT 4

Hört euch das Feedback der anderen SchülerInnen **an**. Was war gut? Was könnte das nächste Mal noch besser werden?

METHODIK

Préparer des questions

- Prépare tes questions.
- Pose des questions ouvertes *(Was ...? Wie ...?)* pour obtenir des réponses développées.

Kultur-Profi

Pour aller plus loin sur ce thème, flashe ce code.

hachette-clic.fr/25all2027

Kapitel 5

Generationen: nacheinander - miteinander

Wie ähnlich sind wir unseren Eltern und Großeltern?

Dans ce chapitre...

Culture

- Des événements historiques marquants pour des générations d'Allemands aujourd'hui
- Des projets qui rassemblent les générations
- Les entreprises familiales en Allemagne et leur importance économique

Langue

- Le lexique de la famille et du monde du travail
- Les graphies du son [ts]
- Les emplois de *während*
- Le comparatif de supériorité

MEIN PROJEKT

- Mach einen Podcast über die Generation Alpha!

STEIG EIN

1. Was machen die Familien auf den Fotos? Wie fühlen sie sich?
2. Über welche Themen streiten sich Jugendliche oft mit ihren Eltern? Worüber sind sie sich einig?

1 // Ganz verschiedene Generationen

A Generationen, Unterschiede und Klischees

VIDÉO 04
hachette-clic.fr/25all2028

Notes de la vidéo : der Klimawandel: *le changement climatique* • süchtig: *dépendant(e), accro* • die Eigenschaft (en): *la caractéristique* • das Mitglied (er): *le membre*

Schau dir das Video an.

1 a. **Liste** die Klischees über die verschiedenen Generationen **auf**.
b. Welcher Generation fühlst du dich am nächsten?
→ **Phonologie** p. 57

2 Welche Vorurteile gibt es über deine Generation, die Generation Alpha?

Vokabelcoach!

- l'expression de la fréquence : *nie(mals) < selten < manchmal < oft < meistens < immer*
- das Klischee: *le cliché*
- das Vorurteil: *le préjugé*
- die Gemeinsamkeit: *le point commun*
- der Unterschied: *la différence*
- einander verstehen* (a,a): *se comprendre*
- gut/schlecht zurecht/kommen* (a,o): *(ne pas) s'en sortir*

B Generationen und Geschichte

Babyboomer	Generation X	Generation Y (Millenials)	Generation Z (iGen)
1945-1965	1966-1980	1981-1995	1996-2009
Wirtschaftswunder 68er Bewegung Babypille	AIDS-Krise Tschernobyl Fall der Berliner Mauer Ende des Kalten Krieges	Terroranschlag am 11. September 2001 Internet und Mobiltelefon	Corona-Pandemie #MeToo-Bewegung Klimawandel soziale Medien

Kulturecke

Das Wirtschaftswunder ist der schnelle ökonomische Aufschwung in Westdeutschland nach dem Zweiten Weltkrieg (1948-1973).

Lies die Tabelle.

1 a. Welche genannten Ereignisse kennst du?
b. Welche fanden in Deutschland statt?

2 **Diskutiert** in der Klasse. Welche historischen Ereignisse prägen eure Generation? → **Grammatik** p. 58

Sprachcoach!

während → p. 58

- ***während*** exprime la simultanéité : Die Babyboomer beginnen ihr Berufsleben, ***während*** das Wirtschaftswunder stattfindet.
- Il peut aussi exprimer un contraste : Die Generation X erlebt den Fall der Berliner Mauer, ***während*** die Gen Y die DDR nur aus Geschichtsbüchern kennt.

KURZ PROJEKT

Mach eine Mindmap!

Titel: Generation Alpha. Zeichne für jeden dieser Begriffe einen Kreis und notiere Stichwörter: Klischees und Vorurteile – Ereignisse – Eigenschaften

2 // Gen Z – die faule Generation?

A Erwartungen in der Arbeitswelt

Notes de la vidéo : der Fall sein: *être le cas* • die Matura: *baccalauréat en Autriche* • stellvertretend: *adjoint* • auf/wachsen*(u, a): *grandir* • der Anspruch(ë): *l'exigence* • das Praktikum: *le stage* • taugen: *convenir*

1. Was erwartet ein junger Mensch, der die Arbeitswelt entdeckt? Was erwartet ein Chef, der ihn anstellt?

Wähl deinen Weg. DIFFÉRENCIATION

A2
2. **Sieh** dir das Interview mit Leonie **an.**
   a. Wo arbeitet sie, welche Entscheidung hat sie getroffen?
   b. **Charakterisiere** Leonies Einstellung zur Arbeit.

A2+
2. **Sieh** dir das Interview mit Alexandra **an.**
   a. Was ist in ihrer Agentur passiert?
   b. **Beschreib** ihre Meinung über die Arbeitsmoral der Gen Z.

3. ZUSAMMEN
Fasst für die andere Gruppe zusammen, was ihr in den beiden Interviews gehört habt. **Vergleicht** dann die Positionen der beiden Frauen. Welche Meinung habt ihr zu dem Thema? **Begründet.**

B Neues im Unternehmen? DIFFÉRENCIATION

Karl Wenger teilt die Leitung seiner Firma mit seinen erwachsenen Kindern Selma und Philip. In diesem Ausschnitt lesen wir seine Meinung über diese Zusammenarbeit.

Selma und Philipp hatten sich gut eingearbeitet, sie waren mit Konzentration und Engagement bei der Sache, da konnte er sich wirklich nicht beschweren[1]. Gut, vielleicht regelten sie ein paar Dinge anders, als er es getan hätte, aber das war ja normal, das musste so sein. Jede Generation hatte ihre eigenen Regeln, da durfte man als Firmengründer[2] nicht im Wege stehen[3].

Wobei er sich schon fragte, ob es wirklich so eine gute Idee war, sämtlichen Schriftverkehr[4] nur noch elektronisch und nicht mehr auf Papier abzuwickeln. Die Entscheidung war verschoben[5] worden, nachdem er sich dagegen ausgesprochen hatte. Wie auch die Entscheidung, den Fuhrpark[6] aufzulösen und dafür Carsharing-Karten an die Mitarbeiter zu verteilen. Wie auch die Entscheidung, künftig[7] mindestens die Hälfte aller Führungspositionen mit Frauen zu besetzen. Wenger fand das alles ja nicht grundsätzlich falsch, aber doch ziemlich überhastet[8] und auch zu radikal.

Maxim LEO, *Wir werden jung sein*, 2024

1. *se plaindre* 2. *le fondateur* 3. *se mettre en travers* 4. *la correspondance* 5. *repousser une décision à plus tard* 6. *le parc automobile* 7. *à l'avenir* 8. *précipité*

1. **Suche** Textstellen, in denen der Vater über die Arbeit seiner Kinder urteilt.
2. **Ordne** Selmas und Philipps neue Ideen **ein:** Korrespondenz – Autos – Frauen.
3. **Überlege,** welche Argumente Selma und Philip für ihre Entscheidungen haben könnten.
4. Ist der Fortschritt immer besser? Hat eine der Generationen recht? **Diskutiert.**

3 // Gemeinsamkeiten

A Generationen im Fotoprojekt

Agenda 2030 und Generationenkonflikt

Seit 2022 setzen sich zehn Jugendliche und junge Erwachsene zwischen 14 bis 26 Jahren im Krea-Jugendclub in einer Arbeitsgruppe mit der „Agenda 2030[1]" auseinander.

Beim Thema Nachhaltigkeit[2] haben sich die Jugendlichen auch mit dem Generationenkonflikt beschäftigt: „Uns ist aufgefallen, dass Nachhaltigkeit nicht nur Umweltschutz umfasst[3], sondern auch die verschiedenen Generationen und Kulturen", erinnert sich Linda – sie ist Tanzcoach im Krea-Jugendclub. Daraus entstand bei den Jugendlichen und jungen Erwachsenen das Interesse an einem Austausch[4] zwischen den Generationen.

Ein Fotoprojekt

Zunächst wurden Hip-Hop-Workshops für „ältere" Generationen angeboten, die vor allem von Menschen im Alter zwischen vierzig und fünfzig Jahren besucht wurden. Austausch und Begegnungen bewegten die Jugendlichen dann zu einem Fotoprojekt, das die Lebensweisheiten[5] der unterschiedlichen Menschen zum Ausdruck bringen sollte. Dazu haben sie viele Personen fotografiert und nach ihren Lebensgrundsätzen befragt.

„Alle Porträts wurden mit Sprüchen und Lebensweisheiten versehen. Diese stammen von den Protagonisten der Bilder", erklärt Sigrid Brenner, Leiterin des Krea-Jugendclubs.

Bürgerportal in-gl.de

1. Programme de développement durable adopté en septembre 2015 par les 193 États membres de l'ONU 2. le développement durable 3. impliquer 4. l'échange 5. la sagesse

Sprachcoach!

Le comparatif de supériorité → p. 58

- Il se forme avec adjectif ***-er*** + ***als***. Die Gen Z ist in ihren Erwartungen an die Arbeit anspruchsvoller als die Generationen davor.

Lies den Text.

1. **Fass zusammen**, was Linda zum Thema Nachhaltigkeit und Generationen sagt.
2. **Beschreib** das Fotoprojekt.
3. Könnt ihr euch andere Projekte vorstellen? **Erzählt.**

B Hip Hop für die Generation über 40

Notes de la vidéo : Wünsche umsetzen: *réaliser des souhaits* • der Probekurs: *le cours d'essai* • die Bewegung(en): *le mouvement* • weder…noch: *ni…ni* • die Sorge(n): *le souci*

Schau dir das Video an.

1. Was erfährst du über die Tanzschule: Tradition, Erfolg?
2. **Beschreib** das Konzept von Hip Hop für Eltern.
3. Wie findest du die Initiative? **Begründe.**

Vokabelcoach!

- der Austauch (e): *l'échange*
- der Workshop (s): *l'atelier*
- die Begegnung (en): *la rencontre*
- die Beziehung (en): *la relation*
- sich treffen* (a, o): *se rencontrer*

WORTSCHATZ!

MENSCHEN ZUSAMMEN

Die Familie

- die Urgroßeltern: *les arrière-grands-parents*
- die (Stief)Eltern: *les (beaux-)parents*
- die Enkel: *les petits-enfants*
- das (Ehe)Paar (e): *le couple*
- das Einzelkind(er): *l'enfant unique*
- der Sohn (¨e): *le fils*
- die Tochter (¨): *la fille*
- die Geschwister: *les frères et sœurs*
- das (Familien)Mitglied(er): *le membre (de la famille)*
- verheiratet: *marié*
- getrennt: *séparé*
- ledig, single: *célibataire*
- alleinerziehend: *qui élève seul*
- kinderlos: *sans enfant*
- heiraten: *épouser, se marier*
- ein Kind bekommen* (a, o): *avoir un enfant*

Verschiedene Generationen

- der Unterschied (e): *la différence*
- die Nachkriegsgeneration: *la génération d'après-guerre*
- die Ähnlichkeit (en): *la ressemblance*
- die Eigenschaft (en): *la caractéristique*
- der Streit: *la dispute*
- die Meinung (en): *l'avis, l'opinion*
- das Vorurteil (e): *le préjugé*
- anders: *autre, autrement*
- unterschiedlich: *différent, différemment*
- verschieden: *différent(e), divers(e)*
- ähnlich: *semblable*
- gleich: *pareil(le), identique*
- süchtig: *dépendant(e), accro*
- jdm ähnlich sein*: *ressembler à qqn*

Beziehungen

- etwas gemeinsam haben: *avoir quelque chose en commun*
- sich (nicht) einig sein*: *(ne pas) être d'accord*
- seine eigenen Werte haben: *avoir ses propres valeurs*
- sich gegen etwas auf/lehnen: *se rebeller contre quelque chose*
- in einem bestimmten Kontext auf/wachsen* (u, a): *grandir dans un certain contexte*
- jdm kritisch gegenüber/stehen* (a, a): *être critique vis-à-vis de qqn*
- sich gut ≠ schlecht verstehen* (a, a): *bien ≠ mal s'entendre*
- sich streiten* (i, i): *se disputer*

Die Arbeitswelt

- der Mitarbeiter (-): *le collaborateur, le collègue*
- der Personalleiter (-): *le chef du personnel*
- das (Familien)Unternehmen: *l'entreprise (familiale)*
- der Angestellte (n, n): *l'employé*
- die Arbeitsmoral: *l'éthique de travail*
- die Entscheidung (en): *la décision*
- faul ≠ fleißig: *paresseux ≠ travailleur(-euse)*
- engagiert: *engagé(e)*
- anspruchsvoll: *exigeant(e)*
- (un)abhängig: *(in)dépendant(e)*
- (un)fähig: *(in)capable*
- etwas verändern: *changer, modifier*
- sich ein/arbeiten: *s'adapter (dans une entreprise)*
- eine Sache verteidigen: *défendre une cause*
- jdm vertrauen: *faire confiance à qqn*
- jdm misstrauen: *se méfier de qqn*

Wie oft?

- nie(mals): *jamais*
- selten: *rarement*
- manchmal: *parfois*
- oft: *souvent*
- meistens: *la plupart du temps*
- immer: *toujours*

exercices interactifs

hachette-clic.fr/25all2032

Üben

1 Retrouve les membres de la famille d'après leurs liens de parenté.

a. Er ist der Vater meiner Großmutter.
b. Sie ist die Tochter meines Bruders.
c. Er ist der neue Ehemann meiner Mutter.
d. Sie sind die Kinder meines Sohnes.

2 Was gehört nicht dazu? Chasse l'intrus.

a. nie – selten – ledig – manchmal
b. das Vorurteil – der Mitarbeiter – der Angestellte – der Personalleiter
c. fleißig – anspruchsvoll – fähig - süchtig
d. gleich – anders – verschieden – unterschiedlich

3 Retrouve le verbe correspondant à ces noms.

a. der Streit
b. das Vertrauen
c. die Erziehung
d. der Angestellte

4 Associe les expressions qui ont le même sens.

1. Sie sind sich nicht ähnlich.
2. Sie rebellieren gegen die Regeln.
3. Sie wachsen während des Kalten Krieges auf.
4. Sie sind unterschiedlicher Meinung.

a. Sie lehnen sich gegen die Normen auf.
b. Sie sind sich nicht einig.
c. Sie sind verschieden.
d. Sie sind Babyboomer oder gehören zur Generation X.

5 Complète les phrases avec le mot manquant.

Werte - Entscheidung - vertraut - unabhängig

a. Jede Generation hat vielleicht ihre eigenen … .
b. Bei der Arbeit wollen Mitglieder der Gen Z meistens … sein.
c. Dieser Mitarbeiter ist sehr engagiert, sein Chef … ihm voll und ganz.
d. Regeln verändern ist oft eine komplizierte … .

6 Retrouve le mot correspondant à chaque définition.

a. Sie gehören alle zu einer Familie.
b. Das Gegenteil von Gleichheit.
c. Was man tut, damit nicht alles gleich bleibt.
d. Wenn man jemandem nicht glaubt, was er sagt.

7 Observe cette photo. Parmi les mots suivants, choisis ceux que tu associes à la situation.

die Großeltern – das Einzelkind – der Enkel – aufwachsen – sich streiten – die Ähnlichkeit – jemandem ähnlich sein – der Streit – kinderlos – sich gut verstehen – engagiert sein

Phonologie

La prononciaton du son [ts]

Plusieurs graphies sont possibles pour le son [ts]: la lettre « z » comme dans ***Einzelkind***, mais aussi le « t » dans la syllabe « tion » comme dans ***Generation***.

AUDIO 13
hachette-clic.fr/25all2033

1 Écoute ces mots et dis dans lequels tu entends le son [ts].

Aktion – Lektion – Emotion – dazu – tanzen – letzte

2 Prononce les mots suivants. Écoute et vérifie.

Fiktion – Option – Information - erzielen – Prozent - zusammen

3 Lis le texte suivant à voix haute.

Nach dem Zweiten Weltkrieg wird eine Generation geboren, die in Deutschland das Wirtschaftswunder miterlebt: Die Unternehmen produzieren immer mehr Konsumgüter. Auch der soziale Kontext verändert sich in wenigen Jahrzehnten sehr: Zum Beispiel haben immer mehr Frauen einen bezahlten Beruf. Die Organisation in der Familie wird oft weniger traditionell.

exercices interactifs
hachette-clic.fr/25all2034

Les emplois de *während*

→ **Précis** p. 201

Observe et déduis

a. *Selma und Philip Wenger kommunizieren mit Emails, während ihr Vater lieber Briefe schreibt.*

b. *Während der Pandemie arbeiteten viele Angestellte von zu Hause.*

- Qu'exprime *während* dans la phrase a ? Et dans la phrase b ?
- Donne sa traduction en français pour chaque exemple.

Retiens

Während peut être utilisé comme une préposition suivie du génitif pour situer un événement. Utilisé comme une conjonction de subordination, ***während*** peut marquer la simultanéité (pendant que) mais aussi le contraste (alors que, tandis que).

⚠ Dans une subordonnée le verbe conjugué se place toujours à la fin.

Entraîne-toi

1 Indique si *während* est une préposition ou un subordonnant dans les phrases suivantes.

a. Während die Gen Z übersensibel ist, ist die Gen Y süchtig nach Avocadotoasts.
b. Leonie möchte viel Freiheit, während Alexandra die junge Generation zu anspruchsvoll findet.
c. Menschen über 40 können während ihrer Freizeit auch Hip Hop tanzen.

2 Indique si *während* exprime la simultanéité ou le contraste dans les phrases suivantes.

a. Während die Millennials ihre Haare seitlich tragen, hat die Gen Z lieber einen Mittelscheitel.
b. Er hört immer Musik, während er von zu Hause arbeitet.
c. Während meine Eltern fernsehen, chatte ich mit meinen Freunden.

3 Relie les propositons par während. Attention à la place du verbe conjugué dans la subordonnée.

a. Für Karl Wenger ist ein großes Auto ein Prestigesymbol. / Selma findet eine Carsharing-Karte praktischer.
b. Leonie macht ein Interview mit der MEINS-Reportage. / Sie arbeitet im Büro.
c. Ich bin fleißig. / Mein Bruder ist sehr faul.

Le comparatif de supériorité

→ **Précis** p. 191

Observe et déduis

a. *Leonie findet ihr Privatleben* **wichtiger** *als ihre Arbeit.*

b. *Zunächst wurden Hip-Hop-Workshops für „***ältere***" Generationen angeboten.*

- Observe les adjectifs en gras. Qu'expriment-ils ?
- À quoi sert *als* dans la phrase b ?

Retiens

- On le forme avec adjectif ou adverbe ***-er***.
- La plupart des adjectifs monosyllabiques prennent un *Umlaut (älter, jünger, kürzer)*.
- Le deuxième élément de la comparaison est introduit par ***als***.

⚠ Formes irrégulières : *gut > besser - hoch > höher - nah > näher - gern > lieber – viel > mehr.*

Entraîne-toi

4 Identifie les adjectifs et les adverbes qui sont au comparatif de supériorité.

a. Meine Schwester ist fleißiger als ich, aber ich habe bessere Noten.
b. Ein junger Mann will seinem Vater nicht immer ähnlich sein.
c. Leonie ist in ihrem neuen Job viel freier als im alten.
d. Ich mag Romane, aber ich lese lieber Comics und kaufe immer mehr Mangas.

5 Complète en mettant les adjectifs au comparatif de supériorité.

a. Mein Bruder ist unserem Vater ähnlich, aber ich bin ihm … .
b. Gen X und Boomer sind unterschiedlich, aber Gen Y und Gen Z sind noch … .
c. Ich bin vielleicht süchtig nach meinem Smartphone, aber meine Schwester ist noch …
d. Meine Oma wohnt nah bei uns, aber meine Tante wohnt noch î .

MEIN PROJEKT ✓

Ich mache einen Podcast über die Generation Alpha.

Verschiedene Generationen gibt es in jedem Land. Aber was sie erleben, ist nicht ganz das Gleiche. Was kann für deutsche Schüler interessant sein? **Erkläre** es ihnen in deinem Podcast.

SCHRITT 1

Liste auf, was deine Generation erlebt hat, und was vielleicht für die Generation Alpha in Deutschland anders ist. Liste auch die Klischees und Vorurteile auf, die man gegen deine Generation hat.

METHODIK

Enregistrer un podcast

- Structure tes idées par thèmes, et relie tes phrases par des connecteurs.
- Travaille ton intonation en accentuant les mots-clés dans ton podcast.

SCHRITT 2

Sag, welche Klischees du realistisch findest, und welche ganz falsch sind. Stell die Frage, ob die Klischees in Deutschland dieselben sind.

Beschreib, was deine Generation in Frankreich mit den anderen gemeinsam hat.

SCHRITT 3

Schlag ein Projekt **vor**, das die Generationen einander näherbringt. Kann es ein Projekt sein wie die, die du in diesem Kapitel gesehen hast?

Kultur-Profi

Pour aller plus loin sur ce thème, flashe ce code.

hachette-clic.fr/25all2035

FILME

BÜCHER

Kapitel 6

Neues Miteinander

Zusammen wohnen für ein besseres Leben?

Dans ce chapitre...

Culture

- Vivre en colocation en Allemagne
- Les complexes d'habitat intergénérationnel
- Les jardins urbains communautaires

Langue

- Le lexique de la vie en communauté
- Prononcer les /ch/, /sch/ et /g/
- Exprimer la préférence
- Exprimer la condition avec et sans *wenn*

MEIN PROJEKT

- Debattiert über das Thema „Zusammen wohnen".

STEIG EIN

1. Welche Wohnsituationen sind hier zu sehen?
2. Was denkst du: Wo und wie kann man am besten leben?

1 // Allein oder einsam ?

A Gern allein?

Noch nie haben so viele Menschen allein gelebt wie heute. Es gibt immer mehr Single-Haushalte, vor allem in den Großstädten. Viele Menschen wählen[1] diese Lebensform aus Überzeugung[2]. Die Gründe sind vielfältig. Der Alltag ist oft bestimmt von Stress, Terminen und Diskussionen. Erschöpfung[3] und Müdigkeit machen sich breit. Da kann es schön sein, zu Hause nicht sprechen zu müssen. Beziehugen können langweilig werden, wenn man sich jeden Tag sieht. Natur und Umwelt werden viel klarer und deutlicher, wenn man sie allein betrachtet. Schließlich empfinden[4] viele Menschen es als Freiheit, allein zu leben.

NDR Info

1. choisir 2. la conviction 3. l'épuisement 4. ressentir

B Einsamkeit – ein wachsendes Problem

In Deutschland lebt ein Fünftel der Bevölkerung[1] allein, bei älteren Menschen sind es sogar mehr als die Hälfte. In Frankreich ist die Zahl der Alleinwohnenden leicht geringer, aber sie steigt seit Jahren auch. Besonders in größeren Städten, in denen viele Menschen allein leben, wird Einsamkeit zunehmend zu einem ernsthaften Problem. Laut dem Sozio-oekonomischen Panel (SOEP) von 2021 gaben etwa 42 Prozent der Menschen in Deutschland an, sich einsam zu fühlen. Anhaltende Einsamkeit kann schwerwiegende negative Auswirkungen[2] auf die psychische und physische Gesundheit sowie auf die soziale Teilhabe[3] haben und somit den gesellschaftlichen Zusammenhalt gefährden.

Die Aktionswoche „Gemeinsam aus der Einsamkeit" steht im Zeichen der Strategie der Bundesregierung[4], die sich an alle Altersgruppen richtet und Menschen in verschiedenen Lebensphasen unterstützen möchte, um soziale Isolation zu verhindern[5]. Das Ziel dieser Initiative ist es, das soziale Miteinander und die gesellschaftliche Verbundenheit zu stärken.

Meldung des Bundesministeriums für Wohnen, Stadtentwicklung und Bauwesen

1. la population 2. der Effekt 3. participation 4. le gouvernement fédéral 5. empêcher

Vokabelcoach!

- der Zusammenhalt: *la cohésion*
- die Beziehung: *la relation*
- die Einsamkeit: *la solitude*
- die Verbundenheit: *le lien, l'attache*
- gemeinsam: *en commun*
- gesellschaftlich: *sociétal*
- miteinander: *ensemble*
- sich fühlen: *se sentir*
- unterstützen: *aider, soutenir*

Sprachcoach!

Exprimer l'habitat et la préférence → p. 66

- avec le comparatif de l'adverbe : *Allein leben finde ich* ***besser****. Mit anderen leben gefällt mir* ***weniger****. Ich lebe* ***lieber*** *allein.*

Schau dir die Plakate an und lies die Texte.

1. a. **Notiere** die Informationen zum Thema „Einsamkeit" und die zum „Alleinsein".
   b. Was ist positiv, was ist negativ?
2. **Liste** die Aktionen der Ministerien gegen Einsamkeit **auf**.
3. Was findest du besser: allein oder mit anderen leben? → **Grammatik** p. 66
4. Welche Lösungen gegen die soziale Einsamkeit kennst du schon?

KURZ PROJEKT

Macht eine Umfrage in der Klasse. DIFFÉRENCIATION

Diskutiert über eure Meinung zum Thema Alleinsein und Einsamkeit.

2 // Zusammen ist es besser!

A Positive Atmosphäre

AUDIO 14
hachette-clic.fr/25all2036

Notes de l'audio : grillen: *faire un barbecue* • stehen lassen: *laisser en plan* • putzen: *faire le ménage*

Hör dir die Reportage an.

1. Wie viele Studierende leben hier ?
2. **Notiere**, was sie zusammen machen.
3. **Fasse** die positiven Aspekte des WG-Lebens **zusammen**.
4. **Identifiziere** in welchen Situationen es Probleme geben kann. → **Grammatik** p. 66

Sprachcoach!

Exprimer une condition réelle → p. 66

• Pour exprimer une condition on utilise *wenn*: *Wenn du in eine WG einziehst, musst du dich mit deinen Mitbewohnern gut verstehen*

B Spaß: Nicht nur für junge Leute!

Rote und weiße Luftballons und Girlanden schmücken das Herz-Jesu-Kloster in Ramersdorf. Es ist voll, lautes Reden und Lachen klingen durch die Gänge und Räume. Das Altenheim Herz-Jesu Kloster der Caritas Bonn feiert Sommerfest.

80 Bewohnerinnen und Bewohner leben dort. Heimleiterin[1] Sabine R. berichtet, dass Menschen mit und ohne Demenz an verschiedenen Angeboten teilnehmen[2] können: Einzelbegleitung[3] zu Ausflügen und Gruppen-Aktivitäten wie singen, basteln, vorlesen oder backen. Einmal fuhr eine Gruppe mit zwei Reisebussen zum Kölner Zoo. Bewohnerin Renate L. gefallen die Aktivitäten. Sie nimmt teil am Turn-Angebot und war auch im Zoo dabei. Im Herz-Jesu-Kloster fühlt sie sich wohl und erzählt, wie sie während einer Krankheit umsorgt[4] wurde: „Man hat immer nach mir geguckt, das war toll." Die 88-jährige wohnt seit drei Jahren in der Einrichtung und schätzt besonders das Miteinander mit den anderen Bewohnern und den Betreuern. Zurück will sie nicht mehr: „Was soll ich zu Hause alleine? Hier ist es viel schöner in der Gesellschaft!"

General Anzeiger Bonn

1. *la directrice* 2. *participer* 3. *l'accompagnement individuel* 4. *entouré(e), soigné(e)*

Lies den Text.

1. **Notiere**:
   a. was der erste Absatz beschreibt,
   b. wer in dieser Einrichtung wohnt,
   c. welche Aktivitäten dort möglich sind,
   d. ob es den Bewohnern gefällt.
2. **Überlege**:
   a. ob Altenheime immer einen guten Ruf haben,
   b. warum einige alte Menschen allein wohnen,
   c. wo gleichaltrige Menschen zusammen Spaß haben,
   d. wie die alten Menschen in deiner Umgebung leben. → **Phonologie** p. 65

METHODIK

• Pour rédiger tes réponses, commence par noter les mots-clefs qui expriment ton idée, puis les moyens d'expression dont tu as besoin (connecteurs de note, adverbes de fréquence, de lieu).
• Sers-toi des éléments de la question pour rédiger ta réponse.

Vokabelcoach!

• der/die Bewohner (in): *l'habitant(e)*
• das Altenheim: *la maison de retraite*
• die Umgebung: *l'entourage*
• die Wohngemeinschaft (kurz : WG): *la colocation*
• gleichaltrig: *de même âge*
• günstig: *bon marché*
• schätzen: *apprécier*
• die Gesellschaft: *la société*

3 // Generationen zusammen

A In der WG ...

In diesem Roman beschreibt die Autorin das Leben in einer Erwachsenen-WG. Zwei Männer und zwei Frauen unterschiedlichen[1] Alters teilen sich eine Wohnung. Der ältere Mann, ein Rentner, besitzt die Wohnung. Er will reisen und braucht Geld, er vermietet Zimmer und bekommt auch die Rolle eines Ersatzvaters[2]. Anke, 50, hat finanzielle Probleme und das Zimmer ist für sie die einzige bezahlbare Lösung[3]. Murat, ein fröhlicher Mensch kocht sehr gern für alle und bringt gute Stimmung[4] in die Gemeinschaft. Die jüngste Mitbewohnerin ist 35 und hat ihren Freund verlassen, sie braucht eine temporäre Unterkunft[5]. Ihre Qualität ist Ordnung. Was am Anfang als Zweck-WG erscheint, entwickelt sich im Laufe der Zeit trotz der unterschiedlichen Lebensvorstellungen zu einer Wahlfamilie.

1. *différent* 2. *père de substitution* 3. *la solution* 4. die Atmosphäre
5. *l'hébergement*

B Im Mehrgenerationenhaus ...

Notes de la vidéo :
barrierefrei: *accessible* • die Genossenschaft: *la coopérative*

C ...oder im Gemeinschaftsgarten

Wilde Stadt: Beim Urban Gardening bauen Nachbarn zusammen Gemüse und Obst an – auf Industriebrachen[1] oder in Hinterhöfen[2].

Der Frühling streift durch den Garten. Marie F. steht unter einem Kirschbaum, pflückt Löwenzahnblätter für einen Salat. „Herrlich[3], nicht wahr?". Ein paar Dinge muss man ausblenden[4], um diese Idylle ungestört zu erleben. Etwa, dass sich der 1000 Quadratmeter große Garten nicht auf dem Land befindet, sondern mitten in einer Neubausiedlung in München, die in wenigen hundert Metern Entfernung umsäumt[5] ist von mehrspurigen Straßen. Dass er komplett einsehbar ist, von den fünfstöckigen Häusern daneben, der Schule gegenüber, den Gehwegen.

Einsam wird es hier nie, nicht zuletzt, weil um die siebzig Hobbygärtner auf dem „Stadtacker[6]" mitmachen. Marie hätte weder die Zeit noch die Kraft, einen eigenen Garten zu versorgen. Und auch darum sei sie gerne im Garten: „Hier ist man nie allein."

Claudia Fromme, Süddeutsche Zeitung, 27.4.2024

1. *les friches industrielles* 2. *les arrière-cours* 3. *splendide*
4. *faire abstraction* 5. *bordé* 6. *le champ urbain*

Vokabelcoach!
- das Gelände: *le terrain*
- die Nachbarschaft: *le voisinage*
- die Siedlung: *le lotissement*
- gestört: *dérangé(e)*
- gegenseitig: *mutuel(lement)*
- mehrstöckig: *à plusieurs étages*
- teilen: *partager*

1 Lies die Texte, schau dir das Video an und wähl deinen Weg. DIFFÉRENCIATION

A2+
2 Notiere, bei welchem Konzept die Bewohner:
- **a.** wirklich zusammenleben,
- **b.** nur Freizeit teilen,
- **c.** sich gegenseitig helfen,
- **d.** die Privatsphäre der anderen am meisten respektieren,
- **e.** vielleicht in Konflikt geraten können.

B1
2 Notiere für jedes Konzept die Plus- und Minus-Punkte:
- **a.** für die einzelnen Personen (z.B. ökonomisch, emotional ...),
- **b.** für die Gesellschaft (z.B. ökologisch, soziologisch ...).

3 ZUSAMMEN Diskutiert:
Ist intergenerationelles Wohnen eine neue Idee oder die moderne Variante einer alten Tradition?

WORTSCHATZ!

LEBEN: WIE, WO UND MIT WEM

Wohnen

- der/die Vermieter(in): *le bailleur*
- die Siedlung (en): *le lotissement*
- die Einrichtung (en): *l'établissement*
- die Wohnung (en): *l'appartement*
- die Miete (n): *le loyer*
- das Gelände (-): *le terrain*
- das Einfamilienhaus (¨er): *la maison individuelle*
- das Wohnheim (e): *le foyer résidentiel*
- das Altenheim (e): *la maison de retraire*
- günstig: *bon marché*
- mehrstöckig: *à plusieurs étages*
- mieten : *louer (locataire)*
- vermieten: *louer (bailleur)*

In der Wohnung

- der Platz (¨e): *la place*
- der Raum (¨e): *la pièce, la salle*
- der Wohnbereich(e): *les pièces de vie*
- die Küche (n): *la cuisine*
- das Zimmer (-): *la chambre, la pièce*
- das Bad(ezimmer): *la salle de bains*
- die Sachen: *les affaires*
- eigen-: *à soi, propre*
- kochen : *faire la cuisine*

Allein sein

- der Individualismus: *l'individualisme*
- der/die Einzelgänger(in): *le/la solitaire*
- die Einsamkeit: *la solitude*
- die Freiheit: *la liberté*
- die Ruhe: *la tranquilité*
- allein: *seul(e)*
- einsam: *isolé(e), solitaire*
- frei: *libre*
- individualistisch: *individualiste*
- privat: *privé(e)*
- selbstständig: *autonome*
- vermeiden* (ie, ie): *éviter*
- leiden* (i, i) (unter): *souffrir (de)*
- entspannen: *se détendre*

Zusammenleben

- die Beziehung (en): *la relation*
- der Mitbewohner (in): *le colocataire*
- der Zusammenhalt: *la cohésion*
- die Gemeinschaft (en): *la communauté*
- die Hilfsbereitschaft: *la serviabilité*
- die Nachbarschaft: *le voisinage*
- die Stimmung: *l'atmosphère*
- die Verbundenheit: *les liens, les attaches*
- gegenseitig: *mutuel(e), mutuellement*
- gemeinsam: *en commun*
- gleich: *semblable*
- gesellig: *sociable*
- unterschiedlich: *différen(e)*
- öffentlich: *publique*
- miteinander: *ensemble*
- aus/leihen* (ie, ie): *prêter, emprunter*
- teilen: *partager*
- unterstützen: *soutenir, aider*

Regeln einhalten

- der Putzplan: *planning de nettoyage*
- die Lösung (en): *la solution*
- die Privatsphäre: *l'espace privé*
- sauber: *propre*
- sorgsam: *soigneux(-se)*
- auf/räumen: *ranger*
- respektieren: *respecter*
- stören: *déranger*
- verbergen* (a, o): *cacher, dissimuler*
- wählen: *choisir*

exercices interactifs

hachette-clic.fr/25all2038

Üben

1 Quels termes permettent de commenter l'image ? Utilise-les pour décrire la scène.

traurig – der Garten – allein – viele – Freiheit – gemeinsam – Einsamkeit – Gemeinschaft – teilen – helfen – Spaß – Ruhe – glücklich – wohnen – einsam – Freizeit – kochen – das Bad

2 Associe les contraires.

a. der Stress	**1.** individualistisch
b. stören	**2.** miteinander
c. gemeinschaftlich	**3.** die Lösung
d. das Problem	**4.** ausleihen
e. allein	**5.** die Entspannung
f. vermieten	**6.** respektieren

3 Associe chaque début de phrase à la fin qui convient.

1. Mit einem Putzplan
2. In einem Gemeinschaftsgarten
3. Alte Menschen
4. Öffentliche Einrichtungen

a. darf jeder Obst und Gemüse anbauen.
b. haben mit Kindern Spaß.
c. unterstützen neue Wohnkonzepte.
d. bleibt die Wohnung sauber.

4 Complète ce texte avec les mots de la liste.

Lösungen – Individualismus – Freiheit – Nachteile – negativen – unterstützt – Kinder – Miteinander– Einsamkeit

Der moderne … hat Vorteile, aber auch …. Er bringt mehr … für den Einzelnen, er führt aber auch zur sozialen … . Nicht nur alte Menschen leiden unter den … Effekten, auch junge Erwachsenen und sogar … . Es gibt … gegen dieses Problem. Das Ministerium für Familie … Projekte, die ein besseres … ermöglichen.

5 Complète les phrases avec le mot qui convient.

a. Wenn die Wohnung geputzt ist, ist sie … .
b. Wenn zu viel Chaos in der Wohnung ist, muss man … .
c. Jeder Mensch braucht seine Privatsphäre, das muss man … .

Phonologie

AUDIO 15
hachette-clic.fr/25all2039

Prononcer les /sch/, /ch/, /g/

1 /ch/ se prononce **[x]** quand il est précédé des sons **[a]**, **[o]**, **[u]**, comme dans *Buch*, il se prononce **[ç]** comme dans *ich*, et parfois **[k]** quand il est suivi de **[s]**, comme dans *wachsen*.

2 /g/ se prononce **[g]** comme dans *grau*, mais aussi **[ç]** en fin de mot derrière un **[i]**, comme dans *zwanzig* et parfois **[ʒ]** comme dans *Gelatine*.

1 Écoute et note si les /ch/ sont des [x], des [ç] ou des [k].

herrlich – nachdenken – Wachs – Küche – Wechsel – kochen – Bereich.

2 Écoute et note si les /g/ sont des [g], des [ç] ou des [ʒ].

die Garage – gleichaltrig – das Genie – zwanzig – das Regime – gemeinsam.

3 Entraîne-toi à prononcer ce texte.

Meine Großmutter ist mit 65 in eine Wohngemeinschaft gezogen. Am Anfang war es für sie nicht leicht. Sie fand es merkwürdig, Küche, Bad und die Garage zu teilen. Jetzt genießt sie es! Gemeinsam ist schöner als einsam.

exercices interactifs
hachette-clic.fr/25all2040

Exprimer la préférence

→ Précis p. 191

Observe et déduis

a. *Viele Menschen wohnen gern mit einem Partner, aber einige leben lieber allein.*

b. *Andere wohnen am liebsten in einer größeren Gemeinschaft*

- Repère les adverbes dans ces énoncés. Lesquels indiquent une préférence ?
- Lequel est un comparatif, lequel est un superlatif ?

Retiens

Pour indiquer une préférence parmi plusieurs possibilités au choix, il faut mettre les adverbes au **comparatif** (quand il y a deux possibilités) ou au **superlatif** (s'il y en a plus que deux).

adverbe	comparatif	superlatif
gut	besser	am besten
viel	mehr	am meisten
gern	lieber	am liebsten
wenig	weniger	am wenigsten

Entraîne-toi

1 Mets les adverbes au comparatif.

a. Das Konzept der 2er-WG gefällt mir am besten.
b. Sie findet es gut, ein Bad für sich allein zu haben.
c. Er lernt am liebsten mit einem Freund zusammen.
d. Wir halten viel von diesen städtischen Gemeinschaftsgärten.

2 Mets les adverbes au superlatif.

a. Das Konzept „Studenten wohnen bei Rentnern" finde ich interessant.
b. Er mag es lieber, einen ganz privaten Ort zum Ruhen zu haben.
c. Ein Wohnheim gefällt mir weniger.
d. Meine Oma ist sehr autonom, für sie ist die eigene Wohnung einfach gut.

3 Comparatif ou superlatif ? Choisis et complète les phrases.

a. Diese Wohnung gefällt mir gut, aber das Haus gefällt mir … .
b. Max ist gern allein, aber … mit seiner Familie und … mit seinen Freunden.
c. Was findest du …- allein leben, mit deiner Familie oder mit ganz vielen Menschen?

Exprimer une condition réelle

→ Précis p. 201

Observe et déduis

a. *Wenn du in eine WG einziehst, solltest du vorher deine Mitbewohner kennenlernen.*

b. *Lebt man allein, riskiert man einsam zu werden.*

- Repère la partie de chaque phrase qui exprime la condition.
- Note la place des verbes. Quelle différence constates-tu ?

Retiens

La condition réelle désigne une condition qui va probablement se réaliser. Elle s'exprime avec l'indicatif et la conjonction *wenn* (qui peut être sous entendue). Attention à la place du verbe!
Wenn + S + Cplt + **V**, **V** + S + Cplt
V + S + Cplt, **V** + S + Cplt

Entraîne-toi

4 Transforme ces énoncés en supprimant *wenn*.

a. Wenn man wenig Geld hat, ist eine WG eine günstige Lösung.
b. Wenn du oft deine Ruhe brauchst, ist eine eigene Wohnung für dich besser.
c. Wenn sie Partys nicht mag, ist ein Studentenwohnheim für sie keine gute Lösung.
d. Wenn Privatsphäre für euch wichtig ist, empfehlen wir ein Einfamilienhaus.

5 Transforme ces énoncés en ajoutant *wenn*.

a. Deine Wohnung ist zu teuer? Du kannst du in eine WG ziehen.
b. Gibt es einen Gemeinschaftsraum in dem Wohnheim, findet man immer jemanden zum Sprechen.
c. Deine Großmutter fühlt sich allein? Sie kann eine Ersatzfamilie suchen.
d. Sind eure Nachbarn nett, könnt ihr einen gemeinsamen Garten anlegen.

MEIN PROJEKT ✓

Wir debattieren über das Thema Wohnen.

Welche ist die beste Wohnsituation? Diskutiert!

SCHRITT 1

Erstell eine Liste aller Wohnsituationen, die in diesem Kapitel erwähnt werden: allein in einer Wohnung, als Familie in einem Mehrgenerationenhaus … .

SCHRITT 2

Wähle eine Wohnsituation aus und liste alle Pro- und Kontra- Argumente **auf.**

SCHRITT 3

Schreibe andere nützliche Redemittel auf (Ausdruck der Präferenzen, Konditionalsätze, andere Wörter wie „ja, und, außerdem, aber, trotzdem, dennoch…)

SCHRITT 4

Diskutiert über eure **Wahl.**

METHODIK

Préparer tes notes.

Rédige tes arguments sous forme de mots-clefs ou d'expressions brèves : au moment de la discussion, tu les retrouveras plus vite que dans un texte rédigé.

METHODIK

Pour une discussion enrichissante

- Constituez le groupe de telle sorte que diverses opinions soient représentées.
- N'exposez pas toutes vos idées en une fois, pour que chacun(e) puisse prendre la parole à deux ou trois reprises au moins.
- Soyez patients et encourageants avec les autres, tout le monde doit pouvoir s'exprimer.

Kultur-Profi

ARCHITEKTUR

Friedensreich Hundertwasser, Haus in Wien

Meienrund-Siedlung in Hamburg

BÜCHER

FILM

Pour aller plus loin sur ce thème, flashe ce code.

hachette-clic.fr/25all2041

Kultur macht Spaß!

AUDIO 16
hachette-clic.fr/25al2042

Meine bekannten Eltern

Hör zu und **finde heraus**, um welche berühmte Mutter oder welchen berühmten Vater es geht und wofür sie bekannt sind.

a. Romy Schneider

b. Wolfgang Joop

c. Thomas Mann

d. Johann Sebastian Bach

e. Nina Hagen

Lösung
1. c **2.** d **3.** a **4.** b **5.** e

Richtig oder falsch?

1. Als 1989 die Mauer fiel, waren sie schon älter als 18: die Babyboomer.
2. Sie haben nie die D-Mark gekannt: die Generation Y
3. Sie nennt man auch die Millenials: die Generation Z.
4. Sie nennt man auch die „Lost Generation“: die Generation X.
5. In ihrer Generation werden noch Babys geboren: die Generation Alpha.
6. Sie sind die neuen Workaholics: die Generation Z.

Lösung
1. Richtig **2.** Falsch **3.** Falsch **4.** Richtig **5.** Richtig **6.** Falsch

Generations-Experte

Wähl einen Partner/eine Partnerin. Ordnet jeder der vier Generationen die passenden Informationen zu.

Sie wachsen mit den digitalen Medien auf und lieben Technologie.

Sie heißt so, weil es in dieser Zeit (nach dem Krieg) sehr viele Kinder gegeben hat.

Sie wachsen mit noch höheren digitalen Standards auf, als die Vorgängergeneration.

Ihre Eltern arbeiten oft. Sie sind allein zu Hause und werden auch als „Lost Generation“ bezeichnet.

ab 2011

Sie identifizieren sich mit dem Beruf und Arbeit: Für sie wurde das Wort „Workaholic“ erfunden.

1980-1995

YouTube, soziale Netzwerke und modernste Technologie: Man nennt sie auch Digital Natives.

1965-1979

In ihrer Jugend wurde Punk- und Grunge-Musik populär.

Sie sind Teil sozialer Netzwerke, noch bevor sie Geräte bedienen können – durch die Aktivitäten der Eltern.

1946-1964

Für sie mischen sich Berufliches und Privates. Die Kommunikation wird mobil – online und offline.

1996-2010

Sie kommen jetzt gerade in die Arbeitswelt!

Ihr Name kommt vom englischen ‚Why ?‘ – sie sucht nach Sinn.

Lösung
1946-1964: türkis - Boomer 1965 - 1979: grün - X 1980 - 1995: orange - Y 1996 - 2010: rosa - Z ab 2011: blau - Alpha

Die Fantastischen 4

a. Lies den Songtext und setze die passenden Wörter ein.
Das Wort « zusammen » brauchst du öfter .
ich – allein – sein – zusammen – allein – gute
b. Sing jetzt das Lied mit!

Wir sind … groß
Wir sind … eins
Komm lass 'n bisschen noch … bleiben
Nehmt die Flossen hoch
Und die Tassen auch.

Ja, Mann, denn … ist out
Vorbei ist die Zeit, in der man keinem mehr traut
Falls sie dich fragen: „Bist du … hier?"
Sag ihnen: „Nein, denn ich bin mit allen hier"
Wir sind unzertrennbar

… , so wie „Ja genau"
… , so wie alt und grau
So wie Ups and Downs, wie nicht abgehauen
Wir sind unzertrennbar

Komm lass 'n bisschen noch … bleiben
An alle treuen Liebespaare
… Freunde, viele Jahre
Es gibt kein „…" in diesem „Wir"!

Die Fantastischen 4, Zusammen, 2018

Überprüf jetzt deine Lösungen hier:

Lösung
zusammen x3 - allein sein - allein - zusammen x 3 - gute - ich

Rätsel-Rallye

Lies die Definition und **finde** das richtige Wort
Wer als erstes antwortet, hat gewonnen!

Dagegen sind Freunde gut.

Einsamkeit

Hier leben Menschen jeden Alters zusammen.

Mehrgenerationenhaus

Dafür ist die Abkürzung WG.

Wohngemeinschaft

Hier pflanzen Menschen zusammen Blumen und Gemüse.

Gemeinschaftsgarten

BRAVO!

Lesewettbewerb!

Trenn die Wörter und **lies vor.**

Gerddergärtnerarbeitetegesterngerngemeinsammitgitteimgemeinschaftsgarten

Lösung Gerd der Gärtner arbeitete gestern gern gemeinsam mit Gitte im Gemeinschaftsgarten.

Wandbild in Bochum

axe 3

Le passé dans le présent

7 Spurensuche

A2

Sollte man die Vergangenheit recyceln?

PROJEKT

Gestalte eine Werbebroschüre.

8 Auf dem Weg zum Abi

A2+

Das Abitur: Anfang oder Ende einer Zeit?

PROJEKT

Schreibe einen Einladungsbrief zu einer Feier.

9 Erinnerungen an die DDR

>B1

(N)Ostalgisch oder erleichtert?

PROJEKT

Spielt eine Talkshow zum Thema Erinnerungen an die DDR.

Kultur macht Spaß!

Fichier professeur

Évaluation Kapitel 1
Évaluation Kapitel 2
Évaluation Kapitel 3

Kapitel 7

Spurensuche

Sollte man die Vergangenheit recyceln?

Dans ce chapitre...

Culture

- Les *Lost Places*
- La transformation des friches industrielles
- De nouveaux lieux d'art et de culture comme la *Völklinger Hütte*

Langue

- Le lexique du bâtiment et de la rénovation
- Prononcer /au/ et /äu/
- Le prétérit
- L'expression de l'irréel *(würde, müsste, könnte, sollte)*

MEIN PROJEKT ...

- Gestalte eine Werbebroschüre.

STEIG EIN

1. Schau dir die Bilder an: Was mögen diese Orte gewesen sein?
2. Was würdest du an diesen Orten machen: einen Film drehen, eine Party feiern, Kunstfotos machen, neue Häuser bauen…? Warum?

1 // Abreißen oder sanieren?

A Leben in einer alten Schlosserei

METHODIK

Dans un document, il n'est pas nécessaire de tout comprendre mot à mot : repère d'abord le thème, puis les informations en relation avec ce thème, en t'appuyant sur des mots clés.

VIDÉO 09
hachette-clic.fr/25all2044

Notes de la vidéo : die Schlosserei: *la serrurerie* • der Bestand = etwas, was schon da ist • der Schutz: *la protection*

1. **Schau** dir das Video ein erstes Mal **an**. **Reagiere** auf das Ergebnis der Sanierung.
2. **Schau** dir das Video ein weiteres Mal **an**.
   a. Was war die ursprüngliche Funktion des Gebäudes?
   b. Warum konnte man es nicht abreißen? → **Grammatik** p. 78
   c. **Notiere** die Informationen zu der aktuellen Wohnung.
3. Warum war die Sanierung ökologisch?

B Abriss und Neubau

Gründe gibt es viele: Bauen ist energieintensiv: Schwere Baumaschinen und LKWs verschlingen[1] bei der Arbeit und beim Transport von Materialen Sprit[2] – auch die Herstellung von Baumaterialien, etwa von Zement, das Brennen von Ziegelsteinen, Keramik und Fliesen – all das benötigt enorme Mengen an Energie. Der Energieverbrauch sorgt wiederum für einen hohen Ausstoß an CO_2. Und: Bauen verbraucht weitere Ressourcen wie Kies, Sand und Ton, sowie Erze, aus denen Metalle gewonnen werden. [...] Eine Architektin aus Erlangen verweist auf einen weiteren Aspekt, der ihrer Meinung nach ökologisch nicht tragbar ist: „50 Prozent der Ressourcen werden durch den Gebäudesektor absorbiert und 60 Prozent des Mülls. Und jeder weiß inzwischen, dass wir unsere Müllproduktion verringern[3] sollten, dabei denkt jeder an den Hausmüll, da reden wir über circa 250 Kilogramm im Jahr. Wir realisieren aber nicht, dass pro Person 2,5 Tonnen pro Jahr an Baumüll erzeugt[4] werden. Dieser Baumüll resultiert ganz wesentlich aus dem Abbruch. Und daher auch diese Position: Die Abreißerei muss ein Ende haben."

[...] Auch Sanierung verbraucht Ressourcen, aber mit Abstand weniger. Denn indem man den Rohbau eines schon bestehenden Gebäudes weiternutzt – anstatt neue Energie und neue Ressourcen für Abriss, Entsorgung und Neubau aufzuwenden – kann bei einer Sanierung daran gespart[5] werden, lassen sich auch CO_2-Emissionen reduzieren.

Tobias KRONE, *Deutschlandfunk*, 03. August 2022

1. *engloutir* 2. *l'essence* 3. reduzieren 4. produzieren 5. *économiser*

Lies den Text.

1. a. Ist er für oder gegen das Sanieren von alten Gebäuden?
   b. Welche Argumente gibt er an: wirtschaftliche, ökologische, ästhetische, andere?
   c. **Markiere** sie mit zwei Farben: eine Farbe für den Aspekt Müllproduktion, eine für den Aspekt Ressourcenverbrauch.
2. Denkst du, dass man mehr Gebäude sanieren könnte? Gib konkrete Beispiele aus deiner Stadt oder Region.

Vokabelcoach!

- bauen: *construire*
- abreißen: *démolir*
- sanieren: *assainir*
- die Kosten (pl): *le coût*
- der ökologische Fußabdruck: *l'empreinte écologique*
- die Nachhaltigkeit: *la durabilité*
- das Gebäud: *le bâtiment*

KURZ PROJEKT ...

Ich stelle ein Renovierungsprojekt vor.

Beschreibe, welche Art von Ruine du gerne zum Wohnen sanieren würdest (z.B. eine alte Mühle, einen Leuchtturm, eine Fabrik, einen Bauernhof ...). → **Grammatik** p. 78

2 // Erkunden

A Spaziergang in die Vergangenheit DIFFÉRENCIATION

Vor den Toren Berlins liegt eine Geisterstadt[1]. Die Nazis hatten sie als Luftwaffenstützpunkt[2] erbaut.

Till A. und Marco G. kennen fast jeden Winkel dieser Schattenwelt[3]. Immer wieder haben sie die geheimnisvolle Kasernenstadt durchstreift, in den Ruinen übernachtet, sich in die klaustrophobischen Bunker gewagt. Es sind verlassene Orte wie dieser, die Till und Marco magisch in den Bann ziehen.

Als Urban Explorer erforschen sie Lost Places, machen Fotos, drehen Filmreportagen und bringen die verborgenen Schatten der Vergangenheit ans Licht. „Bei unseren ersten Recherchen trafen wir auf Bilder von Orten, wie wir sie lediglich aus dystopischen und vor allem fiktiven Welten kannten“, erinnert sich Till. „Dass sie wirklich existieren, man sie besuchen und erkunden kann, löste eine Begeisterung[4] in uns aus, die wir bis heute nicht verloren haben.“

In ihrem Bildband Jäger der verlorenen Orte erzählen sie von ihren Erlebnissen – und liefern gleich jede Menge spektakuläre Bilder mit.

Till und Marco sind überzeugt: „So gut wie nirgends sonst begegnet uns die Vergangenheit so unverfälscht wie in Lost Places.“ Sie sind wie interaktive Museen, in denen man Geschichte nicht nur betrachtet, sondern hautnah erlebt.

Jens Voss, *National Geographic*, 19.09.2024

1. *la ville fantôme* 2. *la base aérienne* 3. *le monde des ombres* 4. der Enthusiasmus

Lies den Text.

1. Was besichtigen Till und Marco regelmäßig?
2. Seit wann machen sie solche Besichtigungen?
3. Was genau machen sie dort?
4. Warum mögen sie es, diese Orte zu besichtigen?
5. Wie berichten sie über ihre Erlebnisse?

B Die Archäologie der Gegenwart

VIDÉO 10
hachette-clic.fr/25all2045

Notes de la vidéo : die Gegenwart: *le temps présent* • die Ausstellung: *l'exposition* • aus/graben: *travail de fouille en archéologie*

Schau dir das Video an.

1. Worüber berichtet die Reportage?
2. Seit wann existiert diese Mode?
3. Was interessiert die Besucher des Museums?
4. **Erkläre**, warum man diese Orte nicht immer besuchen darf.

Vokabelcoach!

- verlassen: *abandonné (e)*
- verloren: *perdu (e)*
- die Vergangenheit: *le passé*
- das Geheimnis: *le secret*
- die Spur: *la trace*
- erleben: *vivre (un événement)*
- erforschen: *explorer, rechercher*
- besichtigen: *visiter*
- vorsichtig sein: *être prudent (e)*

Sprachcoach!

La probabilité → p. 78

• Pour exprimer une action plus ou moins probable, on utilise le **subjonctif II futur**, ou un verbe de modalité au **subjonctif II** :

→ *Man **könnte** die Schlosserei kaufen.* On pourrait acheter la serrurerie.

→ *Man **würde** dann das Gebäude sanieren:* Ensuite, on assainirait le bâtiment.

3 // Erleben

A DieVölklinger Hütte in 30 Sekunden

1 **Schau** dir das Video **an** und **reagiere**.

a. Was mag dieses Gebäude jetzt sein?

b. Was war es früher?

2 Würdest du es auch besichtigen?

Vokabelcoach!

- das Kulturerbe: *le patrimoine culturel*
- das Industriegelände: *le site industriel*
- die Kunst: *l'art*
- das Werk: *l'œuvre, (ici) l'usine*
- der Besucher: *le visiteur*
- vorher: *avant*
- nachher: *après*
- früher: *avant, autrefois*
- jetzt: *maintenant, de nos jours*
- damals: *à l'époque, autrefois*

B Eine Industrie-Kathedrale im Weltkulturerbe

Seit 30 Jahren ist die Völklinger Hütte UNESCO-Weltkulturerbe. Doch es hätte auch ganz anders kommen können. Eine kleine Zeitreise in die Geschichte des Völklinger Eisenwerks[1].

103 Jahre – so lange wurde in der Völklinger Hütte Roheisen gekocht. Sie stand damals für den modernsten Standard der Roheisengewinnung. In den 90er Jahren brachte das bis zu 17 000 Arbeitsplätze für das Saarland. Heute ist die Völklinger Hütte ein Ort für Kunst und Kultur – und natürlich UNESCO- Weltkulturerbe – und zwar seit genau 30 Jahren.

Nach der Schließung 1986 zeigte sich die Bevölkerung uneins, was mit dem stillgelegten[2] Werk passieren sollte. Die einen waren für Abriss und den Verkauf auf dem Schrottmarkt[3]; aber schon damals sahen andere die Hütte als ein Stück Landesgeschichte und zudem sehr wichtig für die Völklinger Identität. [...]

1994 wird die Völklinger Hütte offiziell zum Weltkulturerbe. Ein Novum, denn vorher war dieser Rang nur Kathedralen, Schlössern oder etwa Altstädten vorbehalten[4]. Und heute ist man in Völklingen froh, dass es die Hütte noch gibt. Sie ist zum Aushängeschild[5] der Kunst- und Kulturszene im Land und ein Besuchermagnet geworden.

Saarländischer Rundfunk

1. *l'usine de sidérurgie* 2. stilllegen = schließen 3. *le commerce de ferraillerie* 4. vorbehalten = reserviert 5. *l'enseigne*

1 **Lies den Text und schau dir das Video noch einmal an.**

Wähl deinen Weg. DIFFÉRENCIATION

A2
2 **Erstell** eine Chronologie der Völklinger Hütte.
3 **Notiere**, warum sie:
a. früher wichtig für die Region war,
b. heute immer noch ein Plus für die Region ist.

A2+
2 **Schreib** eine Geschichte der Völklinger Hütte.
3 **Erkläre** in einem kurzen Text, warum sie für die Region wichtig war und ist.

4 **ZUSAMMEN**
Erklärt, warum es gut war, die Völklinger Hütte nicht abzureißen.

KURZ PROJEKT

Ich stelle ein umfunktioniertes Industriegelände vor.
Informiere dich im Internet über andere Industriegelände, die umfunktioniert wurden, z.B. in Konzerthallen, in Wohnanlagen, in Museen, in Escape Games und präsentiere sie in der Klasse.

WORTSCHATZ!

Bauen

- der Bau: *la construction*
- das Gebäude (-) : *le bâtiment*
- das Bauwerk (e): *l'édifice*
- das Baumaterial (ien): *les matériaux de construction*
- das Mauerwerk (e): *les murs*
- die Mühle (en): *le moulin*
- die Fabrik (en): *l'usine*
- der Leuchtturm (¨e): *le phare*
- der Bauernhof (¨e): *la ferme*
- die Konzerthalle (n): *la salle de concert*
- die Ruine (n): *la ruine*
- die Energiekosten (Pl.): *le coût énergétique*
- das Industriegelände (-): *le site industriel*
- die Industriebrache (n): *la friche industrielle*
- bauen: *construire*
- sparen: *économiser*

Verändern

- um/bauen: *transformer (construction)*
- ab/reißen* (i, i): *démolir*
- sanieren: *assainir*
- renovieren: *rénover*
- schließen* (o, o): *fermer*
- still/legen: *fermer (fabrique, usine)*
- verändern: *transformer (sens général)*

ORTE GESTERN UND HEUTE

die Umwelt

- die Nachhaltigkeit: *la durabilité / le développement durable*
- der (ökologische) Fußabdruck: *l'empreinte (écologique)*
- unbenutzt: *inutilisé(e)*
- ökologisch: *écologique*
- verfallen: *en ruines*
- nachhaltig: *durable*

In die Vergangenheit reisen

- die Vergangenheit: *le passé*
- der Entdecker (-): *l'explorateur*
- das Geheimnis (se): *le secret*
- die Spur (en): *la trace*
- die Geschichte: *l'histoire*
- vergangen: *passé*
- verlassen: *abandonné(e)*
- verloren: *perdu(e)*
- vergessen: *oublié(e)*
- gefährlich: *dangereux*
- unheimlich: *inquiétant(e)*
- spannend: *captivant(e)*
- geheimnisvoll: *mystérieux(se)*

Erkunden

- erkunden: *explorer, fouiller*
- erforschen: *explorer, rechercher*
- entdecken: *découvrir*
- besichtigen (einen Ort, eine Stadt): *visiter*
- vorsichtig sein: *être prudent*
- erleben: *vivre (un évènement)*

Erinnern

- die Gegenwart: *le présent*
- die Zukunft: *le futur*
- das Kulturerbe: *le patrimoine culturel*
- die Ausstellung (en): *l'exposition*
- der Bildband (ë): *le livre illustré*
- das Museum (en): *le musée*
- die Archäologie: *l'archéologie*
- das Gemälde (-): *le tableau (peinture)*
- die Fotografie (n): *la photographie*
- früher: *avant, plus tôt*
- später: *après, plus tard*
- jetzt: *maintenant, aujourd'hui*
- heute: *aujourd'hui, de nos jours*
- damals: *à l'époque, autrefois*
- besuchen (ein Museum): *visiter*
- bewahren: *conserver*
- einen Film drehen: *tourner un film*
- fotografieren: *photographier*

exercices interactifs
hachette-clic.fr/25all2047

Üben

1 | Trouve l'intrus.
Was gehört nicht dazu?
a. damals – die Zukunft – die Geschichte – früher – die Vergangenheit
b. besichtigen – entdecken – abreißen – erforschen – besuchen
c. schließen – umbauen – verlassen – sanieren – renovieren
d. das Kulturerbe – die Fotografie – geheimnisvoll – die Ausstellung – das Museum

2 | Choisis ce qui convient.
a. Im Museum besuchen wir *eine Ausstellung / die Archäologie.*
b. Ökologisches Bauen ist gut für *die Zukunft / die Spur.*
c. Ich habe mein Buch *verlassen / verloren.*
d. Eine Ruine besichtigen ist *nachhaltig / gefährlich.*

3 | Complète le texte avec les mots manquants.
Vergangenheit – entdeckten – verlassene – Umbau – sanieren – Mühle – Gebäude – Kosten – spannend
Tom und Katja haben ein altes … gekauft und wollen es … . Sie … es bei einem Spaziergang auf dem Land. Es ist eine … … Die ... für den… sind sehr hoch, aber sie finden es … in einem Stück … zu wohnen.

4 |

a. Quels mots conviennent pour décrire l'image ?
die Industrie – bewahren - das Wohnhaus – die Fabrik – erleben – ökologisch - die Freizeit – die Arbeit – umbauen – vergessen – der Sommer - unheimlich – abreißen.
b. Note d'autres mots ou expressions avec lesquels tu peux parler de cette photo.

5 | Complète avec un terme approprié.
1. Mein Freund … einen Film.
2. Ich schreibe einen Artikel über eine … im Museum.
3. Meine Eltern haben ein altes Haus gekauft, und jetzt lassen sie es … .
4. Der Forscher hat die … von einer alten Zivilisation gefunden.

Phonologie

Prononcer /au/ et /äu/
En allemand, deux voyelles côte à côte forment une diphtongue et se prononcent différemment des deux voyelles séparées. **au** se prononce /ao/ », en alphabet phonétique : [aʊ], **äu** se prononce /oille/, en alphabet phonétique : [ɔʏ].

AUDIO 17
hachette-clic.fr/25all2048

1 Écoute les mots suivants et détermine si tu entends [aʊ] ou [ɔʏ].
der Raum – die Häuser – das Gebäude – umbauen – der Verkauf - der Käufer

2 Écoute les mots et ajoute les lettres manquantes.
k … fen ; aufr … men ; verbr … chen ; das … ßere ; es l … ft ; die P … se ; tr … men

3 Entraîne-toi à lire le texte suivant à voix haute.

Der alte Baum vor dem schaurigen Gebäude sieht traurig aus. Er schaut auf das graue Gemäuer und träumt von blauen Mauern. Da läuft eine laute Maus aus dem Haus und hinter ihr drei Baby-Mäuse.

exercices interactifs
hachette-clic.fr/25all2049

Le prétérit → Précis p. 194

Observe et déduis

a. *Früher sah das Werk grau aus, jetzt sieht es bunt aus.*

b. *Früher wohnte niemand in der Schlosserei, jetzt wohnt ein Ehepaar in dem sanierten Gebäude.*

- Repère dans les énoncés ci-dessus les verbes au prétérit.
- Compare les différents verbes : comment le prétérit est-il formé ?

Retiens

Le prétérit exprime une action passée révolue. Pour le former, il faut savoir si le verbe est faible, fort ou mixte.
faibles : base verbale + **te** + ø, st, ø, n, t, n
forts : base verbale modifiée + ø, st, ø, n, t, n
mixtes : base verbale modifiée + **te** + ø, st, ø, n, t, n

Entraîne-toi

1 Présent ou passé : repère les phrases au passé.
a. Als Kind spielte ich oft in dem alten Gebäude.
b. Es war sehr gefährlich.
c. Später verbot man den Eintritt.
d. Seit drei Jahren rehabilitiert die Stadt das Geländ

2 Mets les verbes (faibles) entre parenthèses au prétérit.
a. Die Mutter (kochen) abends für die ganze Familie.
b. Die Menschen (arbeiten) sehr hart und (verdienen) wenig.
c. Bis in die Nacht (hören) man die Maschinen.
d. Der Fotograf (stellen) seine Arbeiten aus.

3 Mets les phrases (forts et mixtes) au prétérit.
a. Der Architekt (bringen) den Schlüssel.
b. Die Freunde (schlafen) in dem Bunker.
c. Mein Nachbar (gewinnen) letztes Jahr im Lotto.
d. Er und seine Familie (fahren) dann einmal um die ganze Welt.

Exprimer la probabilité → Précis p. 196

Observe et déduis

a. *Man kann das alte Restaurant abreißen, aber man könnte es auch sanieren und umbauen.*

b. *Ich besichtige gern alte Städte, also würde ich auch verlassene Orte besichtigen.*

- Émets des hypothèses sur la formation du subjonctif II de *können* et de *werden*.
- Repère où sont placés les verbes qui expriment l'action.

Retiens

Lorsqu'une action est probable, on emploie le subjonctif 2, un mode qui permet d'exprimer l'irréel, le conditionnel ou le souhait. Le verbe qui exprime l'action reste à l'infinitif en fin d'énoncé.
→ würde / müsste / sollte / könnte (+ ø, st, ø, n, t, n)

Entraîne-toi

4 Transforme ces énoncés en mettant les verbes de modalité au subjonctif 2, puis traduis-les.
a. Die Touristen müssen sich erst informieren.
b. Du kannst dem Bürgermeister einen Brief schreiben.
c. Wir sollen an alternativen Plänen arbeiten.
d. ür eine gute Argumentation muss er mehr Fakten finden.
e. Mit ein wenig Fantasie kann aus diesem Haus etwas Schönes werden.

5 Utilise le subjonctif 2 de *werden* pour mettre les énoncés suivants au conditionnel.
a. Ich erkunde gern geheimnisvolle Orte.
b. Die Fotografen gehen auch ohne Schlüssel in die Gebäude.
c. Der Film zeigt die Schattenseiten der Vergangenheit.
d. Du fährst zu einer Kunstausstellung in einem alten Eisenwerk.
e. Ihr entdeckt die Geschichte hautnah.
f. Ihr erlebt etwas Spannendes!

MEIN PROJEKT ✓

Ich gestalte eine Werbebroschüre.

Du gestaltest eine Broschüre für den Erhalt eines verlassenen Gebäudes in Deutschland.

SCHRITT 1

Suche nach einem *Lost Place* oder einer Industriebrache in Deutschland und finde Informationen über die Geschichte.

METHODIK

- Gagne du temps pour tes recherches en reprenant un des bâtiments découverts pendant la séquence.
- Note les éléments essentiels de son histoire (4-5 informations).

SCHRITT 2

Erfinde ein Konzept zur Rehabilitierung (z.B. als Konzerthalle, Jugendzentrum…).

SCHRITT 3

Druck ein Bild des Ortes aus und bemale es: Man muss deine Idee für das Gebäude sehen können.

SCHRITT 4

Schreib einen kurzen Text darüber, warum das Gebäude historisch wichtig ist, und erhalten werden soll, wie du es umfunktionieren würdest.

METHODIK

- Décris ton projet de transformation en deux ou trois étapes : ce qui devrait être conservé, ce qui pourrait être rénové, ce qu'il faudrait changer.

Kultur-Profi

GEMÄLDE

PAUL KIRNIG, *Stahlwerk*, 1940

WALTER BERNSTEIN, *Grube Kohlwald*, 1975

OSKAR DETERING, *Stahlwerk Krieger*, 1910

Pour aller plus loin sur ce thème, flashe ce code.

hachette-clic.fr/25all2050

ADOLPH VON MENZEL, *Das Eisenwalzwerk (Moderne Zyklopen)*, 1872

TONI WALTER, *Fortuna Grube Nachtschicht*, 1925

HANS DIETER TYLLE, *Pilotanlage*, 2009

Auf dem Weg zum Abi

Das Abitur: Ende oder Anfang einer Zeit?

Dans ce chapitre...

Culture

- Le système scolaire allemand
- Les traditions autour de l'*Abitur*

Langue

- Le lexique de la scolarité et des traditions
- Le son [ts]
- Les prépositions devant les compléments de temps
- L'expression du temps

MEIN PROJEKT ...

- Schreib einen Einladungsbrief zu einer Feier.

STEIG EIN

1. Beschreib diese Schüler. In welcher Schulphase befinden sie sich?
2. Was weißt du schon über die deutsche Schule? Wie funktioniert sie? Wie geht es weiter?

1 // Die Schule in Deutschland

METHODIK

- Dans un document audio ou vidéo, les mots qui se répètent donnent le thème général.
- Lors d'une deuxième écoute, fais attention aux mots qui s'y rapportent pour comprendre plus de détails.

Kulturecke

Deutsche Kinder gehen mindestens neun, meistens aber zehn, zwölf oder dreizehn Jahre zur Schule.

Schau dir die Grafik und das Video an.

1. **a. Finde** heraus, wie viele Schultypen es in Deutschland gibt.
   b. Wer entscheidet, in welche Schule ein Kind geht?
2. **Zähl** die Unterschiede Gymnasium, Realschule und Hauptschule **auf**.
3. Denkst du, dass es eine gute Idee ist, Schüler frühzeitig zu orientieren? → **Grammatik** p. 86

VIDÉO 12
hachette-clic.fr/25all2051

Notes de la vidéo : die Steuer (n): *l'impôt* • Vorschläge machen: *faire des propositions* • begabt: *doué*

Vokabelcoach!

- in die Schule gehen* (i, a): *aller à l'école*
- die Ausbildung (en): *la formation*
- der Schultyp (en): *le type d'école*
- eine Entscheidung treffen* (a, o): *prendre une décision*
- begabt sein: *avoir des facilités*
- gute Noten haben: *avoir de bons résultats*
- das Abi(tur) machen: *passer le bac(calauréat)*

Sprachcoach!

Les prépositions → p. 86

- Pour indiquer à quel âge quelqu'un fait quelque chose, on utilise la préposition *mit*. ***Mit sechs (Jahren)*** *müssen alle Kinder in die Schule gehen.*

KURZ PROJEKT ...

Schreib einen kurzen Text über das französische System.
Und wie sieht es in Frankreich aus? Was ist anders als in Deutschland? Erkläre.

2 // Jetzt wird gefeiert!

ALINA

A

Das Abi-Buch

Das Abi-Buch ist eine Art Jahrbuch, das jeder Schüler nach dem Abitur erhält. […] Es fängt an mit Bildern von den LKs, den Leistungskursen[1], und Fotocollagen von unseren Fahrten, der Skifahrt und den Kursfahrten nach Rom oder Paris – einfach, dass man sich später noch erinnern kann und lustige, schöne Fotos hat. Jeder gestaltet[2] auch eine eigene Seite […]. Viele machen so eine Art Steckbrief mit Namen und Mail-Adresse. Wenn man später mal Jahrgangstreffen organisieren will, ist das ganz hilfreich.

1. *enseignement de spécialité* **2.** *concevoir*

B

Der Abi-Streich

Der Höhepunkt wird auf jeden Fall das „Hofspiel", wo wir die Lehrer in verschiedenen Disziplinen gegeneinander antreten lassen[1], zur Belustigung der Schüler. […] In Sport zum Beispiel sagen wir den Lehrern, dass wir einen Parcours aufbauen, machen's aber in Wirklichkeit gar nicht. Wir verbinden denen die Augen, ein Schüler darf sie dann durch den unsichtbaren Parcours lenken[2]. Das wird wahrscheinlich lustig.

1. *faire concourir* **2.** *guider, diriger*

JAKOB

C

Der Abi-Ball

AUDIO 18
hachette-clic.fr/25all2052

CHARLOTTE

Vokabelcoach!

- sich erinnern: *se souvenir*
- sich um etw. kümmern: *s'occuper de qqc*
- etwas vor/bereiten: *préparer qqc*
- das Abijahr: *l'année du bac*
- planen = organisieren
- eine Band / einen DJ ein/stellen: *engager un groupe de musique / un DJ*
- sich schick machen: *se mettre sur son 31*
- die Rollen tauschen: *échanger les rôles*

Bildet Dreiergruppen.

Gruppe A

1. **Lies** den Text über das Abi-Buch (Dok. A).
2. **Liste auf**, was man in einem Abi-Buch findet. Wozu können Abi-Bücher später nützlich sein?

Gruppe B

1. **Lies** den Text über den Abi-Streich (Dok. B).
2. Fasse zusammen, was beim Abi-Streich passiert und wie er sein soll.

Gruppe C

1. **Hör** dir **an**, was Charlotte für den Abi-Ball plant. (Dok. C)

4 ZUSAMMEN
Jede Gruppe **stellt** den anderen ihre Informationen **vor**. **Macht** jetzt mit allen Informationen eine Mindmap zum Thema „Abi-Traditionen".

3 // Abitur - und dann?

A Messe - Abi, was dann? DIFFÉRENCIATION

Notes de la vidéo : die Messe (n): *le salon, la foire* • die Möglichkeit (en) = la possibilité • der Werdegang (¨e): *le parcours professionnel*

Sprachcoach!

L'expression du temps → p. 86

- Pour situer un événement dans le temps, on utilise les adverbes de temps:
- Jetzt haben die Schüler ihr Abitur in der Tasche. Aber **bald** müssen sie für ihre Zukunft entscheiden.

Schau dir das Video an und wähl deinen Weg. DIFFÉRENCIATION

A2

1. **Notiere**, für welches Publikum die Messe ist.
2. **Liste** die Möglichkeiten **auf**, die nach dem Abitur offenstehen.
3. Welche Informationen zur Messe bekommst du (seit wann es sie gibt, wie viele Unternehmen hier sind ...)?
4. Wie erlebt die Schülerin die Messe? Was findet sie besonders gut?

A2+

1. **Notiere** die Informationen, die die Moderatorin und der Journalist geben.
2. **Fasse** die Erfahrung der Schülerin **zusammen**.

4 **ZUSAMMEN Tauscht** eure Informationen **aus**. **Diskutiert**: Findet ihr Job-Messen hilfreich? Warum (nicht)?

B Wunderbar frei?

Manche meiner Freunde wollen sofort nach der Schule ihr Medizinstudium aufnehmen. Andere wollen einfach in Berlin chillen. Bei der Entscheidung spielen Eltern und Freunde eine wichtige Rolle. Manche hängen sich einfach an ihre Freunde ran[1] und bewerben[2] sich an derselben Universität oder planen schon gemeinsam WGs[3]. Es gibt auch Eltern, die wollen, dass ihre Kinder in ihre Fußstapfen treten[4] und ihr Geschäft übernehmen. Das wollen meine Eltern nicht für mich. [...] Meine Mutter hat immer wieder Fantasien, dass ich Arzt oder Superanwalt werde. [...] Sie findet es auch toll, wenn man seinen Beruf überall auf der Welt ausüben kann, weil man dann ja so wunderbar frei ist.

Paul Bühre, *Das Jahr nach dem Abi*, 2019

1. *s'accrocher à* 2. *candidater* 3. *la colocation* 4. *marcher dans les traces*

Lies den Text.

1. **Liste auf**, was Pauls Freunde nach dem Abitur machen wollen.
   → **Grammatik** p. 86
2. Was wollen die Eltern der anderen? Und seine?
3. Wie siehst du diese Frage? **Erzähl!**

Vokabelcoach!

- auf eine Berufsmesse gehen: *aller à un salon étudiant*
- sich nach etwas (+ dat.) erkundigen: *se renseigner sur qqc*
- eine gute Erinnerung wach/rufen* (ie, u): *se remémorer un bon souvenir*
- sich einer Sache bewusst/werden (o, o): *se rendre compte de qch*

WORTSCHATZ!

RUND UM DIE SCHULE

Die Schüler

- begabt: *doué(e)*
- gut in der Schule sein: *être bon à l'école*
- in die Schule gehen* (i, a): *aller à l'école*
- in die Realschule / ins Gymnasium gehen* (i, a): *aller à la Realschule, au Gymnasium*
- lernen: *apprendre*
- etw. entscheiden* (ie, ie): *décider qqch*
- eine Entscheidung treffen* (a,o): *prendre une décision*

Das Schulsystem

- der Schultyp (en): *le type d'école* das Gymnasium – die Realschule – die Hauptschule
- die Schule (n): *l'école*
- die Grundschule: *l'école primaire*
- der Kindergarten: *le jardin d'enfants*
- die Ausbildung (en): *la formation*

Nach dem Abitur

- die Orientierungsmesse (n): *le salon d'orientation*
- die Möglichkeit (en): *la possibilité*
- die Auszeit (en) = die Pause (n)
- die Erfahrung (en) : *l'expérience*
- das Praktikum (a): *le stage*
- das Freiwillige Soziale Jahr (FSJ) : *le service civique*
- das Gapjahr (e) = das Sabbatjahr (e)
- das Unternehmen (-) / die Firma (en): *l'entreprise*
- (sich) orientieren: *(s') orienter*
- das Studium: *les études universitaires*
- studieren: *étudier (à l'université)*
- an die Universität gehen* (i, a): *aller à l'université*
- eine Pause machen: *faire une pause*
- eine Weltreise machen : *faire un tour du monde*
- Geld verdienen: *gagner de l'argent*
- Erfahrungen sammeln: *acquérir de l'expérience*

Abi-Traditionen

- der Ball (¨e): *(ici) le bal*
- das Abijahr: *l'année du bac*
- der Leistungskurs (e): *l'enseignement de spécialité*
- die Prüfung (en): *l'examen*
- die Klassenfahrt (en): *le voyage scolaire*
- lustig: *amusant*
- etw. organisieren: *organiser qqch*
- tanzen: *danser*
- feiern: *fêter qch, faire la fête*
- Spaß haben = sich amüsieren
- sich erinnern: *se souvenir*
- sich um etw. kümmern: *s'occuper de qqch*
- etw. vor/bereiten: *préparer qc*
- ein Kleid / einen Anzug an/ziehen* (o, o): *mettre une robe / un costume*
- eine Rede halten* (ie, a): *faire un discours*

exercices interactifs

hachette-clic.fr/25all2054

Üben

1 Chasse l'intrus.

a. die Schule – das Gymnasium – die Realschule – die Ausbildung

b. die Klassenfahrt – das Abijahr – die Vergangenheit – der Leistungskurs

c. das Praktikum – das Studium – das Freiwillige Soziale Jahr – die Klassenfahrt

2 Complète ces phrases avec les mots de la liste.

Schultypen – Schule – Abiball

a. Nach der … kann man an die Universität gehen.

b. Die Schüler haben einen … organisiert, um zusammen zu feiern.

c. In Deutschland gibt es verschiedene …, zum Beispiel das Gymnasium oder die Hauptschule.

3 Remets les mots dans l'ordre pour former des phrases correctes.

a. Schule / Kinder / gehen / die / in / die .

b. uns / kümmern / wir / die / um / Vorbereitung des Abiballs .

c. lustig / der / war / Abiball / sehr .

4 Complète les phrases.

ziehen – entscheiden – kümmert – feiert

a. Wir … uns , nächstes Jahr ein Praktikum zu machen.

b. Er … sich um die Organisation des Abi-Balls.

c. Ihr … heute Abend mit der ganzen Klasse.

d. Alle Jungs … für den Ball einen Anzug an

5 Associe ces verbes ou expressions à leurs équivalents.

1. sich für etwas entscheiden

2. an die Universität gehen

3. sich erinnern

4. eine Rede halten

5. sich orientieren

a. vor Publikum sprechen

b. eine Wahl treffen

c. studieren

d. an etwas zurückdenken

e. einen Weg für die Zukunft finden

6 Parmi les mots suivants, choisis ceux que tu associes à la situation.

das Abi – die Auszeit – eine Rede halten – die Prüfung – Spaß haben – die Schule – lustig – das Gymnasium – die Grundschule – eine Pause machen – die Klassenfahrt

Phonologie

Le son [ts]

Le son **[ts]** en allemand s'écrit de différentes façons : **-tion**, **-ts**, **-tz** mais aussi **z**.

Pense à prononcer ce son comme dans pizza, avec le son **/t/** et le son **/s/**.

Exemple : die Tradition – die Arbeitsmesse – die Katze – die Zeit

AUDIO 19
hachette-clic.fr/25all2055

1 Répète les mots suivants.

das Ziel, der Platz, der Witz, der Schatz, der Sitz, sitzen, die Lektion, die Station, die Zensur, die Sätze

2 Lis le texte suivant à voix haute.

Zeit für die letzte Prüfung ! Die Schüler sitzen im Klassenzimmer und konzentrieren sich auf ihre Mathe- und Sprachtests. Jeder hofft auf gute Zensuren, denn das Zeugnis entscheidet über die Zukunft. Nach all dem Stress gibt es eine große Party mit witzigen Ideen und viel Tanz!

exercices interactifs
hachette-clic.fr/25all2056

Les prépositions devant un complément de temps

→ Précis p. 188

>> Observe et déduis

a. *Jeden Morgen fängt die Schule* ***um*** *7:45 Uhr an.*

b. ***Mit*** *sechs Jahren müssen alle Kinder in die Schule gehen.*

- Observe les différentes prépositions. Quel type de complément de temps introduisent-elles ?
- Quel cas suivent ces prépositions ?

>> Retiens

Selon le complément de temps, la préposition qui l'introduit varie :

im + les mois, les saisons → im Juni, im Winter
am + jour, date, moment précis → am Montag, am Wochenende
um + heure → um 16 Uhr
mit + âge →mit 17 (Jahren)
zu + fêtes → zu Ostern, zu Weihnachten

>> Entraîne-toi

1 Choisis la bonne préposition.

im – am – um – mit – zu

a. Wir haben … Mai eine Klassenfahrt.
b. Der Abiball beginnt … 20 Uhr.
c. … Weihnachten besuchen wir unsere Familie in Münster.
d. … Montag fängt die Schule wieder an.
e. Er ging … achtzehn Jahren an die Universität.

2 Complète ces phrases.

a. Ich habe eine Prüfung … Montag.
b. Wir haben eine Klassenfahrt … Oktober.
c. Wir essen immer … 12 Uhr zu Mittag.
d. Er bekommt sein Abiturzeugnis … Sommer.
e. … Ostern bemalen die Kinder Eier.
f. Er ging … siebzehn Jahren für sechs Monate in die USA.
g. Er wird … Dienstag anrufen.

3 Complète ce récit.

… 18 Jahren, kaum hatte ich das Abitur in der Tasche, fuhr ich … Sommer nach Frankreich. … Weihnachten sollte ich wieder zu Hause in Deutschland sein. … Aber es war so schön, und ich blieb. Auch … Ostern war ich nicht zurück. Aber … 15. Oktober begann die Uni!

L'expression du temps

>> Observe et déduis

passé →	*présent* →	*futur*
früher *damals* *vor drei Tagen* *gestern* *im Jahre 1969*	*jetzt* *heute* *nun* *dieses Jahr*	*bald* *morgen* *nächstes Jahr* *in zehn Jahren*

- Observe la frise et traduis les expressions.

>> Entraîne-toi

4 Associe chaque expression à sa traduction.

1 früher	**a.** cette année
2 damals	**b.** il y a longtemps / autrefois
3 gestern	**c.** à l'époque
4 dieses Jahr	**d.** hier
5 nächstes Jahr	**e.** dans dix ans
6 in zehn Jahren	**f.** l'année prochaine

5 Choisis l'expression de temps qui convient en fonction du contexte.

a. Lisa beginnt … ihr Studium. *(l'année prochaine)*
b. Ich habe… mein Abitur bestanden! *(hier)*
c. Mein Vater hat … sein Abitur gemacht. *(en 1984)*
d. Nach dem Abitur reiste er um die Welt. … begann er seine Ausbildung. *(cinq ans plus tard)*

6 Remets les mots dans le bon ordre pour faire des phrases.

a. bald / mein Praktikum / beginnt.
b. eine Rede / im Jahre 2024 / er / in der Schule / gehalten / hat.

MEIN PROJEKT ✓

Ich schreibe einen Einladungsbrief.

Du möchtest mit deinen Mitschülern aus dem Collège eine kleine Feier nach deutscher Tradition organisieren. Du schreibst ihnen einen Einladungsbrief, in dem du deine Idee erklärst und ihnen das Datum und den Ort der Feier angibst.

SCHRITT 1

Überlege, welche Informationen du brauchst, um über die Programmpunkte des Festes zu sprechen.

SCHRITT 2

Beantworte die folgenden Fragen, um die Details der Feier zu nennen: Wo? Wann? Was? Welche Aktivitäten?

SCHRITT 3

Ordne deine Ideen und **schreib** die Einladung.

METHODIK

Écrire une lettre d'invitation

- Hiérarchise tes idées et n'oublie pas de respecter la mise en forme d'une lettre : adresse, date, ...
- Fais un paragraphe par idée.
- Demande à la personne si elle peut venir et termine par une phrase amicale de salutation.

Kultur-Profi

GEMÄLDE

SAMUEL ALBRECHT ANKER
Die Dorfschule von 1848, 1896

Pour aller plus loin sur ce thème, flashe ce code.

hachette-clic.fr/25all2057

BÜCHER

FILME

Erinnerungen an die DDR

(N)Ostalgisch oder erleichtert?

Dans ce chapitre...

Culture

- Le concept de *Ostalgie*
- La dissidence en RDA

Langue

- Le lexique du souvenir et de la dissidence
- Prononcer /st/
- Le parfait
- *dennoch* et *trotzdem*

MEIN PROJEKT

- Spielt eine Talkshow zum Thema Erinnerungen an die DDR.

STEIG EIN

1. Was siehst du auf den Bildern? Was haben alle Bilder gemeinsam?
2. Was ist deiner Meinung nach das Ziel dieser Orte?

1 // Ostalgie, was ist das?

A Alles wie damals

Sieh dir die Bilder an.

1. **a.** Was für ein Dokument ist es?
   b. **Erkläre**, welche Gegenstände verkauft werden. und wofür?
2. Was ist deiner Meinung nach „Ostalgie"?
3. Möchtest du an einer Ossi-Party teilnehmen

Kulturecke

In der DDR gab es für Kinder und Jugendliche zwei Organisationen: „Die Pioniere" und die „FDJ". Mehr als 80% der Kinder und Jugendlichen gehörten den Organisationen an.

B Typisch DDR

Notes de la vidéo : die Tapete: *le papier peint* • die Beziehung: *la relation* • die Heimat: *le chez-soi* • die Wende = die Zeit um die Wiedervereinigung

Vokabelcoach!

- die Sehnsucht (ici) = die Nostalgie
- sich sehnen nach (ici) = nostalgisch sein
- originalgetreu: *fidèle à l'original*
- etwas zurück/holen: *ramener, récupérer qq chose*
- aufleben lassen: *faire revivre*
- die Flagge (-n) = die Fahne (-n): *le drapeau*
- der Katalog (e): *le catalogue*
- die Verkleidung (en): *le déguisement*
- das Fest (e): *la fête*

Sieh dir das Video an.

1. **Sammle** Informationen zum *Ostel* und seinem Inhaber.
2. **Erkläre**, warum er das *Ostel* so eingerichtet hat.
   → **Grammatik** p. 94
3. Was kannst du über den Begriff *Ostalgie* sagen?

Sprachcoach!

Le parfait → p. 94

- C'est l'équivalent du passé composé en français : *Daniel Helbig hat als Kind in der DDR gelebt.*

KURZ PROJEKT ...

Schreib einen Kommentar… über das Hotel.
Du warst in Berlin und hast im *Ostel* gewohnt. Schreib deinen Kommentar in einem Internetforum.

2 // Besondere Tage

A In der Kindheit

AUDIO 20
hachette-clic.fr/25all2059

Es sollen in der Stunde meiner Geburt am Leipziger Himmel tatsächlich Blumensträuße aus buntem Licht zu sehen gewesen sein, erzählte meine Mutter später. Denn es war der 7. Oktober, und die Mächtigen feierten mit einem aufwendigen Feuerwerk[1] den 15. Jahrestag der Gründung ihres seltsamen Staates. [...] Wenn ich jedoch als Kind mit aufrechtem Stolz berichtete, ich hätte am „Tag der Republik" Geburtstag, bekam ich oft verschämt lächelnd zu hören: „Ja, ja, du bist schon ein Glückspilz[2], an so einem großartigen Tag geboren zu sein ..." Die Häme[3], die da mitunter mitschwang, erschloss[4] sich mir nicht. Auf meinen Geburtstag war ich wirklich stolz. Was auch darauf fußte, dass an jenem 7. Oktober das Einheitsgrau des ostdeutschen Alltags stets von bunten Farbtupfern belebt wurde, denn überall in den Straßen wehten Flaggen – rote und kunterbunte. Ich empfand das als großes Glück, zusammen mit meiner Heimat Geburtstag feiern zu dürfen.

Harald STUTTE, *Wir wünschten uns Flügel*, 2023

1. *feu d'artifice* 2. *le veinard* 3. der Sarkasmus 4. sich erschließen = klar werden

Vokabelcoach!

- mächtig sein: *avoir du pouvoir*
- seltsam: *étrange*
- auf etw. (+acc.) stolz sein: *être fier(e) de*
- die Begeisterung: *l'enthousiasme*
- der Hass: *la haine*
- der Zorn: *la colère*
- beklemmend: *angoissant(e)*
- (ent)fliehen* (o, o): *s'échapper, fuir*

Lies den Text.

1. **Notiere** die Informationen zum Geburtstag. Was ist besonders?
2. Wer sind „die Mächtigen"? Was charakterisiert den Staat? → **Phonologie** p. 93
3. **a. Zeige** den Unterschied zwischen den Gefühlen des Kindes und denen der Erwachsenen.
   b. Werden sich deiner Meinung nach im Laufe des Romans die Gefühle des Kindes ändern?

Kulturecke

In der DDR war Rockmusik aus den USA und dem Westen verboten. Viele Jugendliche hörten sie trotzdem.

B In der Jugend

AUDIO 21
hachette-clic.fr/25all2060

Lies den Text.

1. Worum geht es in diesem Auszug?
2. **Notiere** die Gefühle der Jugendlichen bei diesen zwei Konzerten.
   → **Grammatik** p. 94
3. Wie reagiert die Polizei?
4. Was wünscht sich der Erzähler? Wie verstehst du das?

Wir wollten nach Westberlin, weil im Westen unweit der Mauer ein Konzert von Barclay James Harvest angekündigt worden war. [...] Ein ähnliches Konzert dieser Band vier Jahre zuvor hatte im Osten beinahe zu einem Volksaufstand[1] geführt. Die Band hatte vor dem Reichstag nahe der Mauer gespielt, die Schallwellen[2] hatten bei den Zonenkids abwechselnd Begeisterung und dann wieder Hass- und Zornwellen ausgelöst, weil die spaßresistente SED-Polizei knüppelschwingend[3] selbst den Musikgenuss aus der Ferne zu stoppen versuchte.

Wir standen Unter den Linden[4] unweit des Brandenburger Tors. Und von drüben, vom Funkturm in zehn Kilometer Entfernung in Charlottenburg, wehte der Wind wie ein gedämpftes Hitergrundrauschen „Child of the Universe" herüber. Dieses Mal spielte die Gruppe in der Deutschlandhalle, trotzdem waren die Vopos[5] wieder Unter den Linden aufmarschiert. [...] Es war beklemmend. [...] Und wir wünschten uns Flügel, um dieser Tristesse zu entfliehen. Es waren ja nur ein paar Meter.

Harald STUTTE, *Wir wünschten uns Flügel*, 2023

1. *l'insurrection populaire* 2. *les ondes sonores* 3. *à coups de matraque* 4. großer Boulevard im Osten Berlins 5. Volkspolizei

Sprachcoach!

L'opposition et la concession → p. 94

- *dennoch* = « cependant » *Die Jugendlichen waren in Ostberlin.* ***Dennoch*** *hörten sie die Musik aus dem Westen.*
- *trotzdem* = « quand même » *Die Stimmung war beklemmend.* ***Trotzdem*** *wollten die Jugendlichen Unter den Linden bleiben.*

C Rebellion und Repression

Die Freunde Raik und Heiko haben sich mit einem Schüler gestritten, der eine politische AG für das Regime gründen wollte.

1. die Stasi 2. *l'insigne*
3. *achever*

Raik ADAM und Dirk MECKLENBECK, *Rebellion hinter der Mauer*

Kulturecke

Das „Ministerium für Staatssicherheit" (Stasi) war die Geheimpolizei der DDR. Sie hatte sehr viele Mitarbeiter und überwachte die Bürger der DDR. Sie war ein zentrales Machtinstrument der DDR-Diktatur.

Vokabelcoach!

- bedrohen: *menacer*
- der Feind(-e): *l'ennemi*
- verlassen* (ie, a): *quitter*
- jdn ein/schüchtern: *intimider quelqu'un*
- rebellisch sein: *être rebelle*
- mutig sein: *être courageux(se)*
- die Unfreiheit: *l'absence de liberté*

Lies den Comic.

1. Wie fühlen sich die beiden Freunde vor dem Termin?
2. **Notiere**, wer das Gespräch führt und was den beiden vorgeworfen wird.
3. Was denken die Personen?
4. Wie endet die Szene?

D Die Geschichte dahinter

Hör dir den Podcast an.

1. **Notiere** Informationen zum Comic und zu den Autoren.
2. Warum haben die Autoren diesen Comic geschrieben?

AUDIO 22
hachette-clic.fr/25all2061

Notes de l'audio : Rotlichtbestrahlung = Staatsbürgerkunde (Schulfach) fam. • der Ausreiseantrag (ë): *demande d'autorisation de quitter la RDA (définitivement)* • weich/spülen: *adoucir, enjoliver*

WORTSCHATZ!

EIN VERSCHWUNDENES LAND

Ein autoritärer Staat

- der Staat (-en): *l'état*
- der Zwang (¨e): *la contrainte*
- die Diktatur (-en): *la dicature*
- die Flagge (-n) = die Fahne (-n) : *le drapeau*
- die Gewalt: *la violence*
- die Macht (¨e): *le pouvoir*
- die Mauer (n): *le mur*
- die Trennung (en): *la séparation*
- das Land (¨er): *le pays*
- eigenartig: *bizarre, unique en son genre*
- mächtig: *avoir du pouvoir, être puissant (e)*
- seltsam: *étrange*
- jdn an/klagen: *accuser qqn*
- trennen: *séparer*
- jdn ein/schüchtern: *intimider qqn*

Gefühle

- der Hass: *la haine*
- der Zorn: *la colère*
- die Begeisterung: *l'enthousiasme*
- die Sehnsucht = die Nostalgie
- beklemmend: *angoissant*
- auf etw. (+acc.) stolz sein: *être fier (-ère) de qqch*
- Spaß haben: *s'amuser*
- vor etw. (+dat.) Angst haben: *avoir peur de*
- sich sehnen nach = nostalgisch sein

Erinnerung

- die Erinnerung (-en): *le souvenir (pensée)*
- die Heimat: *le chez-soi*
- das Souvenir (s): *le souvenir (objet)*
- ehemalig: *ex, ancien*
- verschwunden: *disparu(e)*
- typisch: *typique*
- (sich) an etw. (+ acc.) erinnern: *(se) rappeler/remémorer qqc*
- über etw. (+acc.) informieren: *informer sur*
- zeigen: *montrer*
- sich etwas zurück/holen: *ramener qqc*
- aufleben lassen: *faire revivre*
- um/deuten: *réinterpréter, donner un autre sens*

Rebellion

- der Freiheitsdrang: *le besoin de liberté*
- der Mut: *le courage*
- die Freiheit(-en): *la liberté*
- die Opposition: *l'opposition*
- die Unfreiheit: *l'absence de liberté*
- frei: *libre*
- mutig: *courageux(se)*
- rebellisch: *rebelle*
- gegen etw. (acc.) rebellieren: *se révolter contre*
- jdn ein/schüchtern: *intimider qqn*
- sich (nicht) ein/schüchtern lassen: *(ne pas) se laisser intimider*
- verlassen* (ie, a): *quitter*
- (ent)fliehen* (o, o): *s'échapper, fuir*
- sich an etwas reiben* (ie, ie): *se frotter à*

exercices interactifs
hachette-clic.fr/25all2062

Üben

1 | Repère l'intrus.

a. das Land – der Staat – der Fluss – die Flagge
b. verlassen – bleiben – fliehen – gehen
c. eigenartig – seltsam – komisch – traurig
d. sich fügen – rebellieren gegen – sich an etwas reiben – protestieren

2 | Trouve l'adjectif correspondant à chacun de ces noms.

a. die Freiheit **b.** der Mut **c.** die Macht **d.** die Begeisterung

3 | Aide toi des lettres données et des indices pour trouver les mots manquants.

1						F												
2						R		B					O					
3						E			N				U					
4	M					I												
5						H		M										
6						E			S			Ü					R	
7						I				T								
8						T												

4 | Reconstitue les expressions.

1. sich an die Vergangenheit
2. gegen Ungerechtigkeit
3. sich nach den Partys von früher

a. rebellieren
b. sehnen
c. einschüchtern lassen

5 | Complète ces phrases avec les mots proposés.

Erinnerung – Mauer – sich sehnen – Diktatur

a. Viele Touristen besichtigen Berlin und sehen dort die ehemalige … zwischen Ost und West.
b. Für viele Deutsche ist aber die … an die DDR wichtig.
c. Manche Leute … deshalb nach Dingen aus dem Alltag der DDR, zum Beispiel das ehemalige Design der Möbel.
d. Aber die Menschen sind froh, dass sie nicht mehr in einer … leben!

6 | Choisis les termes décrivent le mieux cette photo, puis utilise-les pour la commenter.

die Mauer – etwas umdeuten – die Erinnerung – sich informieren – das Denkmal – traurig – frei – besichtigen – die Begeisterung – anklagen – ehemalig – beklemmend – der Mut – die Flagge Angst haben – sich informieren – typisch – verschwunden

Phonologie

AUDIO 23
hachette-clic.fr/25all2063

Prononcer /st/

- /st/ se prononce [ʃ] en début de mot comme dans *Staat* ou *Stasi*.
- [st] se prononce [st] en milieu ou fin de mot comme dans *begeistert* ou *fast*.

1 Lis ces mots à voix haute.
die Stimmung – stolz – Stasi – der Staat – stehen

2 Lis ces mots à voix haute.
die Last – die Lust – begeistert – der Beste – erstens

3 Lis ces phrases à voix haute.

Wo einst die Stasi die Bürger des Staates einschüchterte, haben heute viele Touristen Lust, sich ein Steinchen der Mauer als Souvenir zu leisten.

exercices interactifs
hachette-clic.fr/25all2064

Le parfait

→ Précis p. 195

Observe et déduis

a. *Harald Stutte hat sich Flügel gewünscht.*

b. *Dirk Mecklenberg ist mit einem Ami-Abzeichen in die Schule gegangen.*

- Repère les auxilaires. À quel temps sont ils conjugués. À ton avis, quand faut-il employer *sein*?
- Relève les participes passés. Où sont-ils placés?

Retiens

- Le **parfait** se forme avec *haben* ou *sein* au présent + participe II. *sein* s'emploie avec les verbes de changement de lieu ou d'état.
- Le **participe passé** (participe II) se place toujours en dernière position et se forme avec :
  ge + radical +-*t* (verbe faible)
  ge + radical + -*en* (verbe fort)
  radical +-*t*/-*en* (si préverbe inséparable ou verbe en -*ieren*)
  ge + préverbe séparable + radical + -*t*/-*en*

Entraîne-toi

1 Ajoute et conjugue l'auxiliaire qui convient.

a. Viele Jugendliche … in der DDR Westmusik gehört.
b. Bands aus der DDR … auch Konzerte gegeben.
c. In Berlin … schon viele Touristen an der East-Side Gallery entlanggelaufen.
d. Manche Touristen … auch mit dem Trabi an der Mauer entlanggefahren.

2 Forme le participe passé des verbes entre parenthèses.

a. Raik Adam hat seinen Comic mit Überzeugung (*schreiben**).
b. Die Stasi hat die Menschen *(ein/schüchtern)*.
c. Dirk Mecklenberg hat die DDR *(verlassen*)* und ist in die BRD *(fliehen*)*.
d. Am 9. November ist die Mauer *(fallen*)*.

3 Transpose ces phrases au passé. Choisis bien l'auxiliaire qui convient.

a. Viele Menschen fliehen vor der Diktatur.
b. Sie entscheiden sich, im Westen zu leben.
c. Sie lassen alles hinter sich.
d. Der Abschied fällt ihnen nicht leicht.
e. Hoffentlich sind sie in ihrem neuen Leben glücklich.

dennoch et *trotzdem*

→ Précis p. 202

Observe et déduis

a. *Die Jugendlichen hatten Angst vor der Stasi, trotzdem haben sie sich nicht einschüchtern lassen.*

b. *Das Brandenburger Tor lag hinter der Mauer. Dennoch war es immer ein Symbol Berlins.*

- Qu'expriment *dennoch* et *trotzdem* ? Où se placent-ils dans la phrase ? Et le verbe?

Retiens

dennoch et ***trotzdem*** peuvent se traduire par "cependant", "néanmoins" et "quand même", "tout de même". Ce sont des connecteurs, qui expriment l'opposition ou la concession. Ils se placent après un point ou une virgule et juste avant le verbe.

Entraîne-toi

4 Relie les phrases avec *dennoch*.

a. Die Berliner Mauer hat die Stadt jahrelang getrennt. Die East-Side Gallery ist ein Symbol für Frieden.
b. Ost-Produkte gibt es nicht mehr. Man kann auf Ossipartys originalgetreue DDR-Küche essen.
c. Nach der Ausreise in die BRD konnten die Menschen ihre Familien in der DDR nicht mehr sehen. Sie haben einen Ausreiseantrag gestellt.
d. Die Erinnerungen sind nicht immer positiv. Es ist wichtig über sie zu sprechen.

5 Relie les phrases avec *trotzdem*.

a. Sie hören gern Rockmusik. Sie gehen zu einem Klassik-Konzert.
b. Das Konzert war in Westberlin. Man hörte es im Osten der Stadt.
c. Das Kind verstand den Sarkasmus der Erwachsenen nicht. Es freute sich auf seinen Geburtstag.
d. Es gibt die DDR nicht mehr. Sie ist ein wichtiger Teil der deutschen Geschichte.

MEIN PROJEKT ✓

Spielt eine Fernsehtalkshow zum Thema „Erinnerungen an die DDR“

Die Talkrunde
DER MODERATOR / DIE MODERATORIN
und als Gäste:
DANIEL HELBIG
der Besitzer des Ostels
HARALD STUTTE
Autor des Romans *Und wir wünschten uns Flügel*
DIRK MECKLENBECK
Zeichner des Comics *Rebellion hinter der Mauer*

SCHRITT 1

Bildet Vierergruppen und teilt die Rollen unter euch auf: der (die) Moderator(in), der Ostelbesitzer, der Autor und der Zeichner.

SCHRITT 2

Macht euch Notizen dazu, wer was sagen wird.

- Der (die) Moderator(in) **bereitet** die Einleitung, das Schlusswort und die Fragen vor.
- Die einzelnen Personen **notieren** sich ihre Erfahrungen und Erinnerungen über ihre Jugend in der DDR in Stichpunkten auf. Jede Person **überlegt** sich auch, was sie über die „Ostalgie“ denkt.

SCHRITT 3

Spielt jetzt die Talkshow nur mit euren Notizen. **Überlegt** euch, wie sich die Personen eventuell antworten können (sind sie einverstanden oder nicht?). **Trainiert** mehrmals das ganze Interview.

SCHRITT 4

Spielt das Interview vor der Klasse. Versetzt euch in eure Rolle!

METHODIK

Prendre la parole en jouant un rôle

- N'écris pas de phrases entières, mais des mots-clés.
- Mets-toi dans le rôle du personnage grâce aux informations que tu as dans ton cahier.

Kultur-Profi

Pour aller plus loin sur ce thème, flashe ce code.

hachette-clic.fr/25all2065

Kultur macht Spaß!

Eine Lost Place-Geschichte

Eine Geschichte in fünf Sätzen: **Wähl** fünf Sätze aus den Vorschlägen und **schreibe** deinen Text über den Lost Place. **Lies** sie dann deinem Partner/ deiner Partnerin vor.

Heilstätten Grabowsee, Oranienburg

1. Sie schaute auf den Boden. Ihr war unheimlich.
2. In der Nacht musste man Angst haben.
3. Schnell ging sie auf den Balkon
4. „Komm!", sagte sie zu ihrem Freund.
5. Er war begeistert.
6. „Es ist toll hier!"
7. Hier gab es kein Leben mehr.
8. „Nein!", sagte sie, „es ist furchtbar!"
9. Lost Places sind ohne Leben.
10. Lost Places sind faszinierend.
11. Zum Glück war es heller Tag.
12. Die Luft draußen war kühl, aber frisch.
13. Das also war das Sanatorium Oranienburg.
14. Eine Stunde hatten sie von Berlin gebraucht.
15. Aber jetzt waren sie Jahre entfernt.
16. Im Raum roch es alt und feucht.
17. Das Krankenhaus war ein Lost Place.
18. Das Parkett war kaputt und voller Staub.
19. In den Fenstern war kein Glas mehr.
20. Hatte in diesem Bett früher ein Patient gelegen?

Richtig oder falsch?

1. Abreißen und Neubauen ist nachhaltig.
2. Bauschutt ist 100% recyclebar.
3. Man kann Industriegebäude in Wohnungen umbauen.
4. Sanieren verbraucht weniger Ressourcen als Neubauen.
5. Ein altes Gebäude kann keinen modernen Look haben.

Lösung
1. Falsch **2.** Falsch **3.** Richtig **4.** Richtig **5.** Falsch

Schul-Rallye

Finde für jede Definition das richtige Wort. Wer am schnellsten antwortet, gewinnt!

1. Wenn du diese Prüfung schaffst, kannst du an der Universität studieren.
2. Hier gibt es die Klassen 1 bis 4.
3. Zwischen jeder Stunde ein paar Minuten.
4. So heißen die Jahre, in denen man einen Beruf erlernt.
5. Wenn du richtig gut bist, zum Beispiel in Mathe oder in Musik.
6. Das Fest, wenn nach der 12. oder 13. Klasse die Prüfung bestanden ist.
7. Ein Schüler hält sie beim Fest aus 6.
8. Hier gehen kleine Kinder hin, bevor sie in die Schule kommen.
9. Sie sind mit dir in der gleichen Klasse.

Lösung
1. Abitur **2.** Grundschule **3.** Pause **4.** Ausbildung **5.** begabt **6.** Abiball **7.** Abirede **8.** Kindergarten **9.** Mitschüler

Das DDR-Memory

Lies die Karten und **finde heraus**, was zusammengehört. Achtung ! Für eine Karte gibt es keine Lösung: Du musst sie selbst finden!

5 NEUE BUNDESLÄNDER

F SEHNSUCHT NACH DEN SCHÖNEN SEITEN DER DDR

G SLOGAN DER DEMONSTRANTEN

4 3.10.1990

E 7. OKTOBER 1949

6 „WIR SIND DAS VOLK!"

C

A WIEDERVEREINIGUNG

3 9. NOVEMBER 1989

1 13. AUGUST 1961

D MAUERFALL

7 GRÜNDUNG DER DDR

B BAU DER BERLINER MAUER

2 OSTALGIE

Lösung
1. B **2.** F **3.** fünf **4.** A **5.** C fünf **6.** G **7.** E

Bilder-Quiz

Was gab es in der DDR? Was in der BRD? **Rate!**

1 Die Schokolade

a.

b.

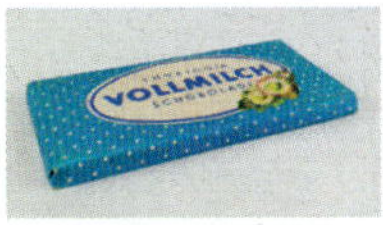

2 Das Fernseh-Sandmännchen

a.

b.

3 Das Symbol in der Fußgängerampel

a.

b.

4 Die Bonbons

a.

b.

Lösung
Aus der DDR 1. b **2.** a **3.** a **4.** b **Aus der BRD 1.** a **2.** b **3.** b **4.** a

Was passt nicht dazu?

Was kommt nicht aus der DDR?

a.

b.

c.

d.

e.

Lösung
Intrus: b.

Sonnenblumen-Haus in Wuppertal

axe 4
Défis et transitions

10 Schnee ade!
A2

Das Ende der Skigebiete?

PROJEKT

Mach einen Werbespot oder ein Werbeplakat für alternative Aktivitäten in Skigebieten.

11 Jugend zählt, Jugend wählt
A2+

Wie kann ich mich für Demokratie engagieren?

PROJEKT

Schreibe einen Brief an die Europäische Union.

12 Aus für Atomkraft
>B1

Wie geht es nach dem Ausstieg weiter?

PROJEKT MÉDIATION

Dreh ein Erklärvideo über den Energiemix in Deutschland.

Kultur macht Spaß!

Fichier professeur

Évaluation Kapitel 1
Évaluation Kapitel 2
Évaluation Kapitel 3

Kapitel 10

Schnee ade!

Das Ende der Skigebiete?

Dans ce chapitre...

Culture

- Des stations de ski dans les pays germanophones
- L'importance économique des sports d'hiver
- Des alternatives aux sports d'hiver

Langue

- Le lexique des sports d'hiver
- Prononcer les lettres /w/ et /v/
- Le futur
- Les verbes de modalité *können*, *müssen* et *wollen*

MEIN PROJEKT

- Macht einen Werbespot für alternative Aktivitäten in Skigebieten.

STEIG EIN

1. Wo sind die Personen auf den Fotos und was machen sie?
2. Kennst du einen anderen Wintersport? Was machst du gern im Winter?

1 // Schnee war gestern!

A In den Alpen

Schau dir das Plakat an.

1. Welches Phänomen spricht das Plakat an?
2. **Überlege**, welche Konsequenzen das für die Jahreszeiten haben wird?
   → **Grammatik** p. 106
3. Was wird das wahrscheinlich für Skigebiete bedeuten?

Kulturecke

Das Allgäu ist eine Landschaft im Süden Deutschlands und bekannt für seine Wälder und die Allgäuer Alpen. Es ist besonders beliebt für den Outdoor-Tourismus.

B Im Allgäu

VIDÉO 15
hachette-clic.fr/25al2066

Notes de la vidéo : die Talabfahrt: *la descente dans la vallée* • statt: *au lieu de* • aus/weichen: *se tourner vers* • die Schneeverhältnisse: *les conditions d'enneigement*

Schau dir das Video an. DIFFÉRENCIATION

1. Warum spricht das Video von der „traurigsten" Skipiste Deutschlands? **Erkläre** mit Beispielen aus dem Video.
2. Welche Nachbarländer werden genannt? Ist dort die Situation besser?
3. Welche Lösung gibt es für den Schneemangel? Ist diese Lösung perfekt?
4. **Überlege**, ob es vielleicht andere Lösungen gibt.

Sprachcoach!

Le futur → p. 106

- Le futur se forme avec : ***werden*** (conjugué au présent) + ***infinitif***
  → *Es wird immer weniger Schnee **geben**.*

Vokabelcoach!

- der Schnee (matsch): *la neige (fondue)*
- der Schneemangel: *le manque de neige*
- die Skipiste (n): *la piste de ski*
- das Skigebiet (e): *le domaine skiable*
- die Verletzung (en): *la blessure*
- eine Lösung finden* (a, u): *trouver une solution*
- schließen* (o, o): *fermer*
- schneien: *neiger*
- wärmer werden* (u, o): *faire plus chaud*

KURZ PROJEKT ...

Schreib eine E-Mail über deinen Skiurlaub im Allgäu.
Erzähle deinem Austauschpartner vom Schneemangel und was deine Familie nächsten Winter machen wird, falls es wieder so wenig Schnee geben sollte. → **Grammatik** p. 106

2 // Schnee um jeden Preis

A Schnee von gestern

In vielen Gebieten gibt es immer weniger natürlichen Schnee im Winter. Damit die Skigebiete die Wintersaison trotzdem früh beginnen können, betreiben viele von ihnen Snowfarming.
Snowfarming heißt übersetzt so viel wie „Anbauen[1] von Schnee". Dabei wird zum Ende des Winters viel Schnee künstlich mit Schneekanonen produziert. Dieser so genannte technische Schnee wird bis zum Start der nächsten Wintersportsaison in Schneedepots gelagert[2]: Damit der vorproduzierte Schnee in den heißen Sommermonaten nicht schmilzt[3], wird er zu großen Haufen[4] zusammengeschoben und gut isoliert. Zum Start der Wintersaison wird der Schnee dann auf den Pisten und Strecken verteilt[5].
Das Problem: Die technische Produktion von Schnee verbraucht sehr viel Wasser und Strom und ist deshalb nicht umweltfreundlich[6].

wdr.de

1. *cultiver* 2. *stocker* 3. *fondre* 4. *des tas* 5. *répartir* 6. *écologique*

B Plastik statt Schnee?

In Oberaudorf verlegen[1] die Bergbahnen Hocheck dort gerade eine etwa 100 Meter lange Ski-Matte[2] – Kosten: rund 80 000 Euro.
Geschäftsführer Hannes Rechenauer (56) zu BILD: „Wir wollen so sicherstellen, dass man schon im Oktober oder auch über Weihnachten Ski fahren kann. [...] Dann können Kinder und Skiklubs schon im Herbst trainieren – und das Weihnachtsgeschäft[3] ist ja sehr wichtig."
Am 20. Januar soll die sieben Meter breite Plastik-Piste am Übungshang[4] neben dem regulären Skihang eröffnet werden.
Ist DAS dann noch Skifahren?
Als leidenschaftlicher Skifahrer steht Rechenauer sicher eher auf echten Schnee – die Matte ist für ihn trotzdem kein Problem. Der Ski-Chef zu BILD: „Wir sind hier ein kleines Gebiet, das recht niedrig[5] ist. Wir haben deshalb immer geschaut: Was kann man Neues machen? Man muss innovativ sein."

bild.de

1. *poser* 2. *le tapis* 3. *les ventes de Noël* 4. *la pente d'entraînement* 5. *à basse altitude*

Vokabelcoach!

- der Schneeersatz: *le substitut de neige*
- die Lösung (en): *la solution*
- dauerhaft: *durable*
- günstiger: *plus économique*
- umweltfreundlicher: *plus écologique*

Wähl deinen Weg. DIFFÉRENCIATION

A2

1. **Schau** dir die Karikatur **an.**
   a. Welche Bildelemente passen nicht zu einer Wintersaison?
   b. Was heißt vielleicht „Schnee von gestern"?
2. **Lies** Text A. **Finde** die verschiedenen Etappen des Snowfarmings.

A2+

1. **Lies Text B. Suche** konkrete Informationen über die Plastik-Piste.
2. Warum investiert Rechenauer in diese Ski-Matten?

3. **ZUSAMMEN**
   a. Stellt jetzt der anderen Gruppe euren Artikel vor. → **Grammatik** p. 106
   b. Diskutiert: Welche Vor- und Nachteile haben beide Methoden?

3 // Alternative Aktivitäten!

A Winterspaß ohne Schnee

VIDÉO 16
hachette-clic.fr/25all2067

Notes de la vidéo : die Erfindung (en): *l'invention* • die Loipe: *la piste de ski de fond* • die Federung: *la suspension* • der Geländeschlitten: *la luge tout-terrain* • Reifen statt Kufen: *des pneus au lieu des patins*

Schau dir das Video an.

1. Welche Erfindungen testen Ramon und Henriette?
   a. Beschreibe sie.
   b. Welchen Wintersport können sie ersetzen?
2. Erkläre, welche Vorteile diese Erfindungen für Skigebiete haben können. → **Phonologie** p. 105
3. Würdest du sie gern ausprobieren? Warum (nicht)?

Sprachcoach!

Les verbes de modalité → p. 106
- Exprimer **l'obligation** : *Skigebiete **müssen** innovativ sein.*
- Exprimer **la possibilité** ou **la capacité** : *Er **kann** gut Ski fahren.*
- Exprimer **la volonté** : *Viele Menschen **wollen** Ski fahren.*

B Alpen-Tourismus der Zukunft

Der Skitourismus hat in den Alpen eine lange Tradition und bildet eine wichtige ökonomische Basis von vielen Orten. Allein Österreich verdient durch den Skitourismus 15 Milliarden Euro pro Jahr. Da wird schnell klar, dass Schneemangel massive wirtschaftliche Konsequenzen zur Folge hat. Seit 1850 haben die Alpengletscher[1] 60 Prozent ihres Volumens verloren.

Die Zukunftsprognosen sind nicht unbedingt vielversprechend[2]. Bis zum Ende des Jahrhunderts werden 50 Prozent der deutschen Skigebiete nicht mehr schneesicher sein. Das hat schon jetzt zu Schließungen von Skigebieten geführt und es ist wahrscheinlich, dass in Zukunft noch andere folgen werden.

Fakt ist: Es wird immer wärmere Winter mit immer weniger Schnee geben. Niedrig gelegene Orte müssen sich auf ganzjährigen Tourismus einstellen[3]. Deshalb suchen einige Skigebiete jetzt schon nach Möglichkeiten, ihre Abhängigkeit[4] von der Beschneiung zu reduzieren und stattdessen andere Freizeitaktivitäten anzubieten. Mountainbiking, Zip-Lining, Spa- und Wellnessbehandlungen oder Wandern sind einige der Optionen. Im Winter können Langlauf oder (Indoor-) Schlittschuhlaufen eine Möglichkeit sein, weiterhin Besucher*innen im Winter anzuziehen[5]. Viele Alpenstädte haben außerdem ein reiches kulturelles Erbe[6] und auch kulinarische Reisen können an Interesse gewinnen.

reisevergnuegen.com

1. *le glacier* 2. *prometteur* 3. *s'adapter* 4. *la dépendance* 5. *attirer* 6. *le patrimoine*

Kulturecke

In Österreich gibt es einige der bekanntesten Skigebiete der Welt, wie zum Beispiel das Skigebiet Kitzbühel in der Region Tirol. Der Wintertourismus ist extrem wichtig für die österreichische Wirtschaft: 17 Millionen ausländische Touristen kommen jedes Jahr zum Skifahren.

Lies den Text .

1. **Lies** zuerst Zeile 1-18:
   a. Was erfährst du über den Skitourismus?
   b. Mit welchen Problemen werden Skigebiete konfrontiert?
2. **Lies** jetzt Zeile 19-36: Was machen manche Skigebiete, um attraktiv zu bleiben?
3. Findet ihr, dass ein Skigebiet ohne Schnee trotzdem noch interessant ist?

Vokabelcoach!

- anders: *différent*
- seltsam: *étrange*
- die Natur genießen* (o, o): *profiter de la nature*
- keinen Sinn machen: *ne pas avoir de sens*
- sich um/stellen: *s'adapter*
- keine Wahl haben: *ne pas avoir le choix*

WORTSCHATZ!

SKIGEBIETE IM WANDEL

Der Wintersport

- der Berg (e): *la montagne*
- der Schlitten (-): *la luge*
- der Schnee: *la neige*
- der Skilift (e): *la remontée mécanique*
- der Skiurlaub (e): *les vacances de ski*
- der Wintersport: *le sport d'hiver*
- die Abfahrt (en): *la descente*
- die Skipiste (n): *la piste de ski*
- das Skigebiet (e): *le domaine skiable*
- die Schneekanone: *le canon à neige*
- in den Alpen : *dans les Alpes*
- eis/laufen* (ie, au): *faire du patin à glace*
- rodeln: *faire de la luge*
- schneien: *neiger*
- Ski fahren* (u, a): *faire du ski*
- Snowboard fahren* (u, a): *faire du snowboard*
- einen Schneemann bauen: *faire un bonhomme de neige*
- Wintersport treiben / machen: *faire des sports d'hiver*

Alternative Aktivitäten

- der Vorteil (e) / der Nachteil (e): *l'avantage / l'inconvénient*
- die Abhängigkeit: *la dépendance*
- das Erbe: *le patrimoine*
- die Erfindung (en): *l'invention*
- die Lösung (en): *la solution*
- die Möglichkeit (en): *la possibilité*
- dauerhaft: *durable*
- kulinarisch: *culinaire*
- umweltfreundlich: *écologique*
- vielversprechend: *prometteur*
- wirtschaftlich: *économique*
- keinen Sinn machen: *ne pas avoir de sens*
- keine Wahl haben: *ne pas avoir le choix*
- sich um/stellen: *s'adapter*
- Freizeitaktivitäten an/bieten* (o, o): *proposer des activités de loisir*
- mountainbiken : *faire du VTT*
- wandern: *faire de la randonnée*

Der Klimawandel

- der Gletscher (-): *le glacier*
- der Klimawandel: *le changement climatique*
- der Schneemangel: *le manque de neige*
- der Schneematsch: *la neige fondue*
- die Konsequenz (en): *la conséquence*
- die Umwelt: *l'environnement*
- gefährlich: *dangereux(-euse)*
- katastrophal: *catastrophique*
- immer weniger: *de moins en moins*
- niedrig: *à basse altitude*
- problematisch: *problématique*
- traurig: *triste*
- nicht mehr schneesicher sein: *ne plus être assuré(e) d'avoir de la neige*
- schließen* (o, o): *fermer*
- schmelzen* (o, o): *fondre*
- wärmer werden* (u, o): *se réchauffer*

„Schnee ohne Schnee"

- der Schneeersatz: *le substitut de neige*
- der Strom: *le courant*
- die Plastik-Piste (n): *la piste en plastique*
- die Schneekanone (n): *le canon à neige*
- die Zukunft: *l'avenir*
- das Schneedepot (s): *le dépôt de neige*
- das Snowfarming: *stocker la neige pendant l'été*
- das Wasser: *l'eau*
- natürlich: *naturel(le)*
- künstlich: *artificiel(le)*
- schädlich: *nocif*
- an/bauen: *cultiver*
- lagern: *stocker*
- produzieren: *produire*
- verbrauchen: *consommer*
- verteilen: *répartir*

exercices interactifs

hachette-clic.fr/25all2068

Üben

1 **Forme des mots composés avec *Schnee-* et *Ski-* pour trouver la traduction des mots suivants.**

la neige fondue – le manque de neige – la piste de ski – les conditions d'enneigement – le domaine skiable – la saison de ski – la remontée mécanique – le canon à neige

Schnee

Ski

der Matsch – die Saison – die Piste – der Mangel – das Gebiet – die Verhältnisse – der Lift – die Kanone

2 **Choisis deux de ces mots et fais-les deviner aux autres en allemand. Tu n'as pas droit aux gestes !**

die Schneekanone – der Schneemangel – schmelzen – der Klimawandel – der Gletscher – einen Schneemann bauen – traurig – umweltfreundlich – der Wintersport

3 **Remets les lettres dans l'ordre pour trouver des mots en rapport avec l'impact écologique des canons à neige.**

a. V B R R C E A N H U E

b. R S E A S W

c. R O T S M

d. D U R P O R E I N E Z

e. H C S C Ä D I L H

4 **Dans les phrases suivantes, choisis parmi les propositions celle qui convient.**

a. Pierre hat einen **Geländeschlitten/Geländewagen** erfunden.

b. Mit dem Klimawandel wird es immer **kälter/wärmer** werden.

c. Skigebiete werden **schmelzen/schließen**, wenn sie keinen Schnee mehr haben.

d. **Eine Lösung/Ein Problem** ist es, alternative Aktivitäten anzubieten.

e. Schneekanonen sind **schädlich für die Umwelt/umweltfreundlich**.

5 **Observe l'image et nomme le plus d'activités possible.**

Phonologie

AUDIO 24
hachette-clic.fr/25all2069

La prononciation des lettres /w/ et /v/ : Les sons [v] et [f]

- La lettre **/w/** se prononce comme le **/v/** en français (hiver), par exemple : Um**w**elt → [ˈʊmˌ**v**ɛlt].
- La lettre **/v/** se prononce la plupart du temps comme le **/f/** en français (faire), mais les mots empruntés à d'autres langues, en particulier le latin, ont tendance à avoir un son [v], par exemple : *Akti**v**ität* → [akti**v**iˈtɛːt]).

1 **Écoute les mots suivants, puis répète-les.**

a. viel b. der Winter c. die Umwelt d. verbrauchen e. wandern f. der Vorteil

2 **Écoute les mots suivants et classe-les selon si tu entends le son [v] ou [f].**

3 **Entraîne-toi à lire ce texte à voix haute.**

Wegen des Klimawandels werden die Winter immer wärmer. Die Schneekanonen verbrauchen viel Wasser. Wenn die Schneeverhältnisse wirklich schlecht sind, kann man im Winter auch wandern. Die Alternativen sind vielversprechend für die Umwelt und die Wirtschaft.

exercices interactifs
hachette-clic.fr/25all2070

Le futur → Précis p. 196

>> Observe et déduis

a. *Nächstes Jahr werden wir im Allgäu Urlaub machen.*

b. *Es wird in den nächsten Jahrzehnten immer wärmer werden.*

- Observe les verbes conjugués. De quel verbe s'agit-il ? Que trouve-t-on en dernière position ?
- Identifie les compléments de temps. Qu'expriment-ils ?

>> Retiens

• Le futur est un temps composé. Il se forme avec : ***werden*** (au présent) + l'**infinitif** (en dernière position).
→ *Das Skigebiet **wird** bald keinen Schnee mehr **haben**.*
• Il est moins utilisé qu'en français.
• En allemand, le présent avec un complément de temps peut également exprimer le futur.
→ *Übermorgen schneit es hundertprozentig.*

>> Entraîne-toi

1 Forme des phrases au futur en utilisant les éléments entre parenthèses.

a. Wenn es keinen Schnee gibt, ... (die Skigebiete schließen)
b. Im nächsten Winter ... (viele Touristen nicht mehr kommen)
c. Die Schneekanonen ... (viel Wasser verbrauchen)
d. Die Umwelt ... (unter dem Klimawandel leiden)
e. Du willst unbedingt Ski fahren? Dann ... (du – in höher gelegene Skigebiete fahren müssen)

2 Transforme les phrases au futur.

a. Das Skigebiet investiert in alternative Lösungen.
b. Statt Ski zu fahren, fliege ich nächstes Jahr auf eine tropische Insel.
c. Die Skifahrer suchen andere Aktivitäten.
d. Die Skigebiete schließen wegen des Schneemangels.
e. Der Klimawandel hat Konsequenzen für den Wintersport.

3 Oppose le passé au futur.

a. Die Hotels verdienten viel Geld. In Zukunft …
b. Die Kinder lernten Ski fahren. Bald …
c. Die Skigebiete waren voller Touristen. In 50 Jahren …

Les verbes de modalité *müssen, können* et *wollen* → Précis p. 194

>> Observe et déduis

a. *Wir **wollen** sicherstellen, dass man schon im Oktober Ski fahren kann.*

b. *Man **muss** innovativ sein!*

- Observe les termes en gras. Qu'expriment-ils ?
- Quelle est le mode des autres verbes ?

>> Retiens

Les verbes de modalité ont une conjugaison irrégulière au singulier du présent de l'indicatif :
→ **müssen**: m**uss**, m**usst**, m**uss**, müssen, müsst, müssen
→ **können**: k**ann**, k**annst**, k**ann**, können, könnt, können
→ **wollen**: w**ill**, w**illst**, w**ill**, wollen, wollt, wollen
Ils fonctionnent généralement avec un autre verbe à l'infinitif.

>> Entraîne-toi

4 Parmi les propositions en gras choisis celle qui convient.

a. Die Touristen *müssen/wollen* im Winter Ski fahren, aber es gibt keinen Schnee.
b. Viele Skigebiete *müssen/können* künstlichen Schnee produzieren, weil es nicht schneit.
c. In Kitzbühel *kann/will* ich schon im Oktober Ski fahren, weil sie Schnee durch Snowfarming haben.
d. Die niedrigen Skigebiete *können/müssen* investieren, um attraktiv zu bleiben.

5 Complète ces phrases avec un verbe de modalité conjugué.

a. Die Gletscher schmelzen. Deshalb … die Skigebiete schließen.
b. Die Kinder … rodeln, aber der Hang ist zu gefährlich.
c. Ich … nicht Ski fahren.
d. Die Skigebiete … umweltfreundliche Lösungen finden.

MEIN PROJEKT ✓

Wir machen einen Werbespot oder ein Werbeplakat

Ihr wollt am Wettbewerb „Wir suchen dein Lieblingsskigebiet" teilnehmen. Ihr macht einen Werbespot oder ein Werbeplakat für ein Skigebiet, das besonders umweltfreundlich werden will und alternative Freizeitaktivitäten anbieten möchte.

SCHRITT 1

Stellt das Skigebiet kurz **vor**.

SCHRITT 2

Überlegt, wie euer Werbespot oder euer Plakat die umweltfreundliche Seite des Skigebiets zeigen kann.

SCHRITT 3

Stellt die alternativen Freizeitaktivitäten vor. **Erfindet** auch einen Slogan!

SCHRITT 4

Zeigt euren Werbespot der Klasse oder **stellt** euer Plakat vor! **Wählt** die überzeugendste / originellste / realistischste ... Arbeit und den besten Slogan.

METHODIK

Faire passer un message

- Mettez en avant les informations les plus importantes.
- Imaginez un slogan qui sera facile à retenir.
- Choisissez des visuels forts pour mettre en scène vos idées.

Kultur-Profi

Alfons Walde, *Aufstieg*, 1930

Buch

Filme

Musik

Pour aller plus loin sur ce thème, flashe ce code.

hachette-clic.fr/25all2071

Kapitel 11

Jugend zählt, Jugend wählt

Wie kann ich mich für die Demokratie engagieren?

Dans ce chapitre...

Culture

- Des initiatives pour impliquer les jeunes dans la société
- Droit de vote et élections en Allemagne

Langue

- Le lexique de l'engagement et du vote, la quantité
- Prononcer /ach/-/äch/, /och/-/öch/ et /uch/-/üch/
- Les verbes à préposition
- L'expression du but avec *um…zu* et *damit*

MEIN PROJEKT ...

- Schreibt einen Brief an die Europäische Union.

STEIG EIN

1. Schau dir die Bilder an. Was machen diese Jugendlichen?
2. Und du, engagierst du dich im Alltag?

1 // Die Jugend: informiert und aktiv?

A

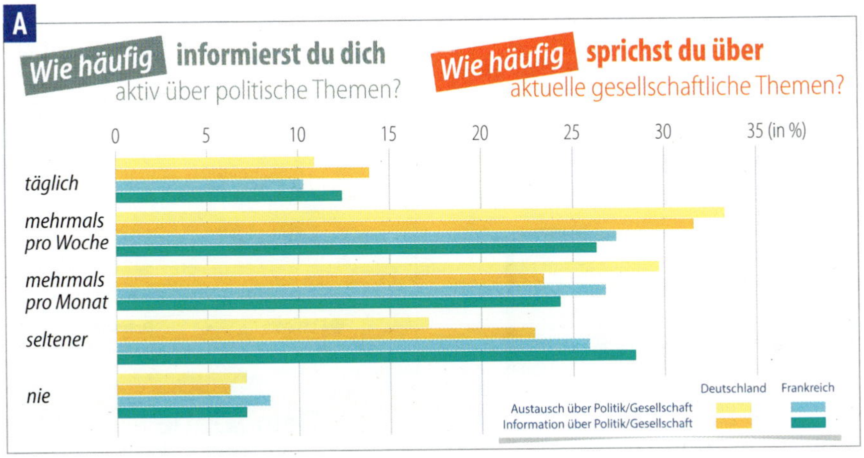

B

1. häufig = oft 2. überzeugen: *convaincre* 3. eine Spende leisten: *faire un don*

Vokabelcoach!

- sich um etwas kümmern: *s'occuper de quelque chose*
- ehrenamtlich tätig sein: *faire du bénévolat*
- sich für etwas ein/setzen: *s'engager pour quelque chose*
- kein: *aucun*
- wenige: *peu (de)*
- manche = einige; *quelques-uns, certains*
- viele: *beaucoup*
- die meisten: *la plupart*
- alle: *tous*
- die Hälfte: *la moitié*
- ein Drittel: *un tiers*
- ein Viertel: *un quart*

Sprachcoach!

Les verbes à préposition

→ p. 114

- Certains verbes sont toujours utilisés avec la même préposition : *Ich interessiere mich **für** Politik. Er macht **bei** dieser Aktion mit.*

Sieh dir die Grafiken an und wähl deinen Weg. DIFFÉRENCIATION

A2

Sieh dir Grafik A an.

1. Um welches Thema geht es?
2. **Fasse zusammen**, wie oft sich junge Deutsche und junge Franzosen informieren und austauschen.
3. Wo gibt es Unterschiede zwischen Frankreich und Deutschland in der Statistik?

A2+

Sieh dir Grafik B an.

1. Um welches Thema geht es?
2. **Lies** die Aussagen: In welchen Bereichen gibt es Unterschiede zwischen Deutschland und Frankreich?
3. Wie kann man diese Unterschiede erklären?

ZUSAMMEN

Stellt euch die Grafiken **vor**.

A Drei Initiativen

A

#DISKUTIERMITMIR

Ein offener Meinungsaustausch[1] gehört zur Demokratie. Diesen ermöglicht die App #DiskutierMitMir. Sie bringt online Menschen, die politisch unterschiedlich[2] ticken, zusammen und ins Gespräch. Diskutiert wird immer zu tagesaktuellen Themen.
Wer kann mitmachen? - Mitdiskutieren kann jede und jeder, wie zum Beispiel eine 24-Jährige aus Berlin und ein 60-Jähriger aus Bayern. Zudem ist die App kostenlos. Da Alter, Wohnort, Geschlecht und soziale Herkunft im Chat nicht sichtbar sind, bleibt das Gespräch frei von Vorurteilen[3] und findet somit auf neutralem, sicherem Boden statt.

diskutiermitmir.de

1. *l'échange* **2.** *différemment* **3.** *le préjugé*

B

DEMOKRATISCHE SCHULE

Mehr Kuchen in der Schulkantine? Oder ein Sofa für den Pausenraum? Wenn Verbesserungsvorschläge direkt bei der Schulleitung landen, können sie verwirklicht[1] werden. Das ist das Modellprojekt Demokratische Schule. Hier lernen Jugendliche, das Schulleben demokratisch mitzugestalten.
„Ich war Klassensprecherin und wollte noch mehr an der Schule mitwirken[2] – und zwar als Schülersprecherin. Neben den demokratischen Wahlen gibt es bei uns viele Projekttage und natürlich die SMV (Schülermitverantwortung), mit speziellen Workshops. Heute bin ich viel konfliktfähiger, zuverlässiger und verantwortungsbewusster. Da alle Schülerinnen und Schüler bei uns gleichberechtigt[3] sind, arbeiten auch alle gemeinsam an Projekten mit."

Emily, 16 Jahre,
Schülerin an der Mittelschule Karlsfeld In: *Demokratie braucht dich*

1. *réaliser* **2.** bei etwas mitwirken = bei etwas mit/machen **3.** *égaux en droit*

C

JUBU

JUBU (Jugendbeteiligung bei Bürgerbudgets) möchte Menschen zwischen 16 und 26 Jahren motivieren, indem sie stärker an Bürgerbudget-Prozessen beteiligt werden. Carsten Herzberg, Projektleiter, erklärt: Vorschläge[1] können in der Regel schon ab 14 Jahren eingereicht werden. Meistens wird dafür ein Formular ausgefüllt, das Titel, Beschreibung, Kostenschätzung[2] und Kontaktmöglichkeiten beinhaltet. Das gibt man dann im Rathaus ab. Kurz vor der Abstimmung[3] starten wir eine Wahlkampagne.
„Einmal im Jahr gibt es ein Graffitiprojekt in Nuthetal, bei dem Jugendliche legal sprühen dürfen. Dabei haben wir gemerkt, dass es wirklich vielen Spaß macht zu sprühen. Mit einer legalen Graffitiwand wollten wir einen Ort schaffen, an dem Jugendliche sich gemeinsam treffen und ihre Kreativität ausleben können. Dazu haben wir noch eine Umfrage unter Jugendlichen gemacht, die uns gezeigt hat, dass sie die Idee auch gut finden."

Luise S., 17 Jahre, aus Nuthetal *jugend-budget.de*

1. *la proposition* **2.** *l'évaluation des coûts* **3.** *la concertation, le vote*

Bildet Expertengruppen – jede Gruppe liest einen Text.

Gruppe A
Lest Text A.
1. Fasst zusammen, was #DiskutierMitMir ist.
2. Wer kann mitmachen?
3. Was charakterisiert die Initiative?

Gruppe B
Lest Text B.
1. Fasst das Projekt und seine Ziele zusammen.
2. Welche Erfahrung hat Emily gemacht?
3. Wie beurteilt sie die Erfahrung für sich?

Gruppe C
Lest Text C.
1. Fasst das Projekt und seine Ziele zusammen.
2. Welches Projekt wird beschrieben?
3. Was berichtet Luise darüber?

ZUSAMMEN **Diskutiert**: Was haltet ihr von diesen Projekten? Bei welchem möchtet ihr mitmachen? Kennt ihr ähnliche Projekte in Frankreich?
→ **Phonologie** p. 113

Sprachcoach!

L'expression du but → p. 114
• Pour exprimer le but, on utilise *um... zu* quand le sujet reste le même que dans la proposition principale, et *damit* lorsqu'il change : *Um noch mehr an der Schule mitzuwirken, wollte **Emily** Schülersprecherin werden. **Luise** wollte eine Graffitiwand, damit **Jugendliche** ihre Kreativität ausleben können.*

Vokabelcoach!

- (un)reif: *(im)mature*
- beeinflussbar: *influençable*
- volljährig ≠ minderjährig: *majeur ≠ mineur (devant la loi)*
- selbstständig: *autonome*
- genug Erfahrung haben: *avoir assez d'expérience*
- sich seine eigene Meinung bilden: *se faire sa propre opinion*
- die Verantwortung(en): *la responsabilité*

B Wählen ab 16 – pro und contra DIFFÉRENCIATION

Sieh dir das Plakat an.
1. **Stell** Hypothesen über das Thema **auf**.
2. Was fordert das Plakat?

Schau dir das Video an.
1. **Liste** die Argumente für und gegen das Wahlrecht mit 16 **auf**.

VIDÉO 17
hachette-clic.fr/25all2072

Notes de la vidéo : erlauben: *autoriser* • vertreten: *représenter* • die Entscheidung (en): *la décision* • verweigern: *refuser*

KURZ PROJEKT

Schreib eine E-Mail.
Schreib einem deutschen Freund eine E-Mail, um von ähnlichen Projekten in Frankreich zu berichten.

WORTSCHATZ!

Sich engagieren

- der Alltag: *le quotidien*
- die Demo(nstration) (en): *la manif(estation)*
- der Vorschlag (¨e): *la proposition*
- die Gesellschaft: *la société*
- die Verantwortung (en) : *la responsabilité*
- freiwillig: *volontaire, bénévole*
- (un)reif: *(im)mâture*
- hilfsbereit: *serviable*
- neugierig: *curieux*
- eine Spende leisten: *faire un don*
- Meinungen aus/tauschen : *échanger les points de vue*
- sich über etwas informieren: *s'informer sur/à propos de qqch*
- kritisch denken* (a, a): *avoir une pensée critique*

Aktiv werden

- beeinflussen: *influencer*
- versuchen: *essayer*
- überzeugen: *convaincre*
- sich um etwas kümmern: *s'occuper de quelquechose*
- sich für ein Ideal ein/setzen: *s'engager pour un idéal*
- ehrenamtlich tätig sein*: *faire du bénévolat*
- sich an einer Debatte beteiligen: *participer à un débat*
- eine Petition erstellen: *créer, rédiger une pétition*
- eine Petition unterschreiben* (ie, ie): *signer une pétition*
- mit/gestalten: *participer à la construction, à l'organisation*
- etwas aus ethischen/ ökologischen Gründen machen: *faire qqch pour des raisons éthiques/ écologiques*

JUGEND UND DEMOKRATIE

Demokratie und Wahlen

- der Bürger (-) : *le citoyen*
- die Stimme (n): *la voix*
- die Institutionen der Demokratie: *les institutions démocratiques*
- das Parlament(e): *le parlement*
- die Wahl (en): *l'élection*
- die Regierung (en): *le gouvernement*
- das Staatsoberhaupt (¨er): *le chef de l'Etat*
- der Abgeordnete (n): *le député*
- die Verfassung (en): *la constitution*
- das Grundgesetz: *la Loi Fondamentale (nom de la constitution de la RFA)*
- volljährig ≠ minderjährig: *majeur ≠ mineur (devant la loi)*
- gleichberechtigt: *égaux en droit*
- beeinflussbar: *influençable*
- selbstständig: *autonome*
- wählen: *voter*
- dem Gesetz folgen: *obéir à la loi*
- sich politisch engagieren: *s'engager politiquement*
- seine Bürgerpflicht erfüllen: *accomplir son devoir citoyen*
- verteten* (a, e): *représenter*
- erlauben: *autoriser*

Mengenangaben und Proportionen

- kein, keine, keiner: *aucun(e)*
- wenige: *peu (de)*
- einige = manche: *certains*
- viele: *beaucoup*
- die meisten: *la plupart*
- alle: *tous*
- die Hälfte: *la moitié*
- das Drittel: *le tiers*
- das Viertel: *le quart*

exercices interactifs

hachette-clic.fr/25all2073

Üben

1 | Relie chaque mot à sa définition.

A die Gesetze
B die Hälfte
C die Bürger
D überzeugen

1 fünfzig Prozent des Ganzen
2 Angehörige eines Staates, Bewohner einer Stadt
3 mit Argumenten die Meinung seines Gesprächspartners verändern
4 Regeln für alle

2 | Associe les contraires.

A volljährig sein	**1** beeinflussbar sein
B einige	**2** sich nicht engagieren
C kritisch denken	**3** minderjährig sein
D ehrenamtlich tätig sein	**4** viele

3 | Reformule les phrases.

a. Er gibt einer Hilfsorganisation Geld → …
b. Sie tauschen Meinungen in einer Gruppe aus. → …
c. Du machst bei einer Demonstration mit. → …
d. Alle Bürger haben dieselben Rechte. → …
E. Sie tritt der Jugendorganisation einer Partei bei. → …

4 | Complète le texte avec les mots proposés.

Abgeordneten - beeinflussen - Gesellschaft - Petition - volljährig - wählen

Lisa und Tim möchten …, um die Politik zu …. Sie möchten nämlich die … mitgestalten. Aber sie sind erst 17, also noch nicht …. Deshalb wollen sie eine … erstellen und ans Parlament schicken, damit die … ihre Stimme hören.

5 | Observe cette photo. Parmi les mots suivants, choisis ceux que tu associes à la situation.

die Demonstration – Meinungen austauschen – die Regierung - beeinflussen – erlauben – neugierig – sich politisch engagieren – volljährig – die Wahl – gleichberechtigt – kritisch denken

Phonologie

ach/äch, och/öch, uch/üch

Après les voyelles *e* et *i*, le ch est 'doux', comme dans *'ich'.* Après *a*, *o* et *u*, il est 'dur' comme dans *'acht'.*
Mais le *Umlaut* modifie le son de ces voyelles, et le *ch* après *ä*, *ö* et *ü* devient 'doux', comme dans *'Küche'.*

AUDIO 25
hachette-clic.fr/25all2074

1 Répète les mots suivants.
mitmachen – Gespräch – gleichberechtigt – unterschiedlich – Koch – möchte – Buch – süchtig

2 Lis ces mots à voix haute.
nach – mächtig – Wahlrecht – möglich – noch – Köchin – versucht – Bücher

3 Lis ce texte à voix haute.

Die Schülersprecher haben ein Projekt verwirklicht, um das Engagement der Jugend sichtbar zu machen: Unterschiedliche Jugendliche kochen zusammen und laden Nachbarn zum Essen ein. Das machen sie jetzt seit acht Wochen. Es hat die Menschen wirklich nähergebracht.

exercices interactifs
hachette-clic.fr/25all2075

Les verbes à préposition

→ Précis p. 188

>> Observe et déduis

a. *Demokratie beginnt mit Meinungsaustausch.*

b. *Wie häufig informieren Sie sich aktiv über politische Themen?*

- Repère dans ces deux phrases les verbes conjugués et les prépositions qui leur sont associées.
- Les verbes français équivalents sont-ils suivis des mêmes prépositions ?

>> Retiens

Certains verbes sont associés à une préposition obligatoire. Celle-ci est suivie soit de l'accusatif (*Freiwillige in Hilfsorganisationen kümmern sich* ***um die anderen***), soit du datif (*er beteiligt sich* ***an einer Debatte***). Il est donc nécessaire d'apprendre un verbe avec la préposition et le cas qui convient.

>> Entraîne-toi

1 Repère dans ces phrases le verbe et sa préposition obligatoire.

a. Er hat nicht auf meine E-Mail geantwortet.
b. Viele Menschen sind ehrenamtlich tätig, weil sie auf eine bessere Zukunft hoffen.
c. Das Staatsoberhaupt lädt die Bürger dazu ein, an Debatten teilzunehmen.
d. Dank JUBU können Jugendliche sich selbst um das Budget kümmern.

2 Choisis la bonne préposition en fonction du verbe.

a. Er macht *von/mit/bei* einer Demonstration mit.
b. Wir informieren uns *auf/über/an* die Politik.
c. Sie setzen sich *für/ohne/durch* eine bessere Gesellschaft ein.
d. Ihr interessiert euch *an/für/gegen* die Wahlen in Europa.

3 Construis des phrases à partir des éléments suivants en choisissant la bonne préposition. Pense à décliner le groupe nominal suivant selon le cas demandé (accusatif ou datif).

a. Er / ökologische Probleme / sich kümmern
b. Wir / dieses Projekt / gern teilnehmen

L'expression du but

→ Précis p. 201

>> Observe et déduis

a. *Was haben Sie in den letzten 12 Monaten getan, um die Gesellschaft zu verbessern?*

b. *DiskutierMitMir bringt Menschen ins Gespräch, damit sie auf neutralem Boden einen Meinungsaustausch haben können.*

- Repère les verbes dans ces phrases : lesquels sont conjugués ? Quel est leur sujet ?
- Pourquoi *verbessern* est-il à l'infinitif ?

>> Retiens

Pour exprimer le but d'une action, en réponse à l'interrogatif 'wozu', on utilise *um…zu* avec un groupe dont le verbe est à l'infinitif car le sujet est le même que dans la proposition principale (en français, on peut dire *'afin de'*). Quand le sujet diffère et que le verbe de la subordonnée est donc conjugué, on utilise damit (en français *'pour que'*).

>> Entraîne-toi

4 Construis des phrases cohérentes avec *um…zu* ou avec damit à partir des éléments.

Groupe A

- Klassensprecher sein
- FairTrade-Produkte kaufen
- eine Petition unterschreiben
- zur Tanzschule gehen

Groupe B

- Meine Mitschüler vertreten
- Hersteller verdienen genug Geld
- Jugendliche bekommen mehr Rechte
- Hip Hop lernen

Und du? Ich …

MEIN PROJEKT ✓

Wir schreiben einen Brief an die Europäische Union.

Ihr setzt euch für mehr Jugendbeteiligung ein, damit junge Menschen mehr am demokratischen Leben teilnehmen.

SCHRITT 1

Listet Projekte oder Forderungen **auf**: Wahlrecht mit 16, öffentliche Debatten mit Jugendlichen, Spenden für Jugendprojekte ....

SCHRITT 2

Sammelt für jedes Projekt Argumente.

SCHRITT 3

Stimmt demokratisch **ab**, über welches Projekt oder welche Projekte ihr schreiben wollt.

SCHRITT 4

Entscheidet, an wen ihr schreibt (Abgeordnete, Präsident/Präsidentin der europäischen Kommission, Ratspräsident/ Ratspräsidentin) und verfasst den Brief mit euren Forderungen und Argumenten.

METHODIK

Rédiger une lettre formelle

- N'oublie pas les informations obligatoires : expéditeur et destinataire, date, objet, formules de début et de fin.
- Présente ton groupe ainsi que ta requête dès le début, puis expose tes arguments en les structurant avec erstens, *zweitens, drittens,* ou *auch* et *außerdem*.

Kultur-Profi

Pour aller plus loin sur ce thème, flashe ce code.

hachette-clic.fr/25all2076

BÜCHER

FILME

Aus für Atomkraft

Wie geht es nach dem Ausstieg weiter?

Dans ce chapitre...

Culture

- La politique énergétique de l'Allemagne
- La sortie du nucléaire
- Les alternatives énergétiques

Langue

- Le lexique de l'énergie de la transition énergétique
- La prononciation des noms composés
- Les connecteurs doubles
- L'infinitif substantivé

MEIN PROJEKT MÉDIATION

- Dreht ein Erklärvideo über Atomkraft in Deutschland.

STEIG EIN

1. Schau dir die Bilder an. Was könnte das Thema des Kapitels sein?
2. Warum demonstrieren Menschen gegen die Atomkraft? Was denkst du?

1 // Atomkraft – nein danke!

Kulturecke

Vor dem Ausstieg aus der Atomenergie gab es in Deutschland 17 Kernkraftwerke, vor allem im Westen des Landes.

A Der Button

VIDÉO 18 hachette-clic.fr/25all2077

Notes de la vidéo : der Button: *le pin's* • die Wut: *la colère* • ab/lehnen: *refuser* • sich zusammen/schließen* (o, o) = eine Gruppe bilden • warnen: *avertir*

Schau dir das Video an.

1. Was passierte im Frühling 1975 ?
   → **Grammatik** p. 122
2. **Beschreibe**, wie die Deutschen auf den Bau von Kernkraftwerken reagiert haben.
3. **Erzähle**, wie dieses Logo dann weiter benutzt wurde.

Vokabelcoach!

- entwerfen: *concevoir*
- zum Symbol werden für: *devenir le symbole de*
- ein Erfolg werden: *devenir un succès*
- der Atomunfall: *l'incident nucléaire*
- ab/lehnen: *refuser*
- Ängste haben: *avoir des peurs*
- an die Technik glauben: *avoir foi en la technologie*

B Die Wolke

DIFFÉRENCIATION

AUDIO 26 hachette-clic.fr/25all2078

Immer wieder fielen die Wörter „Tschernobyl", „Harrisburg" [...]. Für Janna-Berta waren die vier Oberstufenschüler Atomkraft-Experten. Sie selber hatte sich nie sonderlich für Physik interessiert. Aber dass Atomkraftwerke[1] gefährlich werden könnten, wusste sie. Nach Tschernobyl war sie mit ihren Eltern auf mehreren Demonstrationen gewesen. Sie erinnerte sich noch gut daran. Damals hatte es den Riesenkrach[2] gegeben zwischen den Eltern und den Großeltern: Oma Berta und Opa Hans-Georg meinten, ohne Atomkraft[3] gehe es einfach nicht mehr, die gehöre nun mal zum modernen Leben wie das Auto oder der Fernseher, und dass da in Tschernobyl was schiefgelaufen[4] sei, das habe mit den deutschen Atomkraftwerken überhaupt nichts zu tun. [...] Janna-Berthas Eltern hatten seinerzeit sogar eine Bürgerinitiative gegen die Nutzung von Atomkraft mitgegründet. Aber inzwischen war Tschernobyl so gut wie vergessen. Die Atomkraftwerke in der Bundesrepublik hatten ohne nennenswerte Zwischenfälle[5] weitergearbeitet, und die Bürgerinitiative war bald wieder eingeschlafen.

Gudrun Pausewang, *Die Wolke*

1. *centrales nucléaires* 2. den Streit 3. *l'énergie nucléaire* 4. nicht gut funktionieren 5. *incidents*

Sprachcoach!

Les connecteurs doubles → p. 122

- Ils lient ou opposent deux idées : *Ihre Großeltern erkennen **zwar** die Gefahr der Atomkraft, **aber** sie wollen nicht auf die Kernenergie verzichten.*

Schau dir das Bild an.

1. Was thematisiert deiner Meinung nach der Roman *Die Wolke*?
2. Denkst du, dass dieses Thema positiv oder negativ dargestellt wird? Warum?

Lies den Text.

3. **a.** Was verbindest du mit Tschernobyl?
   b. Wie reagieren die verschiedenen Figuren?
   → **Grammatik** p. 122
4. **Beschreibe**, wie es mit den Initiativen gegen die Atomkraft weiterging.

KURZ PROJEKT ... MÉDIATION

Schreib für die deutschen Partner einen kurzen Bericht über Atomenergie in Frankreich.
Recherchiere über die Situation der Atomenergie in Frankreich und erkläre sie den deutschen Partnern in einem kurzen Bericht.

2 // Nach dem Ausstieg

A Die erneuerbaren Energien

VIDÉO 19
hachette-clic.fr/25all2079

Notes de la vidéo : der Strom: *le courant, l'électricité* • der Wasserdampf: *la vapeur d'eau* • das Windrad (¨er): *l'éolienne*

Schau dir das Video an.

1. **Liste** die Energieformen **auf**, die vorgestellt werden. → **Grammatik** p. 122
2. Was ist der Vorteil von erneuerbaren Energien? Für wen sind sie gut?
3. **Erkläre**, warum diese Energiequellen erneuerbar, aber leider nicht ausreichend für Deutschland sind.

Sprachcoach!

L'infinitif substantivé → p. 122

• Tu peux transformer un infinitif en nom (= substantivation). ***Das Nutzen*** *erneuerbaren Energien ist umweltfreundlich.*

B Der deutsche Strommix

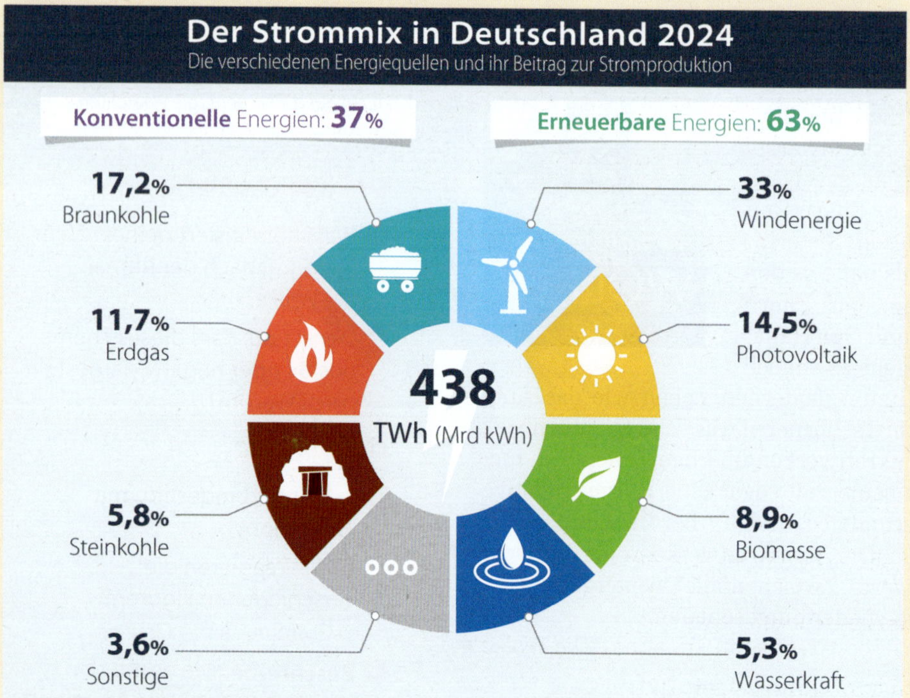

die Kohle: *le charbon*

METHODIK

Pour commenter un graphique, commence par le présenter puis donne les pourcentages les plus significatifs et termine par interpréter les résultats.

Schau dir die Grafik an.

1. Womit wird Energie produziert? **Kommentiere** die Grafik.
2. **Liste** Vor- und Nachteile beider Energiequellen (konventionelle und erneuerbare) **auf**.

Vokabelcoach!

- das Solarpanel (e): *le panneau solaire*
- das Windrad (¨er): *l'éolienne*
- nachhaltig: *durable*
- schützen: *protéger*
- verschmutzen: *polluer*
- die Umwelt: *l'environnement*
- ausreichend: *suffisant*

3 // Atomkraft – ja, bitte?

A War der Ausstieg gut?

Am 15. April 2023 gehen die letzten drei deutschen Atomkraftwerke vom Netz. Bei einer Umfrage kurz darauf haben die Befragten geantwortet:

B Wohin mit dem Müll?

der Müll: *les déchets* • das Lager: *(ici) le site de stockage* • salonfähig: *décent, convenable*

C Kernfusion für die Zukunft?

In Deutschland wird keine Energie mehr durch Kernspaltung[1] erzeugt, die letzten drei Atomkraftwerke sind im April 2023 vom Netz gegangen. Manche hoffen allerdings schon auf eine Art Nachfolgetechnologie: die Kernfusion. Diese hat deutlich weniger Risiken als Kernspaltung und könnte zudem mehr Energie herstellen – theoretisch. Denn die Technologie ist noch längst nicht ausgereift[2]. [...]
Kann Kernfusion die Energieprobleme in Deutschland lösen?
Nein. Kernfusion ist eine Hoffnung für die Zukunft, keine Lösung für heutige Probleme. Experten sprechen von Zeiträumen von 25 bis 35 Jahren bis Kernfusion tatsächlich Energie liefern könnte. Und das ist eine Hoffnung mit vielen Fragezeichen. Ob Kernfusion jemals ein relevanter Energieträger wird, ist nicht absehbar[3] und wird von einigen Experten auch in Frage gestellt. [...]

Deutschlandfunk, 02.06.2024

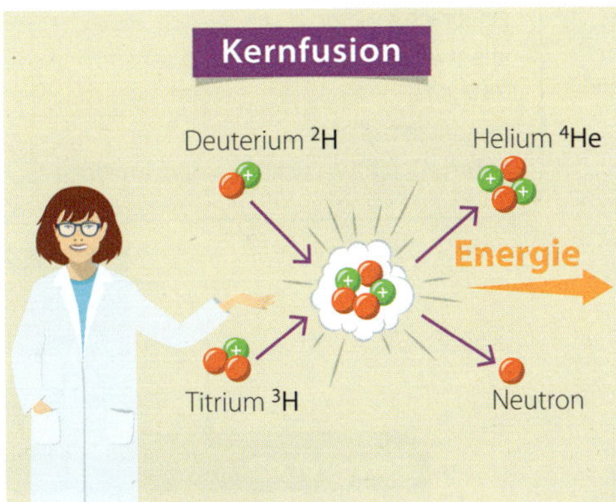

1. ≠ Kernfusion 2. *au point* 3. *prévisible*

Vokabelcoach!
- eine Meinung haben: *avoir une opinion*
- die Lagerung: *le stockage*
- radioaktiv: *radioactif (-ve)*
- die Hoffnung haben: *avoir l'espoir*
- der Energieträger: *la source d'energie*
- ein Problem lösen: *régler un problème*

Wähl deinen Weg. DIFFÉRENCIATION

A2+
1. **Schau** dir die Ergebnisse der Umfrage **an** (A) und **stell** sie **vor**.
2. Wie stehen die Deutschen zum Ausstieg aus der Kernenergie?
3. **Zähle** mögliche Pro- und Kontra-Argumente **auf**.

B1
1. **Schau** dir die Karikatur (B) an und **lies** den Text (C).
2. Was zeigt die Karikatur? **Erkläre** das Problem, das sie anspricht.
3. Warum ist Kernfusion nicht die Zukunft der Energie in Deutschland? **Argumentiere.**

4 **ZUSAMMEN Stellt** euch in einer kurzen Synthese die Informationen **vor**.

WORTSCHATZ!

Atomkraft

- die Atomenergie = die Kernenergie: *l'énergie nucléaire*
- das Atomkraftwerk (e) (AKW) = das Kernkraftwerk (e): *la centrale nucléaire*
- der Atommüll: *les déchets nucléaires*
- der Ausstieg: *la sortie*
- der Abbau: *le démantèlement*
- die Lagerung: *le stockage*
- die Kernfusion: *la fusion nucléaire*
- die Kernspaltung: *la fission nucléaire*
- die Nutzung (en): *l'utilisation*
- die radioaktive Wolke: *le nuage radioactif*
- gefährlich ≠ sicher
- aus etw. (+dat.) aus/steigen* (ie, ie): *sortir de qqch*
- (be)nutzen: *utiliser*
- auf etw. (+acc.) verzichten: *renoncer à qqch*

Energie

- die erneuerbaren Energien: *les énergies renouvelables*
- die Windenergie: *l'énergie éolienne*
- die Solarenergie: *l'énergie solaire*
- die Biomasse: *la biomasse*
- die Photovoltaikanlage: *l'installation photovoltaïque*
- das Erdgas: *le gaz naturel*
- die fossile Energie: *l'énergie fossile*
- die Kohle: *le charbon*
- das Windrad (¨er): *l'éolienne*
- das Solarpanel (e): *le panneau solaire*
- der Strom: *le courant*
- Kohle verbrennen* (a, a): *brûler du charbon*

Reagieren

- der Befürworter (-): *le partisan, le défenseur*
- die Demonstration (en): *la manifestation*
- die Demo (s): *la manif*
- der Gegner (-): *l'opposant*
- die Hoffnung (en): *l'espoir*
- der Umweltaktivist (en, en): *le militant écologiste*
- befürchten: *craindre*
- demonstrieren: *manifester*
- eine Meinung haben: *avoir une opinion*
- gemeinsam handeln: *agir ensemble*
- Ziele setzen: *fixer des objectifs*
- eine Petition erstellen / unterschreiben* (ie, ie): *lancer / signer une pétition*
- vor etw. (+ dat.) fliehen* (o, o): *fuir qqc*

die Umwelt

- die CO_2-Emissionen: *les émissions de CO_2*
- die Erde: *la terre*
- die Verschmutzung (en): *la pollution*
- die Zukunft: *le futur*
- nachhaltig: *durable*
- ausreichend: *suffisant(e)*
- umweltfreundlich: *écologique, respectueux de l'environnement*
- schützen: *protéger*
- verschmutzen: *polluer*
- ein Problem lösen: *résoudre un problème*
- ein Risiko ein/gehen* (i, a): *prendre un risque*

exercices interactifs

hachette-clic.fr/25all2080

Üben

1 Trouve l'intrus dans ces listes.

a. die Windenergie – die Solarenergie – die Biomasse – die Kernfusion

b. das Solarpanel – der Gegner – der Befürworter – der Umweltaktivist

c. die Verschmutzung – die CO_2-Emissionen – nachhaltig – der Atommüll

d. aus etw. aussteigen – auf etw. verzichten – benutzen – der Ausstieg

2 Complète avec le mot qui convient.

Verbrennung – Energie – Müll – Solarenergie – Atomkatastrophe – Nutzung

a. Die … ist eine erneuerbare Energiequelle, die die Sonnenstrahlen nutzt.

b. Atomkraftwerke produzieren viel …, der sehr gefährlich ist.

c. Er hat Angst vor der … und will in ein anderes Land fliehen.

d. Die … von Kohle führt zu hohen CO_2-Emissionen.

e. Die … von Sonne und Wind ist eine umweltfreundliche Energiequelle.

f. Für unsere Art zu leben und zu arbeiten brauchen wir mehr und mehr….

3 Recompose les expressions.

unterschreiben – haben – eingehen – lösen

a. ein Risiko … **b.** eine Petition …
c. ein Problem … **d.** eine Meinung …

4 Indique si ces phrases sont logiques ou corrige celles qui sont illogiques.

a. Die Atomenergie ist eine erneuerbare Energie.

b. Viele Umweltaktivisten kämpfen gegen die Verschmutzung.

c. Kohle zu verbrennen ist umweltfreundlich.

d. Ein Gegner von Atomenergie unterstützt den Ausbau von Kernkraftwerken.

5 Utilise des mots de la liste ci-dessous pour décrire et commenter la caricature.

das Windrad – das Solarpanel – der Abbau – der Strom – demonstrieren – die Steckdose – umweltfreundlich – das AKW – nachhaltig – der Befürworter – die Verschmutzung – der Müll – die Zukunft – die Erde

Phonologie

Prononcer les noms composés

- En allemand, les noms composés sont formés de plusieurs mots qui n'en constituent plus qu'un.
- Le mot principal est le dernier, il détermine le genre et le sens général. Le ou les mots qui précèdent précisent le sens. Parfois, il faut ajouter *-s-*, *-n-* ou *-en-* pour la fluidité.

AUDIO 27
hachette-clic.fr/25all2081

1 Repère les unités de sens puis répète les mots suivants.

die Kernkraftenergie, der Atomreaktor, die Radioaktivität, das Atommüllendlager, die Atomkernspaltung, die Urananreicherung

2 Lis le texte suivant à voix haute.

Die Kernenergie ist eine wichtige Energiequelle, doch Reaktorsicherheit und Strahlenbelastung sind große Herausforderungen. Die Atommüllendlagerung muss auch verbessert werden. Ist die Nukleartechnologie wirklich zukunftssicher?

exercices interactifs
hachette-clic.fr/25all2082

Les connecteurs doubles

>> Observe et déduis

a. *Die Deutschen sind* ***entweder*** *Befürworter der Atomenergie* ***oder*** *Gegner.*

b. *Erneuerbare Energien sind* ***nicht nur*** *nachhaltig,* ***sondern auch*** *sicher.*

- Observe ces exemples. À quoi servent les mots en gras ?
- Comment fonctionne la syntaxe de ces phrases ?

>> Retiens

En allemand, les connecteurs doubles sont des paires de mots qui relient deux idées de manière logique. Ils fonctionnent souvent en tandem et exigent une structure grammaticale particulière.
entweder…, oder… *(soit… soit…)* / **nicht nur…, sondern auch…** *(non seulement… mais aussi…)* / **sowohl…, als auch** *(aussi bien… que…)* / **weder…, noch…** *(ni… ni…)* / **je…, desto…** *(plus… plus…)* / **zwar…, aber…** *(certes… mais…)*

>> Entraîne-toi

1 Associe les deux parties de phrase.

1. Je mehr Windkraftanlagen gebaut werden,
2. Entweder wir setzen auf erneuerbare Energien,
3. Sowohl die Regierung als auch die Bevölkerung

a. werden in Zukunft eine Rolle spielen.
b. oder wir bleiben abhängig von fossilen Energien.
c. desto weniger fossile Energie wird benötigt.

2 Complète avec le bon connecteur double.

a. … Windkraft … Solarenergie sind erneuerbare Energiequellen.
b. Atomenergie ist … effizient, … sie erzeugt gefährlichen Atommüll.
c. … mehr erneuerbare Energien genutzt werden, … geringer sind die Umweltprobleme.
d. Viele Bürger sind … für den Atomausstieg, … sie befürchten hohe Strompreise.

3 Transforme les phrases en utilisant un connecteur double.

a. Deutschland nutzt Windenergie. Deutschland nutzt Solarenergie.
b. Es gibt keine neuen Kohlekraftwerke. Es gibt keine neuen Atomkraftwerke.
c. Die Regierung plant den Atomausstieg. Die Regierung plant auch den Kohleausstieg.

L'infinitif substantivé

>> Observe et déduis

a. *Das* ***Nutzen*** *erneuerbarer Energien ist wichtig.*

b. *Beim* ***Sparen*** *von Strom kann jeder helfen.*

- Qu'est ce qui change pour les verbes en gras ?
- Quel peut être l'usage de ces mots ?

>> Retiens

En allemand, un verbe à l'infinitif peut être **transformé en nom** simplement en le substantivant: on le forme avec l'infinitif du verbe qui prend alors une majuscule, comme tous les noms communs en allemand. Ces noms sont toujours **neutres** *(das)*.

>> Entraîne-toi

4 Rédige des phrases en substantivant le verbe entre parenthèses.

a. … hilft uns, die Natur zu schützen. *(recyclen)*
b. … von Elektrizität ist in modernen Gesellschaften wichtig. *(produzieren)*
c. … mit öffentlichen Verkehrsmitteln ist umweltfreundlich. *(fahren)*
d. … von Sonne und Wind wird immer häufiger. (nutzen)

5 Complète par l'infinitif substantivé qui convient.

a. … von Atomenergie ist umstritten. *(l'utilisation)*
b. Zum … von Strom kann man LED-Lampen benutzen. *(l'économie)*
c. Beim … der Meere entstehen große ökologische Probleme. *(pollution)*
d. … aus der Atomenergie löst eine Debatte in Deutschland aus. *(sortie)*

MEIN PROJEKT ✓

Wir drehen ein Erklärvideo über die deutsche Atomkraft!

MÉDIATION

Ihr dreht für den Physikunterricht in Gruppen ein einfaches Video auf Französisch über die Atomkraft in Deutschland. Darin erklärt ihr kurz die Gründe der Deutschen, aus der Atomenergie auszusteigen und nennt Argumente für und gegen Atomenergie.

SCHRITT 1

Schaut euch eure Notizen aus dem Unterricht an und wählt die Informationen aus.

SCHRITT 2

Organisiert eure Ideen. **Macht** einen Plan.

SCHRITT 3

Erklärt komplexe Elemente so, dass eure Mitschülerinnen und Mitschüler sie verstehen können.

SCHRITT 4

Dreht das Video mit einem Smartphone oder einem Computer. **Macht** ruhig mehr als ein Video. So könnt ihr am Ende das beste wählen!

METHODIK

La médiation

- La médiation doit permettre de rendre un contenu accessible à un public qui n'y a pas eu accès.
- Faites en sorte que les informations données soient compréhensibles par tous.
- N'hésitez pas à expliquer certains termes ou concepts trop techniques, même en français !

Kultur-Profi

Pour aller plus loin sur ce thème, flashe ce code.

hachette-clic.fr/25all2083

FILME

BÜCHER

Kultur macht Spaß!

Wintersport-Quiz

Wähl für jede Frage die richtige Antwort.

1. **Welche Wintersportaktivitäten werden in Deutschland am meisten gemacht?** (Mehrere Antworten sind möglich.)
   - **a.** Snowboard
   - **b.** Schlittenfahren
   - **c.** Winterwandern
   - **d.** Ski Alpin
   - **e.** Skilanglauf

2. **Wie fährt man sicher Ski?** (Mehrere Antworten sind möglich.)
   - **a.** Nur Ski und Snowboard fahren, wenn es genug Schnee gibt.
   - **b.** Nur Schlepplift fahren
   - **c.** Auf den Pisten und Wegen bleiben
3. **Ein Hektar Kunstschnee braucht circa eine Million Liter Wasser.**
   - **a.** Richtig **b.** Falsch
4. **Die Alpen sind in den letzten hundert Jahren wärmer geworden als andere Regionen.**
   - **a.** Richtig **b.** Falsch
5. **Wie viele Urlauber kommen mit dem Auto in die Alpen?**
   - **a.** 84 Prozent
   - **b.** 53 Prozent
   - **c.** 66 Prozent

6. **Wie macht man seinen Skiurlaub ökologischer?** (Mehrere Antworten sind möglich.)
   - **a.** Öffentliche Verkehrsmittel zur An- und Abreise sowie vor Ort nutzen
   - **b.** Sich über verschiedene Skigebiete informieren
   - **c.** Zwischen Dezember und März Urlaub machen

Lösung
1. b. c. d. **2.** a. c. **3.** a. **4.** a. **5.** a. **6.** a. b.

Pisten-Profi

Wie heißen diese Alternativen zum Skifahren?

a. 

b. 

c. 

d. 

Lösung
a. Zip-Lining **b.** Mountainbike fahren **c.** Ski auf der Plastikpiste
d. Rollerski fahren / Skike

Der Politik-Test

Hör dir die Aufnahme **an** und **ergänze** den Text.

Deutschland – Meinungsfreiheit – Menschen – Bundesrepublik - Verfassung –Staat – Diskriminierung – Demokratie

Das Grundgesetz ist die … der Bundesrepublik Deutschland. Das Grundgesetz gibt es seit der Staatsgründung der … Deutschland im Jahr 1949. Hier stehen die wichtigsten Regeln, die in … gelten. Der Anfang des Grundgesetzes lautet: Die Würde des … ist unantastbar. Der … muss jeden Menschen achten und schützen. Weitere Grundrechte sind unter anderem die … , die Religionsfreiheit oder das Verbot von … Deutschland ist eine … : Das Volk entscheidet bei Wahlen, welche Politik gemacht werden soll.

Lösung
Verfassung – Bundesrepublik - Deutschland – Menschen – Staat – Meinungsfreiheit - Diskriminierung – Demokratie

Richtig oder falsch?

Bist du ein Europa-Experte?

1. Bei der Europawahl wird das Europäische Parlament gewählt.
2. Das Europäische Parlament tagt in Brüssel und Paris.
3. Bei der Europawahl können zwei Stimmen vergeben werden.
4. Die Europawahl findet alle fünf Jahre statt.
5. Es gibt die Europawahl seit 1990.

Lösung
1. Richtig **2.** Falsch. Es tagt in Brüssel und Straßburg. **3.** Falsch. Es gibt nur eine Stimme. **4.** Richtig. **5.** Falsch. Die erste Wahl fand 1979 statt.

Das Tabu-Spiel

Wähl eine Karte und **sprich** über das Wort, das deine Mitschüler raten sollen. Achtung! Du darfst es natürlich nicht sagen!

a. Zip-Lining b. Mountainbike fahren c. Ski auf der Plastikpiste d. Rollerski fahren / Skike

Erkläre
UMWELTSCHUTZ
Tabuwörter
SCHÜTZEN
UMWELT

Erkläre
ATOMKRAFT
Tabuwörter
KRAFT
ATOM

Erkläre
ERNEUERBARE ENERGIEN
Tabuwörter
ERNEUERN
ENERGIE

Erkläre
DEMONSTRATION
Tabuwörter
DEMONSTRIEREN
DEMO

Erkläre
ATOMAUSSTIEG
Tabuwörter
AUSSTEIGEN
ATOM

Erkläre
NEUE TECHNOLOGIEN
Tabuwörter
NEU
TECHNIK

Energierätsel

Wähl für jede Frage die richtige Antwort.

1. Was ist das Besondere an erneuerbarer Energie?
   a. Sie steht unbegrenzt zur Verfügung und produziert nur wenig CO_2.
   b. Sie wird aus Haushaltsmüll hergestellt.
   c. Sie funktioniert nur im Sommer.

2. Welche der drei Energiequellen gehört nicht zu den erneuerbaren Energien?
   a. Wind
   b. Kernenergie
   c. Wasser

3. Es gibt auch Windkraftparks im Meer. Wie nennt man sie?
   a. Onsea-Anlagen
   b. Offcoast-Anlagen
   c. Offshore-Anlagen

4. Welches Problem gibt es bei der Energiegewinnung mit Windrädern?
   a. Es wird mal zu viel und mal zu wenig Strom hergestellt, je nachdem wie windig es ist.
   b. Windräder machen zu viel Lärm und irritieren die Vögel.
   c. In der Nähe von Windrädern kühlt die Luft ab.

5. Wie nennt man die Energie, die mit Kollektoren zum Beispiel auf Dächern gewonnen wird?
   a. Sozialenergie
   b. Sonnenstrahlenergie
   c. Solarenergie

6. Was machen Hausbesitzer, wenn sie mehr Solarstrom produzieren, als sie selbst verbrauchen können?
   a. Sie verschenken ihn an ihre Nachbarn.
   b. Sie verkaufen ihn an Stromkonzerne.
   c. Nichts.

Lösung
1. a **2.** b **3.** c **4.** a **5.** c **6.** b

Probenfoto zu Engelbert Humerdincks Oper 'Hänsel und Gretel'

axe 5
Créer et recréer

13 Legenden aus dem Wasser

A2

Wasserwesen, eine Inspiration für Künstler aller Zeiten?

PROJEKT

Schreibe eine Geschichte über eines der drei Wasserwesen.

14 Ein Apfel für die Nachwelt

A2+

Wilhelm Tell – immer noch aktuell?

PROJEKT

Schreibe eine kurze Rede.

15 Faust ein beliebter Antiheld

>B1

Müssen wir Klassiker aktualisieren, um sie immer noch zu verstehen?

PROJEKT

Schreibe den Klappentext zu einem Manga.

Kultur macht Spaß!

Fichier professeur

Évaluation Kapitel 1
Évaluation Kapitel 2
Évaluation Kapitel 3

Kapitel 13

Legenden aus dem Wasser

Wasserwesen, eine Inspiration für Künstler aller Zeiten?

Dans ce chapitre...

Culture

- Des créatures aquatiques de légende
- *Undine et Loreley*
- Des adaptation de récits mythologiques

Langue

- Le lexique des contes et légendes
- Prononcer /eu/
- L'emploi de *nämlich*
- Les pronoms

MEIN PROJEKT ...

- Schreibe eine Geschichte über eines der drei Wasserwesen.

STEIG EIN

1. Schau dir die Bilder an. Welches illustriert das Thema am besten? Warum?
2. Ähneln sich die Wasserwesen? Welche Kunstformen siehst du?

1 // Ein Wasserwesen von heute

AUDIO 29 hachette-clic.fr/25all2085

Sie suchte nach ihrem Handy, aktivierte die Taschenlampenfunktion und richtete den schwachen Lichtstrahl aufs Wasser. Sam schlief nahe am Ufer direkt unter der Wasseroberfläche. Die Umwandlung[1] schien abgeschlossen. Statt seiner Beine konnte Laine den blausilbernen Fischkörper im Wasser sehen. Sam war sicher vor Erschöpfung[2] eingeschlafen und sie selbst auch. Laine streckte sich und erwischte seine Hand. Vorsichtig zog sie ihn ans Ufer[3] und hob seinen Kopf aus dem Wasser.
„Sam", sagte sie leise. „Du musst aufwachen."
Sam hustete kurz und sog die Luft ein. Er öffnete die Augen.
„Wir sind eingeschlafen, Sam. Du musst dich verstecken[4]. Du kannst unter deinem Felsen weiterschlafen."
Sam nickte müde. „Ja, danke", murmelte er und sank ins Wasser zurück. Laine leuchtete ihm nach mit ihrem Handy und sah, wie er sich unter den Felsvorsprung[5] zurückzog. Laine überlegte kurz, ob sie den Weg zum Camp tatsächlich noch antreten sollte, entschied sich dann aber dagegen. Sie holte sich Sams Decke und wickelte sich ein. Sie wollte einfach nur in seiner Nähe sein.
Bill saß wieder auf dem Fahrersitz seines Wagens. Seine Hand zitterte ein bisschen, aber er hatte sich im Griff[6], als er das Handyvideo wieder und wieder ansah. Die Kamera glitt langsam über Sams Körper, der im flachen Wasser lag. Die blausilberne Fluke[7], der fischartige Körper [...]. Es gab keine Knie. Und dann hatte Bill noch geistesgegenwärtig nah auf Sams Kiemen[8] gezoomt. [...] Man konnte deutlich sehen, wie Sam Wasser hindurchpumpte. So was konnte keiner vortäuschen[9]. Unglaublich. Laine war mit einem verdammten Mutanten liiert.

Isabel SCHMITT EGNER, *Sam aus dem Meer*, 2021

1. *la métamorphose* 2. *l'épuisement* 3. *la rive* 4. *se cacher* 5. *l'éperon rocheux* 6. *se maîtriser* 7. *la queue d'un animal marin* 8. *les branchies* 9. *simuler, feindre*

METHODIK

Lorsqu'un mot est long, il faut le décomposer pour le comprendre plus facilement : le dernier est le plus important, celui ou ceux qui précèdent apporte(nt) des précisions.

Schau dir das Buchcover an.

1. Worum geht es in dem Roman? **Stell** Hypothesen **auf**!
2. Was empfindet deiner Meinung nach die Figur? Warum?
   → **Grammatik** p. 134

Lies den Text.

3. **a.** Wie sieht Sam aus? **Liste** alle Vokabeln **auf**, die mit seinem Aussehen zu tun haben.
   b. Wo spielt der erste Teil des Textes? **Notiere** Indizien.
   c. Wer ist Laine? Was macht sie?
4. Wie benimmt sich Laine Sam gegenüber? **Kommentiere** ihr Benehmen. Was empfindet sie?
5. **Erkläre**, warum Bill das Video unglaublich findet.

Vokabelcoach!

- blausilbern: *bleu argenté*
- fischartig: *comme un poisson*
- unglaublich: *incroyable*
- die Sage (-n) = die Legende (-n)
- ein/saugen* (o, o): *inspirer*
- sich zurück/ziehen* (o, o): *se retirer*
- hindurch/pumpen: *pomper*

Sprachcoach!

nämlich → p. 134

- *nämlich* permet de justifier ce qui a été dit précédemment. Il se place derrière le verbe. *Der junge Mann sieht einer Sirene ähnlich. Er hat **nämlich** einen Fischschwanz.*

KURZ PROJEKT

Spiel eine Rolle.
Du spielst Bills Rolle und erzählst einem Journalisten, was du auf dem Video gesehen hast.

2 // Eine Nixe aus der Romantik

A Der Dichter

AUDIO 30
hachette-clic.fr/25all2086

Notes de l'audio : die Verklärung: *la glorification* • das Unheimliche: *l'étrange, l'inquiétant*

Hör dir die Aufnahme an.

Notiere Informationen zu:
- **a.** Heinrich Heines Biografie,
- **b.** seinem Werk und der literarischen Epoche,
- **c.** seinem Gedicht „Die Loreley".

Sprachcoach!

Les pronoms → p. 134

- Un pronom remplace un nom. Son emploi permet d'éviter les répétitions et allège l'expression.
Die Loreley sitzt auf einem Berg. Der Schiffer, der ihr begegnet, ist in Gefahr.

Vokabelcoach!

- das Lied (er): *la chanson*
- der Schiffer (-): *le marin*
- der Tod: *la mort*
- ruhig: *calme*
- die Welle (n): *la vague*
- wundersam: *miraculeux*
- tragisch: *tragique*
- jdn. verführen: *séduire qqn*
- jdn.verzaubern: *ensorceler qqn*
- jdn. töten: *tuer qqn*

B Das Gedicht

AUDIO 31
hachette-clic.fr/25all2087

Ich weiß nicht, was soll es bedeuten,
Dass ich so traurig bin,
Ein Märchen[1] aus uralten Zeiten,
Das kommt mir nicht aus dem Sinn.

Die Luft ist kühl und es dunkelt,
Und ruhig fließt der Rhein;
Der Gipfel[2] des Berges funkelt,
Im Abendsonnenschein.

Die schönste Jungfrau sitzet
Dort oben wunderbar,
Ihr gold'nes Geschmeide[3] blitzet,
Sie kämmt[4] ihr goldenes Haar,
Sie kämmt es mit goldenem Kamme,
Und singt ein Lied dabei;
Das hat eine wundersame,
Gewalt'ge Melodei.

Den Schiffer[5] im kleinen Schiffe,
Ergreift[6] es mit wildem Weh;
Er schaut nicht die Felsenriffe[7],
Er schaut nur hinauf in die Höh'.
Ich glaube, die Wellen verschlingen[8]
Am Ende Schiffer und Kahn,
Und das hat mit ihrem Singen, getan.

Die Loreley
Heinrich HEINE, *Das Buch der Lieder*, 1827

1. *le conte* 2. *le sommet* 3. *les bijoux* 4. *peigner* 5. *le marin* 6. *prendre, saisir* 7. *les récifs* 8. *engloutir*

Lies das Gedicht und wähl deinen Weg. DIFFÉRENCIATION

A2
1. **Beschreibe** den Ort, an dem das Gedicht spielt. **Notiere** dazu Zitate.
2. **Beschreibe** die Loreley: ihr Aussehen und was sie macht.
3. Was passiert den Schiffern?

A2+
1. **Beschreibe** den Ort, an dem das Gedicht spielt. **Notiere** dazu Zitate.
2. **Beschreibe** die Loreley.
3. **a.** Was passiert den Schiffern?
   b. Wer / Was verursacht das Unglück?
4. **Interpretiere** das Gedicht.

ZUSAMMEN
Ist das Gedicht „romantisch"?
Diskutiert.

3 // Am Anfang war die Mythologie

A Die neue Undine

Die Geschichte des weiblichen[1] Wassergeists Undine ist alt, der Name Undine indogermanisch, von „Welle“ abgeleitet. Die Urgeschichte aus dem 13. Jahrhundert wurde vielfach nacherzählt, u. a. 1811 von Friedrich de la Motte Fouqué als Märchennovelle und [ist] in verschiedenen Varianten auch in anderen Figuren wiederzufinden (Loreley). Günter de Bruyn erzählt die Geschichte neu und doch mit der Patina einer unsterblichen Sage.
Undine, eine junge Frau aus der Wasserunterwelt, will das Menschsein ergründen, verliebt sich und muss ihren Geliebten warnen[2]. Denn einmal verheiratet, muss der Geliebte seine Untreue[3] mit seinem Leben bezahlen, und Undine wird verschwinden. [...]
Warum eine alte Geschichte nacherzählen? Weil Sagen mehr als bloß Geschichten sind. Weil sie zum Erbmaterial einer ganzen Kultur gehören.

Gallus Frei-Tomic,
literaturblatt.ch, 13. Januar 2022

1. *féminin* 2. *avertir, mettre en garde* 3. *infidélité*

Lies den Text.

1. Woher kommt die Geschichte der Undine?
2. **Erzähle** die Sage mit deinen eigenen Worten.
3. Wie begründet der Text, dass das Nacherzählen der Sage wichtig ist?

Vokabelcoach!

- der Zauber: *la magie*
- die (Ur)fassung(-en): *la version (originelle)*
- heiraten: *se marier*
- sich verlieben: *tomber amoureux(se)*
- verschwinden* (a,u): *disparaître*
- die Erde: *la terre*
- die Luft: *l'air*
- scheitern: *échouer*
- verheimlichen: *cacher*
- verlassen* (ie, a): *quitter*
- folgen: *suivre*

B Undine, ein Ballett DIFFÉRENCIATION

VIDÉO 20
hachette-clic.fr/25all2088

Schau dir das Video an

1. **Stell** die vier Hauptfiguren vor.
2. **Notiere** die Eigenschaften der beiden Frauen. Sind sie gleich oder unterschiedlich?
3. Wie endet der erste Akt? **Erfinde** das Ende der Geschichte.

Kulturecke

Viele Künstler haben sich von der Figur der Undine inspirieren lassen - Friedrich de La Motte Fouqué, Piotr Tschaikowsky, oder auch Jean Giraudoux.

KURZ PROJEKT

Sag deine Meinung zu einem Ballettbesuch.
Das Ballett „Undine“ soll in deiner Region aufgeführt werden. Hast du Lust, es zu sehen? Warum (nicht)?

WORTSCHATZ!

Die Loreley

- das Lied (er): *la chanson*
- der Schiffer (-): *le marin*
- der Tod: *la mort*
- der Kahn (¨e): *la barque*
- der Felsen (-): *la falaise*
- beruhigend: *apaisant(e)*
- tragisch: *tragique*
- wundersam: *miraculeux*
- traurig: *triste*
- verführen: *séduire*
- verzaubern: *ensorceler*
- töten: *tuer*
- verschlingen* (a, u): *engloutir*
- vor/täuschen: *simuler, feindre*

Das Wasserwesen

- der Fischkörper (-): *le corps de poisson*
- die Kiemen: *les branchies*
- die Nixe (n): *la sirène*
- die Umwandlung (en): *la métamorphose*
- die Quelle (n): *la source*
- das Rheintal: *la vallée du Rhin*
- blausilbern: *bleu argenté*
- fischartig: *comme un poisson, de poisson*
- unglaublich: *incroyable*
- seltsam: *étrange*
- ein/saugen* (o, o): *inspirer*
- sich zurück/ziehen* (o, o): *se retirer*

SAGEN AUS DEM WASSER

Sagen, Legenden, Märchen

- der Geist (er): *l'esprit*
- die Welle (n): *la vague*
- die Bedeutung (en): *la signification*
- das Märchen (-): *le conte*
- die Sage (n) = die Legende (-n)
- der Zauber: *la magie*
- das Erbe: *l'héritage*
- die (Ur)fassung (en): *la version (originelle)*
- märchenhaft: *légendaire*
- zauberhaft: *enchanteur*
- heiraten: *se marier*
- etw. nach/erzählen: *raconter d'après qqch*
- sich verlieben: *tomber amoureux(se)*
- verschwinden* (a, u): *disparaître*
- warnen: *avertir, mettre en garde*

Verschiedene Welten

- der Mensch (en, en): *l'Humain*
- die Erde: *la terre*
- die Luft: *l'air*
- die Welt (en): *le monde*
- das Element (e): *l'élément*
- gescheitert: *qui a subi un échec*
- menschlich: *humain*
- scheitern: *échouer*
- etwas verheimlichen: *cacher*
- verlassen* (ie, a): *quitter*
- jdm. folgen: *suivre*
- sich selbst sein: *être soi-même*
- sich treu bleiben* (ie, ie): *rester fidèle à soi-même*

exercices interactifs
hachette-clic.fr/25all2089

Üben

1 **Choisis**

a. Sam ist **ein Wasserwesen / ein Tier**.
b. Er hat einen **blausilbernen / dunkelroten** Körper.
c. Er pumpt Wasser durch seinen **Mund / seine Kiemen** hindurch.
d. Bill denkt, dass Sam **ein Mensch / ein Mutant** ist.

2 **Repère l'intrus dans ces listes de mots.**

a. der Schiffer – der Kahn – das Auto – der Rhein
b. der Berg – singen – das Lied – die Musik
c. tragisch – lustig – dramatisch – traurig
d. sich kämmen – das Haar – der Kamm – der Felsen

3 **Associe chaque mot à sa définition.**

1. verschwinden
2. die Erde
3. der Mensch
4. sich verlieben
5. unglaublich

a. der Planet, auf dem wir leben
b. was einem nicht wahrscheinlich vorkommt
c. spontan von einem Menschen begeistert sein
d. nicht mehr hier sein
e. ein Mann oder eine Frau oder ein Kind

4 **Trouve un mot de la même famille que les mots suivants.**

a. das Geheimnis →
b. das Selbstbewusstsein→
c. glauben →
d. das Wunder→

5 a. Quels mots de la liste décrivent à ton avis le mieux ce tableau ?

die Welle – das Wasser – der Felsen – der Brunnen – die Haare – der Geist – menschlich – tragisch – die Nixe – die Quelle – die Sage – scheitern – etwas verheimlichen – der Kahn

b. Choisis cinq mots et utilise-les dans des phrases.

Phonologie

Prononcer /eu/

La diphtongue /eu/ se prononce [ɔy], comme dans monoï.

Quelques exemples : *Europa, Euro, Häuser Bäume.*

Il est important de bien savoir prononcer ce son parce qu'il est fréquent dans des mots du quotidien.

AUDIO 32
hachette-clic.fr/25all2090

1 **Écoute et répète les mots suivants.**
leuchten – deutlich – deutsch – bedeuten – treu

2 **Écoute la phrase suivante et répète-la.**
Das feuchte Heu, auf dem eine Eule nistet, ist eine Beute für untreue Leute.

3 **Lis ce texte à voix haute.**

In Deutschland leuchtet der bedeutungsvolle Dichter Heine am Firmament der deutschen Poesie. Er bedeutet den Deutschen viel. Heute noch sind ihm die Leute treu, nicht nur in Deutschland, sondern auch in Europa. Er hat viele Freundinnen und Freunde.

exercices interactifs
hachette-clic.fr/25all2091

nämlich

>> Observe et déduis

a. *Sam kann sehr gut schwimmen. Er ist nämlich ein Wasserwesen.*

b. *Der Schiffer wird von der Loreley verzaubert. Sie hat nämlich eine wunderschöne Stimme.*

- Quelle relation établit *nämlich* entre les deux phrases ?
- Observe la place qu'il occupe dans la phrase.

>> Retiens

nämlich sert à justifier ce qui a été dit dans un énoncé antérieur. On peut le traduire par "en effet". À l'inverse du français, il ne se place jamais en début de phrase mais **après** le verbe conjugué.

>> Entraîne-toi

1 Intègre *nämlich* à la bonne place dans la phrase.

a. Sam ist kein Tier. Er kann sprechen.
b. Der Choreograf hat ein Ballett geschaffen. Er findet die Geschichte der Undine erzählenswert.
c. Die Loreley kann den ganzen Rhein sehen. Sie sitzt auf einem Berg in der Höhe.
d. Der Schiffer kann der Loreley nicht entfliehen. Er weiß nicht, wo sie ist.

2 Propose une suite logique pour la deuxième phrase avec nämlich.

a. Sam muss sich ausruhen. Er …
b. Bill geht vielleicht zur Polizei. Er …
c. Die Loreley singt ein schönes Lied. Sie …
d. Der Ritter folgt Undine in den Tod. Er …

3 Construis la deuxième phrase en mettant les mots dans le bon ordre.

a. Die Loreley ist ein altes Gedicht. nämlich / geschrieben / im 19. Jahrhundert / es / wurde.
b. Sam ist ein Wasserwesen. er / nämlich / hat / Kiemen.
c. Eine Sage ist mehr als eine einfache Geschichte. gehört / sie / nämlich / zum Erbe einer ganzen Kultur.

Les pronoms

→ Précis p. 193

>> Observe et déduis

a. *Die Loreley verzaubert den Schiffer. Sie singt ihm ein wundersames Lied.*

b. *Sam spricht mit Laine. Er sagt ihr, dass er sie braucht, um am Leben zu bleiben.*

- Dis à quoi renvoient les mots *er*, *ihr* et *sie* dans la phrase **a** et *sie* et *ihm* dans la phrase **b**.
- Explique leur nature et fonction grammaticale.

>> Retiens

Un **pronom** remplace un nom. Son emploi permet d'éviter les répétitions et allège considérablement la phrase. En allemand, il existe des pronoms pour chaque cas. Ceux au génitif sont rarement utilisés.

>> Entraîne-toi

4 Remplace le groupe souligné par le pronom qui convient.

a. Laine konnte den Fischkörper im Wasser sehen.
b. Bill nahm das Handy und guckte den Film **an**.
c. Die Tänzer interpretieren die Geschichte mit ihren Körpern.
d. Der Schiffer hört der wundersamen Melodie **zu**.

5 Repère les pronoms et analyse-les.

(cas, personne et le nom auquel il se rapporte)

Sam ist ein Wasserwesen. Er hat eine Freundin und er spricht gern mit ihr. Sie sagt zu ihm: „Sei mir nicht böse, wenn ich nicht lange bei dir bleibe. Ich muss auch meine anderen Freunde sehen. Sie fragen mich oft nach dir. Ich weiß nicht immer, was ich ihnen antworten soll."
Da sagt also Sam: „Sag ihnen, was du willst. Sie sind deine Freunde und sie sollen mich auch kennenlernen."

MEIN PROJEKT ✓

Ich schreibe eine Geschichte über ein Wasserwesen.

Du schreibst deine Version einer der drei Legenden dieses Kapitels, aber dieses Mal mit einem positiven und glücklichen Ende.

SCHRITT 1

Lies nochmal die drei Geschichten und wähle die aus, die dir besonders gefällt.

SCHRITT 2

Lies deine Notizen und **schreibe** die wichtigen Informationen **auf**.

SCHRITT 3

Denk dir jetzt ein gutes Ende **aus**.

SCHRITT 4

Schreibe jetzt deine neue Fassung der Geschichte.

SCHRITT 5

Macht einen Lesewettbewerb! **Lies** den anderen deine Geschichte **vor**.

METHODIK

Utilise les acquis de la séquence.

- Consulte la rubrique *Vokabelcoach* et ton manuel.
- Construis tes propres phrases et réutilise les points de grammaire traités dans ce chapitre.

METHODIK

Utilise les pronoms au lieu de répéter les noms, notamment les noms propres.

- Identifie bien le genre et le cas du nom.
- Assure-toi que le nom auquel le pronom se rapporte est bien identifiable.

Kultur-Profi

Pour aller plus loin sur ce thème, flashe ce code.

hachette-clic.fr/25all2092

BÜCHER

MUSIK

FILM

Oskar KOKOSCHKA, *Loreley*, 1941

Edgar ENDE, *Loreley*, 1955-1963

GEMÄLDE

Kapitel 14

Ein Apfel für die Nachwelt

Wilhelm Tell – immer noch aktuell?

Dans ce chapitre...

Culture

- La légende de Guillaume Tell et ses valeurs
- Le *Schwyzerdütsch*, le dialecte suisse-allemand
- Une campagne suisse pour la tolérance

Langue

- Le lexique du courage et des valeurs
- Prononcer les mots en *-er*
- Le prétérit
- La cause et la conséquence

MEIN PROJEKT ...

- Schreibt eine kurze Rede!

STEIG EIN

1. Schau dir die Bilder an. Was kannst du über die Personen sagen?
2. Was passiert in der Legende vielleicht?

1 // Der Nationalheld Wilhelm Tell

A Die Geschichte von Wilhelm Tell

Die Geschichte von Wilhelm Tell gehört zu den Gründungsmythen[1] der Schweiz und ist ein universales Symbol des Widerstands[2] gegen die Unterdrückung[3]. Im Jahr 1291 herrschten die Habsburger über die Kantone Uri, Schwyz und Unterwalden und unterdrückten dort die Bevölkerung. In der Legende war Wilhelm Tell ein Schweizer Bergbauer, Vater von zwei Söhnen, und als exzellenter Bogenschütze[4] bekannt.

Der Reichsvogt Hermann Gessler, also ein offizieller Repräsentant der Habsburger, ließ auf dem Marktplatz von Altdorf im Kanton Uri eine Stange[5] mit seinem Hut aufstellen. Als Zeichen der Unterwerfung[6] mussten alle, die daran vorbeikamen, den Hut grüßen.

Der Legende nach ignorierte Wilhelm Tell den Hut, als er am 18. November 1307 den Platz mit seinem Sohn Walter überquerte. Er wusste, dass er sein Leben riskierte, falls Gessler davon erfuhr. Der Reichsvogt wurde alsbald informiert und zitierte Tell am nächsten Tag auf den Dorfplatz.

Gessler war nicht bereit, das rebellische Verhalten Tells zu akzeptieren, gab sich aber großzügig. Er stellte ihn vor die Wahl[7], entweder zu sterben oder mit seiner Armbrust einen Apfel vom Kopf seines Sohnes Walter zu schießen[8]. Tell spannte einen Pfeil[9] in seine Armbrust und traf den Apfel, ohne seinem Kind auch nur ein Haar zu krümmen.

Tell wurde trotzdem festgenommen[10], aber er entkam[11]. Danach hatte Tell nur eines im Sinn: Gessler zu finden und ihn zu töten. Er wartete auf Gessler, der auf dem Weg nach Hause war, im Wald. Dort erschoss[12] er den tyrannischen Reichsvogt mit einem Pfeil mitten ins Herz.

houseofswitzerland.org, 2022

1. *mythes fondateurs* 2. *la résistance* 3. *l'oppression* 4. *l'archer* 5. *le mât* 6. *la soumission* 7. *donner le choix* 8. *tirer* 9. *la flèche* 10. *arrêté* 11. *s'échapper* 12. *abattre*

Lest den Text.

1. **Lest** die Einleitung. Was erfahrt ihr über den historischen Kontext und die Hauptfigur?
2. **Konzentriert** euch auf die Aktionsverben in jedem Paragrafen. Welche Ereignisse finden statt?
→ **Grammatik** p. 142
3. Welche(s) Foto(s) von Seite 136 würdet ihr nehmen, um den Text zu illustrieren? **Begründet** eure Wahl.
4. **Fasst** die Legende jetzt mit eigenen Worten **zusammen**.

Sprachcoach!

Le prétérit → p. 142
- Pour les verbes faibles : radical + -te + terminaison
leben (du) → *du lebtest*
- Pour les verbes forts : radical modifié + terminaison
kommen (wir) → *wir kamen*

Vokabelcoach!

- der Held (en): *le héros*
- der Widerstand: *la résistance*
- mutig: *courageux(se)*
- wichtig: *important*
- als Symbol für ... dienen: *servir de symbole pour...*
- für ... kämpfen: *se battre pour*
- Werte vermitteln: *transmettre des valeurs*
- verkörpern: *incarner*

B Was verbinden Schweizer mit Tell? DIFFÉRENCIATION

VIDÉO 21
hachette-clic.fr/25all2093

1. **Lies** den Titel des Videos und schau dir das Foto an. **Stelle** Hypothesen zum Inhalt des Videos **auf**.
2. **Schau** dir jetzt das Video **an**. Welche Wörter kannst du identifizieren?
3. **Erkläre**, was die Schweizer also mit Wilhelm Tell verbinden.

Notes de la vidéo : der Verwandlungskünstler: *le "caméléon"* • die Freiheit: *la liberté* • das Unrecht: *l'injustice* • der Beschützer: *le protecteur* • die Werbung: *la publicité*

KURZ PROJEKT ...

Schreib in dein Tagebuch.
Du bist Wilhelm Tells Sohn und schreibst am Abend nach dem Apfelschuss in dein Tagebuch.
Du erzählst von den Ereignissen und deinen Gefühlen.

2 // Alte Legende neu vermarktet

A Eine Schweizer Komödie

Tell (2007) ★★★★☆

Der Filmemacher Mike Eschmann macht in dieser Komödie Wilhelm Tell zu einem Österreicher. Der wagt[1] sich nur deshalb in den Kampf gegen Gessler, weil ihm dafür der Schweizer Pass versprochen[2] wurde. Neben Mike Müller als Tell spielen auch einige Größen aus dem deutschen Fernsehen mit.

1. *oser* 2. *promis*

> **Sprachcoach!**
>
> **La cause et la conséquence**
> → p. 142
>
> - Exprimer **la cause** avec *weil* ou *denn*: *Ich mag die Legende, denn ich finde Tell sehr inspirierend.*
> - Exprimer **la conséquence** avec *also* ou *deshalb*: *Ich finde Tell bewundernswert. Deshalb mag ich die Legende.*

> **Vokabelcoach!**
>
> - der Abenteuerfilm: *le film d'aventure*
> - die Komödie: *la comédie*
> - lustig: *drôle*
> - klassisch: *classique*
> - spannend: *captivant*
> - bevorzugen: *préférer*
> - gefallen* (ie, a): *plaire*
> - schätzen: *apprécier*

B Ein deutsches Theaterstück

VIDÉO 22
hachette-clic.fr/25all2094

Notes de la vidéo : kummervoll = traurig • erdulden: *supporter*

Schaut euch die Dokumente an.

1. Welche Aspekte der Legende findet ihr in den Dokumenten wieder?
2. Wodurch differenzieren sich die verschiedenen Inszenierungen? Warum? → **Grammatik** p. 142
3. **Erkläre**, was du dir am liebsten anschauen würdest – das Theaterstück oder einen der Filme? **Begründe** deine Wahl!

C Ein internationaler Erfolg

KURZ PROJEKT

Mach ein Interview.

Ein Journalist interviewt einen Schauspieler, der Wilhelm Tell spielt. Welche Fragen könnt ihr stellen? Was könnte der Schauspieler über Wilhelm Tell sagen? → **Phonologie** p. 141

3 // Wieder zum Leben erweckt!

Über 30 Unternehmen setzen auch dieses Jahr ein Zeichen[1] für die LGBTIQ+-Community, für mehr Vielfalt und ein tolerantes Arbeitsumfeld[2]. Mittendrin: der via KI wieder zum Leben erweckte[3] Schweizer Nationalheld. Wie anno 1300 steht Wilhelm Tell auch 2023 für die Werte der Schweiz ein: Freiheit und Gerechtigkeit für alle Menschen. Unabhängig von[4] ihrer geschlechtlichen Identität oder sexuellen Orientierung. Als Protagonist der diesjährigen LGBTIQA+-Kampagne der Boston Consulting Group und Jung von Matt Limmat sensibilisiert er die Schweiz gemeinsam mit über 30 namhaften Unternehmen, darunter Swisscom, Roche, Novartis und UBS für mehr Vielfalt und ein tolerantes Arbeitsumfeld. Die Aktion für LGBTIQ+-Rechte am Arbeitsplatz wurde 2019 lanciert.
Um zu unterstreichen, dass Wilhelm Tell, die Schweizer Verkörperung des Kampfes gegen Unterdrückung und Diskriminierung schlechthin, 2023 an vorderster Front der Zurich Pride mitlaufen würde, wurde er mittels künstlicher Intelligenz wieder zum Leben erweckt. So erfährt[5] die Schweiz dank ChatGPT, welche Rede er dieses Jahr am Pride-Demonstrationsumzug[6] halten[7] würde.

persoenlich.com, 2023

1. faire un geste, s'investir 2. environnement de travail 3. ramené à la vie 4. sans tenir compte de 5. apprendre 6. le cortège de manifestants 7. faire un discours

Vokabelcoach!
- das Vorbild (er): *le modèle*
- außergewöhlich: *extraordinaire*
- erfinden* (a, u): *inventer*
- Großes erreicht haben: *avoir accompli de grandes choses*
- die Freiheit: *la liberté*
- die Gerechtigkeit: *la justice*

METHODIK
Appuie-toi sur les champs lexicaux travaillés, les mots transparents et les mots répétés pour identifier les éléments principaux du texte.

Lies den Text und wähl deinen Weg. DIFFÉRENCIATION

A2
1. a. **Schau** dir das Plakat an. Erkläre den Satz „Generiert durch KI".
   b. Wofür wirbt dieses Plakat?
2. **Lies** den Text. Wie wird Wilhelm Tell noch genannt?
3. Welche Werte nennt der Artikel?

A2+
1. **Lies** die Einleitung des Textes. Was bedeutet KI und warum wird sie hier genannt?
2. **Sammle** Informationen über diese Kampagne (wer, wann, wo, was) und über die Rolle von Wilhelm Tell.
3. Was ist das Ziel der Kampagne? → Grammatik p. 142

3 ZUSAMMEN Diskutiert:
a. Warum haben die Macher der Werbekampagne Tell mit KI zum Leben erweckt?
b. Welches andere Vorbild möchtet ihr wieder zum Leben erwecken und warum?
→ Phonologie p. 141

WORTSCHATZ!

EIN ZEITLOSER HELD

die Legende

- der Gründungsmythos/en: *le mythe fondateur*
- der Pfeil (e): *la flèche*
- der Schuss (¨e): *le tir*
- die Armbrust (¨e): *l'arbalète*
- die Unterdrückung: *l'oppression*
- tyrannisch: *tyrannique*
- entkommen* (a, o): *s'échapper*
- erschießen* (o, o): *abattre*
- grüßen: *saluer*
- auf ... schießen* (o, o): *tirer sur*
- vor die Wahl stellen: *donner le choix*
- unterdrücken: *opprimer*
- sich vor etw verneigen: *s'incliner devant*
- zwingen* (a, u): *obliger*

der Held

- der Nationalheld (en): *le héros national*
- der Bogenschütze (n): *l'archer*
- der Bauer (n): *le paysan*
- der Familienvater (¨): *le père de famille*
- das Vorbild (er): *le modèle*
- außergewöhnlich: *extraordinaire*
- bewundernswert: *admirable*
- entschlossen: *déterminé(e)*
- mutig: *courageux(euse)*
- unterdrückt: *opprimé(e)*
- Angst haben: *avoir peur*
- für etw kämpfen: *se battre pour*

die Werte

- der Wert (e): *la valeur*
- der Widerstand: *la résistance*
- die Brüderlichkeit: *la fraternité*
- die Freiheit: *la liberté*
- die Gerechtigkeit: *la justice*
- die Diskriminierung: *la discrimination*
- die Toleranz: *la tolérance*
- die Vielfalt: *la diversité*
- unabhängig von: *sans tenir compte de*
- wichtig: *important(e)*
- sich für etw ein/setzen: *s'engager pour*
- Großes erreichen: *accomplir de grandes choses*
- gegen etw kämpfen: *se battre contre*
- vermitteln: *transmettre*
- verteidigen: *défendre*
- zeitlos: *intemporel(le)*

das Kulturerbe

- der Comic (s): *la BD*
- die Oper (n): *l'opéra*
- die Werbekampagne (n): *la campagne publicitaire*
- die Werbung (en): *la publicité*
- das Abenteuer (-): *l'aventure*
- das Kulturerbe: *le patrimoine culturel*
- das Theaterstück (e): *la pièce de théâtre*
- bekannt: *connu(e)*
- spannend: *captivant(e)*
- weltberühmt: *célèbre dans le monde entier*
- dar/stellen: *représenter*
- als Symbol für etw dienen: *servir de symbole à*
- wieder zum Leben erwecken: *ramener à la vie*
- verkörpern: *incarner*
- vermarkten: *commercialiser*

exercices interactifs
hachette-clic.fr/25all2095

Üben

1 Retrouve le genre des noms suivants (féminin ou masculin). Quel lien peux-tu établir entre les suffixes et ces genres ?

Freiheit – Habsburger – Gerechtigkeit – Unterdrückung – Kultur – Orientierung – Vater – Diskriminierung – Bauer – Eigenständigkeit – Literatur

	der	die
suffixes	…	…

2 Associe chaque mot ou expression à son contraire.

1. mutig sein
2. der Held
3. in Unterdrückung leben
4. vor die Wahl stellen
5. entschlossen

a. zwingen
b. in Freiheit leben
c. der Feigling
d. Angst haben
e. unsicher

3 Repère l'intrus dans les listes suivantes.

a. mutig – bewundernswert – tyrannisch – außergewöhnlich

b. die Legende – das Theaterstück – der Film – der Comic

c. der Nationalheld – der Bogenschütze – der Bauer – der Reichsvogt

d. unterdrücken – für etw kämpfen – verteidigen – sich für etw ein/setzen

4 Complète ce texte grâce aux éléments proposés.

vermittelt – Mythen – Schweizer – weltberühmt – Gerechtigkeit – Apfelschuss

Hat Wilhelm Tell wirklich existiert? - Wahrscheinlich nicht. Aber seine Legende ist …, vor allem für die Szene mit dem … . Der … Nationalheld … auch heute noch wichtige Werte, wie zum Beispiel Freiheit und … .

4 Observe le dessin. Parmi les mots suivants, lesquels désignent un élément de cette image ?

der Bogenschütze – der Schuss – der Soldat – die Stange – die Werbung – mutig – Angst haben – der Hut – die Armbrust – die Gerechtigkeit

Phonologie

AUDIO 33
hachette-clic.fr/25all2096

La prononciation des mots en -er ou -r

Le « -er » à la fin des mots allemands se prononce grâce au son **/ɐ/** ou **/ɐ̯/** qui n'existe pas en français. Il est très proche du schwa anglais, comme cup [kɐp].

On retrouve ce son également à la fin des mots allemands en /r/ et précédé d'une voyelle, par exemple : wir [viːɐ̯], Kultur [kʊlˈtuːɐ̯], vor [foːɐ̯].

1 Écoute les mots suivants, puis répète-les.

a. wieder b. Kultur c. aber d. Gessler e. davor f. hier

2 Dictée ! Ecoute et note les 10 mots que tu entends. Ils ne comportent pas tous forcément le son /ɐ/ ou /ɐ̯/ !

3 Entraîne-toi à lire le texte suivant à voix haute.

Der Schweizer Nationalheld Wilhelm Tell kämpfte für die Freiheit. Seine Geschichte lebt nicht nur im Theater, sondern auch im Kino weiter. Entweder wird er als mutiger Held, oder als Antiheld dargestellt.

exercices interactifs
hachette-clic.fr/25all2097

Le prétérit

→ Précis p. 194

>> Observe et déduis

a. Wilhelm Tell kämpfte für Freiheit und Demokratie.

b. Der Reichsvogt ließ eine Stange mit seinem Hut aufstellen.

- Observe les verbes conjugués et leur infinitif.
- Que constates-tu sur le radical ?

>> Retiens

On forme le radical du prétérit en ajoutant **-te** au radical des verbes faibles et des verbes de modalité. Les verbes de modalité ne gardent pas leur *Umlaut* (ignorieren → ignorier**te** ; können → konn**te**). Il faut apprendre par cœur le radical du prétérit des auxiliaires et des verbes forts (sein → war; schießen → schoss).
Les terminaisons sont les suivantes :
Ø, st, Ø, (e)n, (e)t, (e)n.

>> Entraîne-toi

1 Classe les verbes suivants en verbes faibles, forts, de modalité et auxiliaires. Puis indique le(s) pronom(s) personnel(s) correspondant(s) aux formes verbales.
hatten – lebtest – musste – überquertet

2 Conjugue les verbes entre parenthèses au prétérit.
a. Wilhelm Tell und seine Familie … (*leben*) im Kanton Uri.
b. Friedrich von Schiller … (*schreiben*) ein Theaterstück über die Legende.
c. Die Einwohner … (*wollen*) sich nicht vor dem Hut verneigen.
d. Die Legende … (*werden*) weltberühmt.
e. … (*sein*) du schon in der Schweiz?

3 Repère les verbes conjugués, puis réécris le texte au prétérit.
Die Habsburger herrschen über Teile der Schweiz und ihre Reichsvögte unterdrücken das Volk. Gessler ist besonders tyrannisch. Er befiehlt den Einwohnern, sich vor seinem Hut zu verneigen, aber Wilhelm Tell weigert sich. Als Strafe muss er auf einen Apfel auf dem Kopf seines Sohnes schießen. Diese Legende geht in die Geschichte ein, und Tell wird zum Symbol für die Befreiung der Schweiz.

La cause et la conséquence

→ Précis p. 201

>> Observe et déduis

a. Tell wurde bestraft, denn er hatte den Hut nicht gegrüßt.

b. Tell wurde bestraft, weil er den Hut nicht gegrüßt hatte.

- Observe les termes en gras. Qu'expriment-ils ?
- Repère la place des verbes conjugués dans les phrases.

>> Retiens

Pour exprimer la cause, on utilise ***weil*** ou ***denn***. ***weil*** introduit une subordonnée avec le verbe conjugée à la fin. ***denn*** n'a pas de conséquence sur l'ordre des mots. Pour exprimer la conséquence, on peut utiliser l'adverbe ***deshalb***.

>> Entraîne-toi

4 Complète les phrases suivantes avec *weil, denn* ou *deshalb*.
a. Wilhelm Tell ist der Schweizer Nationalheld, … er wichtige Werte verkörpert.
b. Es gibt immer wieder neue Verfilmungen über Wilhelm Tell. … bleibt die Legende aktuell.
c. Man erkennt Tell sofort, … er wird mit einer Armbrust dargestellt.
d. Tell war mutig und ein toller Bogenschütze. … bewundere ich ihn.

5 Cause ou conséquence ? Relie les phrases en utilisant *weil, denn* ou *deshalb*.
a. Die Unternehmen setzen sich für mehr Vielfalt ein. Sie organisieren eine Werbekampagne.
b. Die Legende wurde weltberühmt. Friedrich Schiller schrieb ein Theaterstück über sie.
c. Die Schweizer hassten Gessler. Er war ein Tyrann.
d. Der britische Film « William Tell » hat gute Kritiken. Viele Menschen wollen ihn ansehen.

MEIN PROJEKT ✓

Wir schreiben eine Rede

Die Künstliche Intelligenz hat Wilhelm Tell wieder zum Leben erweckt.
Ihr schreibt seine Rede für Freiheit und Demokratie.

SCHRITT 1

Notiert, was Tell über sich und sein Leben erzählen kann.

METHODIK

Respecter le contexte

- Tu es à la place de Wilhelm Tell. Le discours se fera donc à la 1re personne du singulier !
- Sois cohérent(e) dans l'utilisation du prétérit et du présent.

SCHRITT 2

Überlegt, über welche Werte Tell in seiner Rede sprechen möchte und warum.

SCHRITT 3

Nehmt die Rede **auf** oder **lest** sie der Klasse **vor.** Welche Rede ist am überzeugendsten?

METHODIK

Organiser le discours

- Adresse-toi à tes auditeurs et fais des transitions entre les différentes parties du discours.
- Hiérarchise tes idées en les liant entre elles, notamment la cause et la conséquence.

Kultur-Profi

BÜCHER

MUSIK

KUNST

Telldenkmal Bronzestatue von Richard Kissling in Altdorf, 1895

Pour aller plus loin sur ce thème, flashe ce code.

hachette-clic.fr/25all2098

FILME

Faust – ein beliebter Antiheld

Müssen wir Klassiker aktualisieren, um sie heute noch zu verstehen?

Dans ce chapitre...

Culture

- L'histoire de Faust
- Des réinterprétations musicale ou littéraire de la figure de Faust

Langue

- Le lexique du récit de la légende
- ß ou ss ?
- Le discours indirect
- Le passif présent

MEIN PROJEKT ...

- Schreib den Klappentext einer Manga-Version von Faust.

STEIG EIN

1. Betrachte die Bilder und stelle Hypothesen über Fausts Identität auf.
2. Worum geht es deiner Meinung nach in der Geschichte von Faust?

1 // Faust – eine alte Geschichte

A Goethes Faust in 90 Sekunden

METHODIK

Pour prendre des **notes sur une vidéo**, commence par noter l'essentiel des mots saillants, des dates, pas nécessairement des phrases. Ensuite, cherche à comprendre le sens dans le contexte.

VIDÉO 23
hachette-clic.fr/25all2099

Schau dir das Video an

1. **Mach** dir Notizen zu den Figuren, zum Pakt, den Effekten des Zaubertranks und was dann passiert.
2. Hat sich bestätigt, was du über die Bilder auf Seite 144 gedacht hast?
3. Was ist anders? → **Grammatik** p. 150

Notes de la vidéo : das Meisterwerk: *le chef d'œuvre* • die Seele: *l'âme* • der Zaubertrank: *la potion magique* • der Heide: *le païen* • der Kerker = das Gefängnis

B Wer sind die Figuren? DIFFÉRENCIATION

Lies die drei Texte.

1. **Mach** dir in deinem Heft ein Schema zu den Beziehungen zwischen diesen drei Personen.
2. Welche Adjektive beschreiben diese Figuren am besten? **Erkläre.**

Mephisto schließt eine Wette mit Gott ab. Er möchte Faust verführen, um seine Seele zu erhalten. Um dies zu erreichen, benutzt er einige Tricks.

Heinrich Faust ist die Hauptfigur des Dramas. Er weiß sehr viel, weil er lange studiert hat, aber eine Sache fehlt ihm: die Liebe. Er ist verzweifelt. Da kommt Mephisto, der Teufel, zu ihm und bietet ihm einen Vertrag an. Durch seine Unterschrift wird Faust zwar jünger und attraktiver, aber er verschenkt seine Seele.

Margarete (Gretchen) ist eine naive junge Frau, die sich in Faust verliebt, nachdem er durch den Zaubertrank wieder zu einem jungen Mann geworden ist. Margarete wird von Faust schwanger. Aus Verzweiflung tötet sie das Kind. Sie wird festgenommen und angeklagt.

Sprachcoach!

Le discours indirect → p. 150

- On peut rapporter les paroles de quelqu'un avec une proposition subordonnée introduite par « dass ». *Faust sagt, **dass** er in Margarete verliebt ist.*
- Attention au verbe à la fin !

Vokabelcoach!

- die Figur (en): *le personnage*
- jdm fehlen: *manquer à qqn*
- der Teufel (-): *le diable*
- einen Vertrag unterschreiben * (ie, ie): *signer un contrat*
- eine Wette ab/schließen* (o, o): *faire un pari*
- der Zaubertrank (¨e) = ein magisches Getränk
- verführen: *séduire*
- listig: *rusé*
- schwanger sein: *être enceinte*
- töten: *tuer*

KURZ PROJEKT

Schreib eine Zusammenfassung.

Fass mit eigenen Worten die Geschichte von Faust kurz zusammen.

2 // Und Faust heute?

A Im Comic

Lies den Comic.

1. **a.** Was macht Faust? Was passiert mit ihm?
   b. Wie wird Mephisto dargestellt? **Mach** eine Liste mit Adjektiven, die ihn beschreiben.
2. **Erzähl** die Szene.

> **Sprachcoach!**
>
> **Le passif présent** → p. 150
>
> • Pour accentuer que le sujet subit l'action, on utilise le passif : *Gretchen wird (von Faust) angesprochen.*

B In der Rockoper

Hör dir die Aufnahme an.

1. Welche Geschichte wird erzählt, um welche Themen geht es?
2. Welche Informationen bekommst du über die Musik?
3. **Zeige**, dass die Rockoper ein Erfolg ist.

AUDIO 34
hachette-clic.fr/25all2100

Notes de l'audio : unterhaltsam: *divertissant* • die großen Menschheitsthemen: *les grands sujets de l'humanité* • die Schuld: *la culpabilité* • das Volksstück: *la pièce populaire*

KURZ PROJEKT ...

Schreib einen Kommentar.
Du hast mehrere Neuinterpretierungen der Geschichte kennengelernt. Welche findest du besser? Warum?

C Eine feministische Version

AUDIO 35 hachette-clic.fr/25all2101

DICHTERIN[1]
Faust.

THEATERDIREKTORIN
Dein Ernst, ja? Faust?

DICHTERIN
Du wolltest einen Klassiker. Da hast du ihn.

THEATERDIREKTORIN
Aber Faust?

DICHTERIN
Neues deutsches Theater! Nichts ist deutscher als Faust.

THEATERDIREKTORIN
Aber warum nicht was Netteres? Kabale und Liebe[2]...

DICHTERIN
Kitsch.

THEATERDIREKTORIN
Maria Stuart![2]

DICHTERIN
Öde.

THEATERDIREKTORIN
Ach, von mir aus die Nibelungen ...

DICHTERIN
(Würgt) Geh mir bloß weg mit denen.

THEATERDIREKTORIN
Aber Faust ist doch so ...

DICHTERIN
Ich schreib ihn ja neu.

THEATERDIREKTORIN
Ich weiß nicht. Das fühlt sich nicht richtig an. Faust ist einfach so ...

Lustige Person kommt dazu.

LUSTIGE PERSON
Was, Faust? Wer macht hier Faust?

DICHTERIN
Ich schreib ihn neu, den Faust. Für die Eröffnung.

LUSTIGE PERSON
Oha. (klopft auf Holz) Ganz schön gewagt.

DICHTERIN
Was soll das denn heißen?

LUSTIGE PERSON
Ach, vergiss es. Wen spiele ich?

DICHTERIN
Was weiß ich. Ich bin bloß die Dichterin.

LUSTIGE PERSON
(zur Theaterdirektorin) Lass mich Gretchen sein!

DICHTERIN
Oh Gott, Gretchen.

THEATERDIREKTORIN
Das ist es. Faust ist so misogyn!

DICHTERIN
Nenn mir bitte einen Klassiker, der nicht misogyn ist. Ich warte ...

LUSTIGE PERSON
Wer spielt denn jetzt Gretchen?

DICHTERIN
Niemand. Es gibt kein Gretchen.

THEATERDIREKTORIN
Und wie soll das gehen?

DICHTERIN
Na, das sehen wir dann.

THEATERDIREKTORIN
Wenn es kein Gretchen gibt, gibt es keinen Faust, so einfach ist das. Der Herrscher[3] kann nicht herrschen, wenn er keinen Knecht[4] hat, der ihn als Herrscher anerkannt.

DICHTERIN
Das ist nicht die Art von Geschichte, die ich erzählen will.

Fatma AYDEMIR, *Doktormutter Faust*, 2024

1. der Dichter (-) = der Autor (en) 2. *Kabale und Liebe* und *Maria Stuart* sind Theaterstücke von Friedrich Schiller. 3. *le maître* 4. *le serviteur/servante*

Vokabelcoach!
- zur Populärkultur gehören: *appartenir à la culture populaire*
- als Film / Serie / Comic adaptiert: *être adapté en film / série / bande dessinée*
- neuinterpretiert: *réinterpréter*
- wirklichkeitsgetreu: *fidèle à la réalité*
- (nicht) zustimmen: *ne (pas) être d'accord*

Lies den Text und wähl deinen Weg. DIFFÉRENCIATION

A2+
1 **Notiere** folgende Informationen : wie das Stück heißt, wer es geschrieben hat, die Namen der Personen.
2 **a.** Worüber sprechen sie?
b. Was will die Dichterin?

B1
1 **Notiere**, was die Dichterin über verschiedene Theaterstücke sagt.
2 Was will sie mit dem Stück Faust machen? Wie begründet sie das?

3 **ZUSAMMEN**
Tauscht eure Eindrücke über die Szene **aus**. Was ist an dieser neuen Version originell?

WORTSCHATZ!

Ein Klassiker

- beurteilen: *juger, donner son avis*
- bekannt: *connu(e)*
- unterhaltsam: *divertissant (e)*
- berühmt: *célèbre*
- wirklichkeitsgetreu: *fidèle à la réalité*
- weltweit: *mondial(ement)*
- aufgeführt werden : *être à l'affiche*
- neu/schreiben* (ie, ie): *réécrire*
- zur Populärkultur gehören: *appartenir à la culture populaire*

Faust

- die Wissenschaft (en): *la science*
- das Gift (e): *le poison*
- der Teufel (-): *le diable*
- die Seele (n): *l'âme*
- die Hexe (n): *la sorcière*
- der Zaubertrank (¨e): *la potion magique*
- der Vertrag (¨e): *le contrat*
- klug = intelligent
- böse ≠ nett
- listig: *rusé*
- schwanger: *enceinte*
- niedergeschlagen = deprimiert
- studieren: *étudier*
- jdm fehlen: *manquer à qqn*
- einen Pakt ein/gehen* (i, a): *conclure un pacte*
- sich in jdn verlieben: *tomber amoureux de qqn*
- sterben* (a, o): *mourir*

FAUST - DER MYTHOS

Neuinterpretation

- die Neuinterpretation: *la nouvelle interprétation*
- zeitgemäß: *dans l'air du temps*
- adaptieren: *adapter*
- interpretieren: *interpréter*
- modernisieren: *moderniser*
- täuschen: *tricher*
- verraten* (ie, a): *trahir*
- der Zeit an/passen: *adapter à l'époque*
- etw. (+ acc.) um/ schreiben (ie, ie): *réécrire*
- dem Orignal treu bleiben* (ie, ie): *rester fidèle à l'original*

Genres und Künstler

- die Legende (n): *la légende*
- die Geschichte (n): *l'histoire*
- das Theaterstück (e): *la pièce de théâtre*
- die Oper (n): *l'opéra*
- der Autor, die Autorin: *l'auteur, l'autrice*
- der Dichter, die Dichterin: *le poète*
- der Schauspieler (-): *le comédien*
- der Komponist (en, en): *le compositeur*
- die Inszenierung (en): *la mise en scène*
- schreiben* (ie, ie): *écrire*
- erfinden* (a, u): *inventer*
- schaffen* (u, a): *créer*

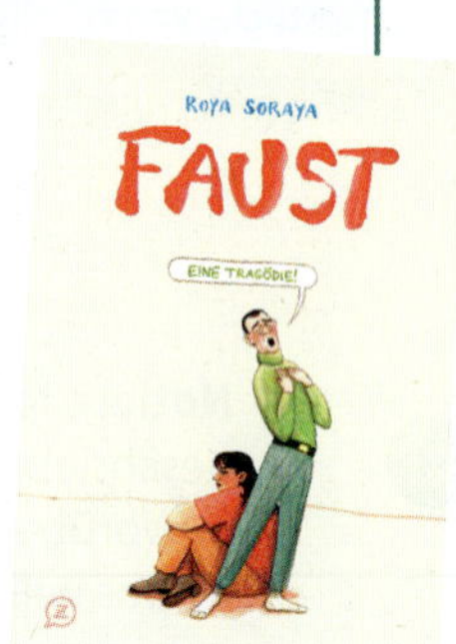

exercices interactifs
hachette-clic.fr/25all2102

Üben

1 Choisis le mot approprié dans la liste suivante pour compléter chaque phrase.

der Teufel, ein/gehen, die Hexe, sterben, der Zaubertrank, listig Neuinterpretationen, verlieben

a. Faust … mit dem … einen Vertrag ….
b. Die … bereitet einen … für Faust vor.
c. Faust und Gretchen … sich ineinander.
d. Mephisto wird als sehr … dargestellt.
e. Am Ende der Geschichte muss Gretchen ….
f. Es gibt viele … der Legende von Faust.

2 Was gehört nicht dazu? Chasse l'intrus.

a. die Figur – die Person – das Mädchen – die Oper
b. umschreiben – kreieren – radieren – neuschreiben
c. der Engel – der Teufel – die Hexe – böse
d. studieren – vergessen – lernen – üben – arbeiten

3 Wortsalat – Mets les lettres dans le bon ordre.

a. TSCHENSCIWFA
b. RFENITSRCTUH
c. EALRSUPCHSEI
d. GRTVERA

4 Associe chaque mot à son synonyme.

1. niedergeschlagen	**a.** locken
2. verführen	**b.** umschreiben
3. Vertrag	**c.** Forschung
4. Wissenschaft	**d.** traurig
5. aufgeführt	**e.** Pakt
6. neuschreiben	**f.** gespielt

5 Associe chaque mot à la bonne définition allemande.

1. der Dichter
- **a.** eine Person, die ein Sachbuch schreibt
- **b.** eine Person, die Gedichte schreibt
- **c .** eine Person, die Musik komponiert

2. die Oper
- **a.** ein musikalisches Theaterstück
- **b.** eine Geschichte, die nur erzählt wird
- **c.** ein Gedicht

3. erfinden
- **a.** etwas neu schaffen
- **b.** etwas kopieren
- **c.** etwas in einem Buch lesen

4. die Inszenierung
- **a.** die Aufführung eines Theaterstücks
- **b.** das Schreiben von Geschichten
- **c.** das Erfinden von Musik

6 Complète les phrases avec le mot en allemand qui convient.

Komponist – Dichter – Neuschreibung – Legende

a. Der … arbeitet an einem neuen Gedicht über die Natur.
b. Eine … erzählt oft von fantastischen oder historischen Ereignissen.
c. Mozart war ein berühmter … und hat viele Opern geschaffen.
d. Die … des neuen Theaterstücks ist wirklich modern und kreativ.

Phonologie

ß ou ss ?

En allemand, le **ß** et **ss** sont utilisés pour des sons similaires. Toutefois, **ß** est utilisé dans des mots où la voyelle précédente est longue, et **ss** dans des mots avec une voyelle courte.

AUDIO 36
hachette-clic.fr/25all2103

1 Répète les mots suivants.

Straße – fassen – bloß – blass – messen – Maß – Fuß – müssen

2 Lis le texte suivant à voix haute.

Der Sommer brachte viel Spaß und Erholung.
Jeden Tag spazierten wir an der Straße entlang,
genossen die frische Luft und das Maß an
Sonne. Abends saßen wir am Fluss und sahen
ihn fließen.

exercices interactifs
hachette-clic.fr/25all2104

Le discours indirect

→ Précis p. 201

Observe et déduis

a. *Faust sagt, dass er zu wenig weiß.*

b. *Margarete meint, dass Faust ein attraktiver Mann ist.*

Observe bien la position des verbes dans la principale et dans la subordonnée. Que faut-il en déduire ?

Retiens

• Le discours indirect (*indirekte Rede*) en allemand est utilisé pour transmettre les paroles ou pensées de quelqu'un sans les citer directement. On utilise souvent des phrases introduites par *dass*.

• La proposition principale introduit le discours rapporté, souvent avec des verbes comme *sagen* (dire), *schreiben* (écrire), *meinen* (penser), *behaupten* (prétendre).

Entraîne-toi

1 Transforme ces phrases au discours rapporté.

a. Faust: „Ich will den Sinn des Universums verstehen."

b. Mephisto: „Ich verspreche dir ein Leben voller Vergnügen."

c. Faust: „Margarete ist eine reine Seele."

2 Complète les phrases au discours rapporté.

a. Mephisto sagt, …
(Faust / den Vertrag / unterschreiben / wollen).

b. Faust meint, …
(mit seinem Wissen / nicht / zufrieden / sein).

c. Faust erklärt, …
(er / Margarete / lieben).

d. Mephisto behauptet,
(Faust / Gretchen heiraten / werden)

3 Reconstitue les phrases.

a. Antworten / erklärt, / dass / die Wissenschaft / ihm / keine / Faust / gibt.

b. Mephisto sagt, / Faust / immer / dass / zweifeln / wird.

c. dass / er / Mephisto / sagt, / den Pakt / erfüllen / kann.

d. sagt / Faust / dass / nur einen Moment glücklich sein / er / möchte

Le passif présent

→ Précis p. 197

Observe et déduis

a. *Die Rolle von Gretchen wird aus dem Stück gestrichen.*

b. *Dabei werden die Texte von J.W. Goethe verwendet.*

Observe les formes verbales des deux phrases. Que remarques-tu ?
→ Déduis la formation du passif présent. ?

Retiens

Avec le passif, c'est l'objet qui subit l'action.
En allemand, le passif est très utilisé. Il se forme avec l'auxiliaire werden conjugué au présent et le participe 2. Le complément d'objet est introduit par *von*.

Entraîne-toi

4 Transpose les phrases suivantes à la voix passive.

a. Faust geht einen Pakt mit Mephisto ein.

b. Mephisto spricht Faust an.

c. Die Studenten bewundern Fausts Wissen.

d. Mephisto täuscht Faust.

5 Réécris ces phrases passives à la voix active.

a. Faust wird von Mephisto manipuliert.

b. Gretchen wird von Faust geliebt.

c. Viele wichtige Fragen werden von Faust gestellt.

d. In Goethes Drama werden wichtige Themen des Lebens behandelt.

6 Remets les mots dans l'ordre.

a. wird / von / Faust / Mephisto / getäuscht.

b. ein / mit / wird / dem Teufel / Pakt / geschlossen.

c. geliebt / Gretchen / von / wird / Faust.

d. bearbeitet / wird / von Goethe / die Faust-Legende / bearbeitet.

MEIN PROJEKT ✓

Ich schreibe einen Klappentext.

Schreib den Klappentext für das Cover und mach jungen Lesern Lust, die neue Version der Geschichte von Faust zu entdecken.

SCHRITT 1

Sammle Ideen und Vokabeln aus dem Kapitel, um die Geschichte von Faust zusammenfassen zu können.

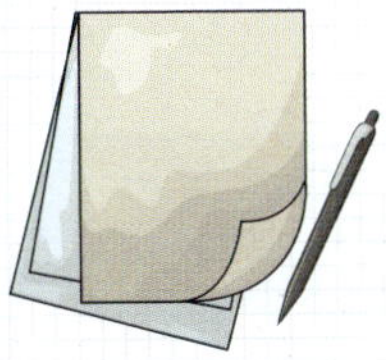

SCHRITT 2

Suche Argumente, warum junge Leser und Leserinnen das Manga unbedingt lesen sollten.

SCHRITT 3

Schreibe den Klappentext. Versuche, überzeugend zu sein.

METHODIK

Faire une 4e de couverture

- Résume l'intrigue, pour donner envie aux lecteurs, mais sans en dire trop.
- Décris en quelque ligne le caractère des personnages.
- Pense à citer des opinions de critique au discours rapporté !

Kultur-Profi

Pour aller plus loin sur ce thème, flashe ce code.

hachette-clic.fr/25all2105

BÜCHER

GEMÄLDE

FRANZ DOBIASCHOFSKY, *Faust und Gretchen im 19. Jahrhundert*, 1848

FILME

Kultur macht Spaß!

Legenden ABC

Welche Wörter passen zu welcher Geschichte? Ordne zu. Wer am schnellsten alles richtig gefunden hat, hat gewonnen! (Manche Wörter passen zu mehreren Geschichten.)

Wilhelm Tell

Loreley

Faust

1 Apfel
2 Boote
3 Felsen
4 Freiheit
5 Gedicht
6 Gesang
7 Goethe
8 Gold
9 Heine
10 Liebe
11 Macht
12 Nationalheld
13 Rebellion
14 Rhein
15 Schiffer
16 Sage
17 Schweiz
18 Schuss
19 Treue
20 Tyrannei
21 Wasser
22 Wissenschaft
23 Zaubertrank

Lösung
Tell 1, 4, 11, 12, 13, 16, 17, 18, 19, 20, **Loreley** 2, 3, 5, 6, 9, 10, 14, 15, 16, 19, 21 **Faust** 7, 8, 10, 11, 16, 22, 23

Richtig oder falsch?

Bist du ein Loreley-Experte?

1. Es gibt einen Felsen am Rhein, der nach der Loreley benannt ist.
2. Heinrich Heine hat das Loreley-Gedicht aus dem Italienischen übersetzt.
3. Die Loreley wird meistens mit roten Haaren dargestellt.
4. Die Loreley verzaubert die Männer mit ihren großen grünen Augen.
5. Heines Gedicht ist in der ganzen Welt bekannt.
6. Es gibt eine Lied-Version des Gedichts.

Lösung
1. Richtig **2.** Falsch **3.** Falsch **4.** Falsch **5.** Richtig **6.** Richtig

Zitatepuzzle

Finde heraus, wer was gesagt hat und ordne die Zitate zu. Manchmal gehören mehrere Zitate zur gleichen legendären Person!

1. Ich bin ein alter Mann, der sehr viel gelesen hat, aber ich bin sehr unglücklich.
2. Ich sitze auf einem Felsen und singe. Das ist fatal für die Männer. Aber mir egal!
3. Ich bin ein mächtiger Mann. Alle müssen mich respektieren, und wer meinen Hut nicht grüßt …
4. Hilfe! Auf meinen Kopf kommt ein Apfel. Hoffentlich schießt mein Vater nicht daneben …
5. Ich bin klug und listig. Den alten Professor werde ich schon dazu bringen, dass er sich verliebt.
6. Wie konnte mir das passieren? Ich weiß mir nicht mehr zu helfen!
7. Freiheit! Sie ist, was mich interessiert!
8. Ich fühle mich mit einem Mal so gut! Danke, mein lieber Mephisto!
9. Ein Gedicht über mich wird so berühmt, dass alle es kennen. Danke, lieber Heinrich Heine!
10. Gessler wird mir nicht so einfach entkommen!

Lösung
1. c **2.** g **3.** f **4.** e **5.** a **6.** b **7.** d **8.** c **9.** g **10.** d

13 Chronologie-Crack!

Bring die Ereignisse in die chronologische Reihenfolge. Einige Indizien hast du – den Rest musst du raten!

Johann Wolfgang von Goethe

*1749 - ???
wurde sehr alt…

Friedrich Schiller

*1759 - ???
starb mit 46

Heinrich Heine

*1797 - ???
wurde nicht ganz sechzig Jahre alt

1749 · 1307 · 1759 · 1797 · 1804 · 1805 · 1808 · 1824 · 1832 · 1856 · 1997

- **A** „Faust 1"
- **B** Geburt Schiller
- **C** Erstaufführung Rockoper „Faust"
- **D** Tod Schiller
- **E** Legende von Wilhelm Tell
- **F** Geburt Heinrich Heine
- **G** Geburt Johann Wolfgang Goethe
- **H** Tod Goethe
- **I** Tod Heine
- **J** Schiller-Drama „Wilhelm Tell"
- **K** Loreley-Gedicht und Lied

Lösung
1307 **E** / 1749 **G** / 1759 **B** / 1797 **F** / 1804 **J** / 1805 **D** / 1808 **A** / 1824 **K** / 1832 **H** / 1856 **I** / 1997 **C**

Die Legende der Nibelungen

Bring die Geschichte in die richtige Reihenfolge.

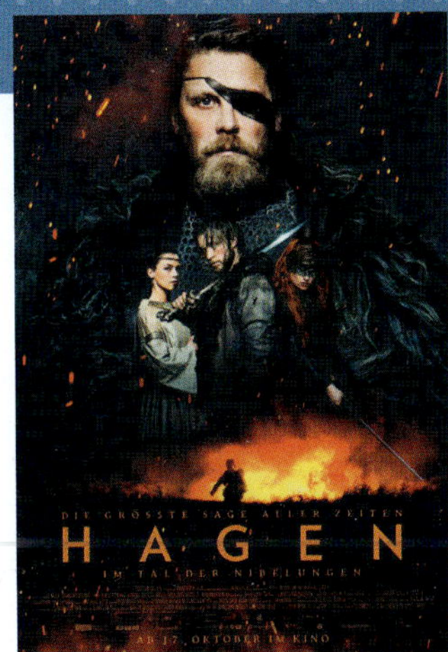

Figurenkonstellation

- **Kriemhild** ↔ **Siegfried von Xanten**: *verheiratet mit*
- **Kriemhild** ↔ **Gunther**: *Geschwister*
- **Kriemhild** ↔ **Brünhild**: *Streit*
- **Brünhild** ↔ **Gunther**: *verheiratet mit*
- **Siegfried von Xanten** → **Gunther**: *hilft*
- **Hagen von Tronje** → **Siegfried von Xanten**: *tötet*
- **Hagen von Tronje** → **Gunther**: *folgt*

1. Hagen nimmt Kriemhild den Schatz weg und versenkt ihn im Rhein.
2. Hagen von Tronje (Brünhilds Knecht) will seine Herrin rächen. Er tötet Siegfried mit einem Speer – eine Stelle an seinem Rücken war verwundbar geblieben.
3. König Gunther, Kriemhilds Bruder, ist einverstanden. Aber Siegfried soll ihm erst helfen, Brünhild zu heiraten.
4. Noch heute suchen manche Menschen nach dem Schatz …
5. Er kommt nach Worms. Hier will er die schöne Kriemhild heiraten.
6. Kriemhild ist Witwe. Sie ist in großer Trauer. Noch aber hat sie den Schatz, den Siegfried ihr geschenkt hat: den Nibelungen-Schatz.
7. Siegfried tötet einen Drachen. Er badet in seinem Blut und wird unverwundbar.
8. Kriemhild und Brünhild streiten sich.

Lösung
7 – 5 – 3 – 8 – 2 – 6 – 1 – 4

Molecule Men in der Spree, Berlin

axe 6

Les pays germanophones au carrefour de l'Europe

16 Tandem D + F — A2

Wie wichtig ist uns die deutsch-französische Freundschaft?

PROJEKT

Stell ein Plakat zum Tag der deutsch-französischen Freundschaft vor.

17 Blick gen Osten — A2+

Wie verbunden ist Deutschland mit dem Osten?

PROJEKT MÉDIATION

Macht eine Ausstellung oder eine animierte Karte!

18 Die Hanse — >B1

Mehr als Handel und Piraten?

PROJEKT

Organisiert eine Ausstellung.

ESCAPE GAME — Gefangen im Teufelsberg

Fichier professeur

- Évaluation Kapitel 1
- Évaluation Kapitel 2
- Évaluation Kapitel 3

Kapitel 16

Tandem D + F

Wie wichtig ist uns die deutsch-französische Freundschaft?

Dans ce chapitre…

Culture

- L'histoire des relations franco-allemandes
- Des organismes franco-allemands au service des citoyens

Langue

- Le lexique de la coopération et de l'affrontement
- Prononcer [ʃ] et [ç]
- Les adjectifs épithètes et attributs
- Les pronoms interrogatif en *wo-*

MEIN PROJEKT

- Mach ein Plakat zum Tag der deutsch-französischen Freundschaft und stell es vor.

STEIG EIN

1. Welche Elemente findest du auf allen Fotos? Wofür stehen sie?
2. Was kannst du zum Thema deutsch-französische Freundschaft sagen?

1 // Deutschland und Frankreich: von gestern bis heute

A Es war nicht immer einfach ...

Schau dir das Video an.

1. **Notiere** Stichpunkte zum Thema Krieg.
2. Wie wurde die deutsch-französische Freundschaft konkret gefördert? **Liste** die vier Initiativen **auf**.
3. **Fasse zusammen**, wie die Beziehung zwischen den beiden Ländern heute charakterisiert wird.

Notes de la vidéo : dicke Kumpel: *de super potes* • der Zoff = der Streit • Gebiete erobern: *conquérir des territoires* • verhindern: *empêcher* • die enge Verbindung: *le lien très fort*

B Das deutsch-französische Paar heute

Monsieur le Président, *cher* Emmanuel! Ich freue mich sehr über die Möglichkeit, heute, an diesem ganz besonderen Tag im neuen Jahr, zusammenzukommen. Es ist eben eine besondere Freude und Ehre, genau 62 Jahre nach der Unterzeichnung des Elysée-Vertrags hier bei dir zu sein. Der Elysée-Vertrag ist nicht nur ein Dokument der Aussöhnung zwischen Frankreich und Deutschland. Er ist auch ein Symbol unserer tiefen Freundschaft. *Merci, mon cher ami !*

Die Zeiten, die wir erleben, sind herausfordernd[1]. Gerade in solchen Zeiten kommt es in Europa auf das deutsch-französische Paar an[2]. In deiner Rede an der Sorbonne hast du viel über europäische Souveränität gesprochen [...]. Wir beide sind uns einig: Europa muss stark und widerstandsfähig[3] sein in einer Welt, die, um es ganz vorsichtig auszudrücken, in Bewegung[4] ist. [...]

Lieber Emmanuel, in den vergangenen Jahren haben wir vieles gemeinsam auf den Weg gebracht. Mit neuen Formaten wie unseren gemeinsamen Kabinettsklausuren haben wir unsere Zusammenarbeit vertieft[5]. Wir beide treiben eine deutsch-französische Agenda für Wettbewerbsfähigkeit und Wachstum[6] in der Europäischen Union voran. [...]

Meine Damen und Herren, *cher* Emmanuel, unsere beiden Länder und Regierungen eint ein gemeinsames Ziel: Mit unseren europäischen Partnern und Freunden treten wir für ein offenes, starkes und wirtschaftlich[7] erfolgreiches Europa ein, für ein Europa, in dem unsere Bürger frei, sicher und in Wohlstand[8] leben. Lieber Emmanuel, dafür werben wir weiter, Seite an Seite[9]. *Vive l'amitié franco-allemande !*

Rede des Bundeskanzlers Olaf SCHOLZ, 22. Januar 2025

1. *sont un défi* 2. *dépend de* 3. *solide, robuste* 4. *le mouvement* 5. *approfondir* 6. *compétitivité et croissance* 7. *économique(ment)* 8. *la prospérité* 9. *côte à côte*

Sprachcoach!

L'adjectif épithète → p. 162

- Il est toujours placé avant le nom qu'il qualifie et se décline : *ein gemeinsames Ziel, mit neuen Formaten, das deutsch-französische Paar, unserer tiefen Freundschaft.*

Lies den Text.

1. a. Wie spricht der Bundeskanzler den französischen Präsidenten an?
   b. **Liste** die Wörter und Ausdrücke **auf**, die die deutsch-französische Freundschaft betonen.
2. **Belege** mit Zitaten, warum Olaf Scholz die deutsch-französische Zusammenarbeit so wichtig findet.
3. **Schreib** eine mögliche Antwort des französischen Präsidenten auf Deutsch und **stell** sie **vor**.

2 // Die Generation Europa

A ... im Film

Vokabelcoach!
- das Plakat: *l'affiche*
- die Figur (en): *le personnage (de fiction)*
- die Stimmung: *l'atmosphère, l'ambiance*
- die Handlung: *l'action*
- links ≠ rechts: *à gauche ≠ à droite*
- im Vordergrund ≠ im Hintergrund: *au premier plan ≠ en arrière-plan*
- in der Mitte: *au milieu, au centre*
- dar/stellen: *représenter*

Sieh dir beide Plakate an.

1. **Liste auf**, was gleich ist und was nicht.
2. **Beschreib** den Aufbau und die Atmosphäre der beiden Plakate.
3. **Diskutiert:** Geht es bei beiden Plakaten um denselben Film?
4. **Stellt Hypothesen** über das Thema und den Inhalt des Fims **auf**.

Sprachcoach!

Les pronoms interrogatifs en *wo-* → p. 162
- Lorsqu'un verbe a une préposition obligatoire, on compose un pronom interrogatif avec *wo-* et cette préposition : ***Woran** denken diese Mädchen?* (à quoi pensent ces jeunes filles ?)

B ... als politische Vision DIFFÉRENCIATION

Das Nachwuchsprogramm[1] „Generation Europa" wurde im Januar 2023 am 60. Jahrestag des Élysée-Vertrags gegründet. Jeder Jahrgang besteht aus einer Gruppe von etwa 20 jungen Menschen zwischen 18 und 35 Jahren, die sich ein Jahr lang als Netzwerk für die deutsch-französischen Beziehungen engagieren.
Die jungen Menschen kommen aus verschiedenen Bereichen. Sie verbindet[2] das Interesse für das Nachbarland und der Wunsch, die Zukunft[3] der deutsch-französischen Beziehungen zu gestalten. Die Netzwerkmitglieder sollen politische Überlegungen[4] anstellen, gemeinsame Projekte anfertigen und bei verschiedenen Themen Brücken[5] zwischen beiden Ländern bauen.
Der Jahrgang trifft sich zu drei jährlichen Treffen in Frankreich, Deutschland und/oder in einem anderen europäischen Land. Die Mitglieder organisieren sich in Arbeitsgruppen, um innerhalb ihres Fachbereichs (Politik, Wirtschaft, Wissenschaft, Kultur, Umwelt usw.) zusammenzuarbeiten.
Zu diesem Zweck[6] tauscht sich „Generation Europa" mit Politiker:innen und Fachleuten[7] aus und teilt mit ihnen Ideen für die Zukunft der deutsch-französischen Zusammenarbeit.
Der erste Jahrgang „Generation Europa" stand bereits[8] im Dialog mit den Staatschefs, Botschafter:innen und Minister:innen beider Länder, im Rahmen von Treffen in Paris, in Berlin, in den Grenzregionen, sowie in Dresden. [...]

dfjw.org

1. *la génération montante* 2. *relier* 3. *l'avenir* 4. *la réflexion* 5. *le pont* 6. *à cet effet, dans ce but* 7. *des spécialistes, des experts* 8. *déjà*

Lies den Text.

1. **Suche** Informationen über die Zielgruppe dieses Programms: Wer sind sie? Was haben sie gemeinsam?
2. **Mach** dir Notizen über die Organisation: Wie oft treffen sie sich? Was machen sie?
3. Wie findest du dieses Programm? **Argumentiere.**

KURZ PROJEKT ...

Erfinde einen Slogan!
Erfinde für das Plakat von ‚Generation Europa' einen Slogan und erkläre kurz, worum es bei dem Programm geht.

C ... und als Erfahrung

Mara

24, studiert im deutsch-französischen Doppelmaster Internationale Wirtschaftsbeziehungen.

„Das Gymnasium, das ich in Berlin besucht habe, war ursprünglich[1] eine Schule der französischen Alliierten. Daher pflegt es bis heute eine besondere Beziehung zu Frankreich. Im Abitur wählte ich Französisch als Leistungskurs[2], studierte dann allerdings deutsche Sprachwissenschaft und Italienisch. [...] Jetzt studiere ich den deutsch-französischen Doppelmaster Internationale Wirtschaftsbeziehungen. Ich habe ein Jahr in Freiburg studiert und bin dann für mein zweites Masterjahr nach Paris gezogen. [...]
Ursprünglich fand ich vor allem die französische Sprache interessant, doch seit ich in Frankreich lebe, wächst[3] auch mein Interesse an dem Land selbst. Mir gefällt, dass Zugehörigkeit[4] hier anders definiert wird als in Deutschland. Jeder, der hier geboren wird, sieht sich als Franzose und ist stolz darauf. Auch das Sozialsystem Frankreichs finde ich gut. Ich könnte mir vorstellen, langfristig[5] hier zu leben."

deutschland.de

1. à l'origine 2. équivalent en Allemagne d'un enseignement de spécialité 3. croître, grandir 4. l'appartenance 5. à long terme

Erwan Laurent

18, studiert Sozial- und Politikwissenschaft am deutsch-französischen Campus der Universität Sciences Po Paris in Nancy.

„Meine Großeltern väterlicherseits haben sehr viel für die deutsch-französische Freundschaft getan. Sie waren sehr engagiert und haben enge Beziehungen zu westdeutschen Freunden aufgebaut. Ich hatte das Gefühl, dass es dadurch auch meine Verantwortung[1] war, mich für diese Freundschaft einzusetzen[2]. Deshalb wollte ich mit 17 Jahren Juniorbotschafter[3] des Deutsch-Französischen Jugendwerks (DFJW) werden. [...] Austauschprogramme sind wichtig für das deutsch-französische Verhältnis, aber auch für Europa, weil sie den Jugendlichen ermöglichen[4], das europäische Motto ‚In Vielfalt[5] geeint' auch ganz praktisch zu leben: Sie entdecken eine andere Kultur und lernen, den anderen in seiner Vielfalt zu respektieren."

deutschland.de

1. la responsabilité 2. sich engagieren 3. l'ambassadeur 4. permettre 5. la diversité

1 Ist es für Franzosen möglich, einen Teil ihres Studiums in Deutschland zu verbringen, beziehungsweise für Deutsche in Frankreich? **Diskutiert** über Programme, die ihr kennt.

Wähl deinen Weg. DIFFÉRENCIATION

A2

2 a. **Lies** Maras Bericht und **mach** dir Notizen über ihre Schulzeit, ihr Studium und ihr aktuelles Leben.
b. Was gefällt ihr in Frankreich?
3 **Fasse** Maras Bericht für einen Schüler aus der anderen Gruppe **zusammen**.

A2+

2 a. **Lies** Erwans Bericht und **mach** dir Notizen über seine Familie, sein Studium und sein Engagement.
b. Warum findet er Austauschprogramme wichtig?
3 **Fasse** Erwans Bericht für einen Schüler aus der anderen Gruppe **zusammen**.

4 **ZUSAMMEN**
Möchtet ihr lieber an einem Schüleraustausch teilnehmen oder ein oder mehrere Semester eures Studiums in Deutschland verbringen? **Diskutiert** in der Klasse und **argumentiert**.

WORTSCHATZ!

Krieg und Frieden

- der Zoff = der Streit (e): *la dispute*
- die Meinungsverschiedenheit (en): *la divergence d'opinion*
- der Unterschied (e): *la différence*
- der Feind (e): *l'ennemi*
- die Aussöhnung (en): *la réconciliation*
- friedlich : *pacifique*
- sinnlos : *absurde, dénué de sens*
- sinnvoll : *raisonnable, judicieux*
- verlieren* (o,o): *perdre*
- sterben* (a,o): *mourir*
- sich versöhnen: *se réconcilier*
- das Sagen haben: *être aux commandes*
- Gebiete erobern: *conquérir des territoires*
- einen Vertrag unterzeichnen: *signer un contrat*
- einem Land den Krieg erklären: *déclarer la guerre à un pays*
- Frieden schließen* (o, o): *faire la paix*

Zusammenarbeiten

- der Kompromiss (e): *le compromis*
- die Vergangenheit: *le passé*
- die Gegenwart: *le présent*
- die Zukunft: *l'avenir*
- das Verhältnis (se) = die Beziehung: *la relation, le rapport*
- beide: *les deux*
- besondere: *particulier, spécial*
- mächtig: *puissant, puissamment*
- stark ≠ schwach: *fort ≠ faible*
- nützlich: *utile*
- nötig: *nécessaire*
- fördern: *subventionner*
- gründen: *fonder*
- verbinden* (a, u): *relier*
- Geschäfte machen: *faire du commerce, des affaires*
- zusammen/arbeiten = kooperieren: *coopérer, travailler ensemble*

EINE BESONDERE BEZIEHUNG

Die Jugend macht mit

- der Austausch (e): *l'échange*
- die Verbindung (en): *la relation, le lien*
- die Vielfalt: *la diversité*
- gemeinsam: *en commun*
- wichtig: *important*
- ermöglichen: *permettre, rendre possible*
- die Sprachbarriere überwinden* (a, u): *surmonter la barrière linguistique*
- Grenzen ab/bauen: *abolir les frontières*
- eine Beziehung auf/bauen: *contruire une relation*
- Zeit verbringen*(a, a): *passer du temps*
- die Kultur des Nachbarlandes entdecken: *découvrir la culture du pays voisin*
- eine Partnerschaft schließen* (o, o): *fonder un partenariat*

exercices interactifs
hachette-clic.fr/25all2107

Üben

1 Associe les contraires.

1. den Krieg erklären
2. Geschäfte machen
3. die Versöhnung
4. rechts

a. links
b. Frieden schließen
c. Gebiete erobern
d. der Streit

2 Trouve le substantif qui correspond à ces verbes. N'oublie pas l'article !

a. zusammenarbeiten b. verbinden
c. austauschen d. handeln

3 Retrouve le mot qui correspond à chaque définition.

1. Alle zwei
2. Geld geben und Hilfe leisten
3. Zeit, in der man gerade lebt
4. Festgelegte Linie zwischen zwei Ländern
5. Wenn in einem Ensemble nicht alles gleich ist
6. Nach einem Streit Frieden schließen
7. eine Lösung zwischen zwei entgegengesetzten Meinungen

4 Complète ces phrases avec les mots proposés.

ermöglichen – Zukunft – wichtig – Meinungsverschiedenheiten

a. Die deutsch-französische Kooperation ist für Europa …
b. Schüleraustausche … eine bessere Kenntnis der Nachbarkultur.
c. Manchmal gibt es …, aber wir gehen Kompromisse ein.
d. … sind auch in einer Freundschaft normal.

5 Retrouve la phrase au sens le plus proche.

1. Sie studieren ein Semester im Nachbarland.
2. Sie lernen und benutzen die Partnersprache.
3. Sie schließen eine Partnerschaft.
4. Sie pflegen ein besonderes Verhältnis.

a. Sie bauen eine Beziehung auf.
b. Sie haben eine enge Verbindung.
c. Sie überwinden die Sprachbarriere.
d. Sie verbringen Zeit im Ausland.

6 a. Quels mots et expressions peux-tu associer à cette image ?

das Sagen haben – im Hintergrund – die Vergangenheit – die Verbindung – eine Partnerschaft schließen – das Plakat – Grenzen abbauen

b. Quels mots ou expressions utiliserais-tu pour décrire l'amitié franco-allemande ?

Phonologie

AUDIO 37
hachette-clic.fr/25all2108

Prononcer [ʃ] et [ç]

• Au /ch/ français [ʃ] correspond en allemand le /sch/ comme dans *Freundschaft* mais aussi en début de mot /sp/ ou /st/: *spät, stark.*

• Le son [ç] existe aussi quand /ch/ suit un *e, i, ä, ö, ü, äu, eu* ou dans le diminutif *-chen.*

1 Répète les mots suivants.

friedlich – mich – menschlich – spielen – Mächte – stumm – schließlich

2 Prononce les groupes de mots suivants.

deutsche Gebräuche – sich versichern – der europäische Gerichtshof – griechisch und tschechisch

3 Lis ce texte à voix haute.

Geschichtlich spielt die deutsch-französische Freundschaft eine wichtige Rolle in der Europäischen Union. Viele Schüler und Studenten, Jungen wie Mädchen, haben sich schon an Austauschprogrammen beteiligt und viel Spaß gehabt, was die Verbindung beider Länder verstärkt.

exercices interactifs
hachette-clic.fr/25all2109

Les adjectifs épithètes

→ Précis p. 191

Observe et déduis

a. *Mit unseren europäischen Partnern treten wir für ein offenes und erfolgreiches Europa ein.*

b. *Ich fand die französische Sprache interessant.*

- Repère les adjectifs qualificatifs dans ces phrases.
- Quelles sont leurs terminaisons ?

Retiens

- L'adjectif épithète précède le nom qu'il qualifie. Il porte une marque 'forte' en l'absence de déterminant ou si celui-ci ne la porte pas *(ein gemeinsames Ziel)*.
- Il porte une marque 'faible' : *-e* (nominatif masc., et nominatif et accusatif fem. et neutre) ***-en*** dans tous les autres cas.
- L'adjectif attribut est toujours invariable: *Sie sind zweisprachigØ.*

Entraîne-toi

1 Repère les adjectifs de ces phrases et indique s'ils sont épithètes ou attributs.

a. Mein deutscher Partner findet Frankreich sehr schön.
b. Die deutsch-französischen Beziehung waren nicht immer friedlich.
c. Erwan ist motiviert und engagiert sich für eine bessere Kenntnis der Nachbarkultur.
d. Wichtig für gute Beziehungen sind der Dialog und die Zusammenarbeit.
e. Für die Zukunft Europas ist die deutsch-französische Freundschaft ein entscheidender Faktor.

2 Décline les adjectifs épithètes.

a. Die deutsch… Schüler unserer Partnerschule besuchen uns im April.
b. Ein jung… Franzose lernt die deutsch… Sprache schneller, wenn er gut… Freunde in Deutschland hat.
c. Ich habe die nötig… Kleider gepackt und freue mich richtig auf die schön… Reise.
d. Am Tag der deutsch-französisch… Freundschaft werden oft besonder…Filme ausgestrahlt.
e. Der französisch... Präsident und der deutsch... Kanzler sprechen oft miteinander.

Les pronoms interrogatifs en *wo-*

→ Précis p. 199

Observe et déduis

a. *Erwan wollte sich für diese Freundschaft einsetzen.*
→ ***Wofür*** *wollte er sich einsetzen?*

b. *Jeder Jahrgang besteht aus einer Gruppe von jungen Menschen.* → ***Woraus*** *besteht jeder Jahrgang?*

- Repère les points communs entre le groupe souligné et le pronom interrogatif.
- Comment sont construits ces pronoms interrogatifs ?

Retiens

Pour poser une question avec un verbe suivi d'une préposition obligatoire, on forme le pronom interrogatif avec cette même préposition précédée de ***wo*** ou ***wor*** si la préposition commence par une voyelle (womit, worum): *Worum handelt es sich in diesem Film?*

Entraîne-toi

3 Observe ces phrases et indique l'infinitf et la préposition des verbes.

a. Wofür hast du dieses Plakat gemacht?
b. Womit fangen wir an?
c. Worum geht es bei diesem Projekt?
d. Worüber spricht er gerade?

4 Pose la question portant sur l'élément souligné.

a. Ich interessiere mich für deutsche Musik.
b. Sie nehmen an einer Demo teil.
c. Wir erinnern uns an unsere gemeinsame Geschichte.
d. Er freut sich über das schöne Geschenk seiner Austauschpartnerin.

5 Traduis.

a. De quoi s'agit-il ?
b. À quoi penses-tu ?
c. À quoi est-ce que vous participez ?
d. Par quoi on commence ?

MEIN PROJEKT ✓

Ich entwerfe ein Plakat zum Tag der deutsch-französischen Freundschaft und stelle es vor.

Der 22. Januar ist der Jahrestag des Elysee-Vertrags und Tag der deutsch-französischen Freundschaft. Dazu gibt es einen Wettbewerb. Du nimmst mit deinem Plakat teil.

SCHRITT 1

Entscheide, welchen Aspekt dieser Freundschaft du betonen möchtest: Schüleraustausche, wirtschaftliche Zusammenarbeit …

SCHRITT 2

Überlege, wie du dein Plakat grafisch gestaltest: Bilder, Fotos, Text, Slogan ...

METHODIK

Réaliser une affiche

- Imagine un slogan et mets-le en valeur.
- Réfléchis à l'effet que tu veux produire en organisant la mise en page : que voit-on en premier ? Quels détails apparaissent lorsqu'on s'approche ?

SCHRITT 3

Gestalte dein Plakat und notiere in Stichwörtern, was du zeigen und sagen willst.

SCHRITT 4

Stell jetzt dein Plakat **vor** und **überzeuge** deine Mitschüler!

METHODIK

Sois convaincant(e) : parle librement et de manière audible, regarde tes camarades et montre sur ton affiche ce dont tu parles.

Kultur-Profi

PRESSEFOTO

Verdun, 22.09.1984, Bundeskanzler Kohl und Präsident Mitterand, Fotograf R. Schulze-Vorberg

BUCH

FILME

Pour aller plus loin sur ce thème, flashe ce code.

hachette-clic.fr/25all2110

Die Hip-Hop-Band Zweierpasch

MUSIK

Kapitel 17

Blick gen Osten

Wie verbunden ist Deutschland mit dem Osten?

Dans ce chapitre...

Culture

- L'élargissement à l'Est de l'Union Européenne
- Les Russes d'origine allemande
- Les minorités germanophones en Silésie

Langue

- Le lexique de la migration
- Prononcer /ie/ et /ei/
- Les possessifs
- La subordonnée relative sujet

MEIN PROJEKT …MÉDIATION

- Macht eine Ausstellung oder eine animierte Karte!

STEIG EIN

1. Welche Nachbarländer hat Deutschland im Osten?
2. Schau dir die Bilder an. Welche Bereiche illustrieren sie?

1 // Deutschland im Zentrum Europas

A Die EU-Osterweiterung

Ein historischer Moment für Europa

Es war die größte Erweiterung[1] in der Geschichte der Europäischen Union: Am 1. Mai 2004 traten[2] zehn mittel- und osteuropäische Staaten der EU bei. 15 Jahre nach dem Fall der Mauer in Deutschland markierte die EU-Osterweiterung einen historischen Schritt im Zusammenwachsen[3] Europas, das im Kalten Krieg über Jahrzehnte geteilt war.

Die Union wuchs damit von 15 auf 25 Mitglieder[4]. Mit fast 75 Millionen neuen Bürgerinnen und Bürgern stieg die EU-Bevölkerungszahl von einem Tag auf den anderen um mehr als ein Viertel.

deutschland.de, 2024

1. *l'élargissement* 2. *rejoindre* 3. *le rapprochement* 4. *le membre*

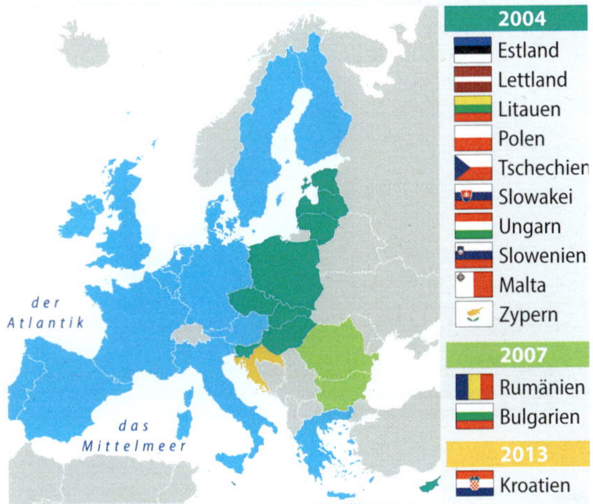

Lies den Text und schau dir die Grafik an.

1. **Sag**, welches Ereignis am 1. Mai 2004 stattfand. Warum war dieses Ereignis historisch so wichtig?
2. Was hat das konkret für die EU bedeutet?
3. **Beobachte** die Grafik.
   a. Was kannst du zur aktuellen Lage Deutschlands sagen?
   b. **Ordne** so viele osteuropäische Länder wie möglich **zu**.

Vokabelcoach!

- der Arbeitsmarkt (¨e): *le marché du travail*
- die Grenze (n): *la frontière*
- die Währung (en): *la monnaie*
- das Studium: *les études*
- einfacher: *plus simple*
- reisen: *voyager*

B EU-Familienfeier am Dreiländereck

VIDÉO 25
hachette-clic.fr/25all2111

Notes de la vidéo : die Freizügigkeit: *la libre circulation* • neuen Schub bekommen: *retrouver un nouvel élan* • verlagern: *délocaliser* • weg/fallen: *disparaître* • die Forschung: *la recherche*

Sprachcoach!

Les possessifs
→ p. 170

- Pour la 3e personne du singulier, le possessif s'adapte au possesseur : *Eine Frau wird interviewt: **Ihre** Tochter lernt Tschechisch.*

Lies den Titel.

1. a. Warum gibt es vielleicht eine EU-Familienfeier?
   b. **Überlege**, was „Dreiländereck" bedeuten könnte.

Schau dir jetzt das Video an.

2. a. Haben sich deine Hypothesen bestätigt?
   b. **Erkläre**, wie die interviewten Personen und die Firma Röders von der EU-Osterweiterung profitieren. → **Grammatik** p. 170
3. Welche anderen Vorteile der EU fallen dir ein?

KURZ PROJEKT

Macht einen Test! → **Grammatik** p. 170

Lest euch eure Kursnotizen durch und **überlegt** euch mindestens fünf Fragen zum Thema EU-Osterweiterung. Stellt sie dann euren Mitschülern!

2 // Deutschland und der Osten – eine lange Geschichte!

A Russlanddeutsche DIFFÉRENCIATION

Schau dir das Video an.

1. **Sag**, was du über die Sprecherin erfährst.
2. **Definiere** den Begriff Russlanddeutsche. Was erfährst du über ihre Geschichte?
3. **Erstelle** eine Mindmap zum Thema Russlanddeutsche.

Notes de la vidéo : Migrationshintergrund haben: *être issu de la migration* • die Vorfahren: *les ancêtres* • um/siedeln: *déménager* • versprechen: *promettre* • die Lage = die Situation • unter Generalverdacht gestellt werden: *faire l'objet d'une suspicion généralisée*

B Zurück nach „Deitschland"

Ira Peter, die 1983 in der Sowjetrepublik Kasachstan geboren wurde, wanderte[1] mit ihrer Familie 1992 nach Deutschland aus und arbeitet heute als freie Journalistin. Sie ist auch Moderatorin und Autorin.

Sommer 1992. Ich bin neun und voller Vorfreude[2], auch wenn ich auf dem Bild eher gelangweilt wirke[3]. An dem Abend findet unser Abschiedsessen[4] statt. Das halbe Dorf sitzt kurz nach dieser Aufnahme[5] in unserem Wohnzimmer. Jede Woche sind jetzt solche Abschiedsfeiern. Die Schröders, die Steinkes, die Kirchgessners und jetzt wir, die Peters, fahren nach „Deitschland". Seit Wochen sortieren meine Eltern Kleidung und Bilder aus, verkaufen unsere Kuh, Möbel, das Auto – für Geld, das wegen der Inflation kaum etwas wert ist. In der Stadt kaufen sie dafür auf einem „Basar", der seit dem Ende der Sowjetunion von Markenimitaten aus China geflutet[6] wird, fake Jeans und weiße Turnschuhe, die schnell kaputt sein werden.

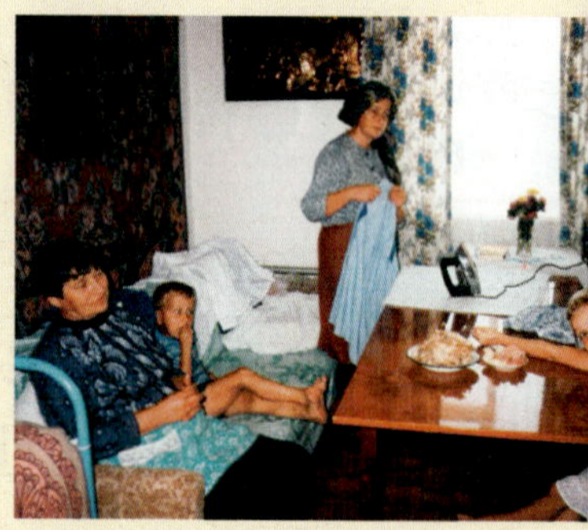

Wir fahren ein letztes Mal zum Haus meines Großvaters im Nachbardorf. Wenn ich 2013 durch das Dorf laufe, werde ich es nicht mehr finden. Der Steppenwind hat es sicherlich weggeweht[7]. Als hätte es die Deutschen in Kasachstan nie gegeben.

www.ira-peter.de/blog/

1. *émigrer* 2. *la joie anticipée* 3. *sembler* 4. *le repas d'adieu* 5. *la capture* 6. *inondé de* 7. *emporté*

Lies den Text.

1. **Stell** Ira Peter vor (Herkunft, Wohnort, Beruf, Alter). → Grammatik p. 170
2. **Sag**, wie sich die Erzählerin zu Beginn des Textes fühlt. Welcher Abschied wird gefeiert?
3. Was ist auffallend an den Familiennamen (Zeile 10)? Zu welcher Bevölkerungsgruppe gehören sie?
4. **Erkläre**, was die Familie vor der Abreise macht. Hat sie vor, zurückzukommen?

Sprachcoach!

La subordonnée relative sujet
→ p. 170

• La subordonnée relative sujet est introduite par un pronom relatif qui dépend du genre et du nombre de l'***antécédent*** : *Sie kaufen Turnschuhe, **die** schnell kaputt sein werden.*

KURZ PROJEKT

Macht ein Interview!

Spielt einen Dialog zwischen einem Journalisten und Kyra Funk (A) oder Ira Peter (B) zum Thema *Russlanddeutsche und ihre Geschichte.*

C Fremd und doch zu Hause

Ich studierte anfangs der 1990er Jahre Germanistik, Ostslawistik und Politologie an der Universität Regensburg. Die Geschichte meiner Eltern, die aus Oberschlesien kamen, nach 1945 polonisiert[1] wurden und Mitte der 1950er Jahre nach Deutschland auswanderten, war für mich und meine Brüder nicht sehr wichtig. Unsere Eltern erzählten wenig darüber, und wir interessierten uns wenig dafür.

1993 suchte ich ein Thema für meine Magisterarbeit in russischer Philologie. Eines Abends erzählte mir mein Vater, wie sie als deutsche Kinder plötzlich die deutsche Sprache gegen Androhung von Strafe[2] nicht mehr sprechen durften. Nicht privat, und schon gar nicht in der Schule oder Öffentlichkeit. [...]

Das Gespräch mit meinem Vater an diesem Abend hat mein Leben verändert[3]. Es hat mich verändert, weil ich nicht verstehen konnte, wie sich eine Sprache verbieten[4] lässt. [...] Ich wurde neugierig und hatte das Thema für meine Magisterarbeit gefunden: die Wiedereinführung[5] der deutschen Sprache in Oberschlesien nach 1990.

Wie kann die deutsche Minderheit[6] ihre Identität an die junge Generation vermitteln[7]? Deutsches Radio, deutsches Fernsehen, deutsche Zeitungen etablierten sich ebenso nach und nach wie zweisprachige Ortsschilder.

Matthias KNEIP, *deutsches-polen-institut.de*, 2021

1. *imposition de la culture et de la langue polonaises* 2. *sous peine de sanction* 3. *changé* 4. *interdire* 5. *la réintroduction* 6. *la minorité* 7. *transmettre*

D Deutsche Minderheiten in Polen

VIDÉO 27
hachette-clic.fr/25all2113

Vokabelcoach!

- der Verein (e): *l'association*
- bereichernd: *enrichissant*
- schwierig: *difficile*
- Veranstaltungen organisieren: *organiser des événements*
- sich bemühen: *faire un effort*
- fördern: *encourager*

Notes de la vidéo : der Wettbewerb: *le concours* • sich verständigen = kommunizieren • erhalten: *maintenir* • die Wende = das Ende des kommunistischen Regimes in Europa • bewahren: *conserver* • seine Wurzeln verlieren: *perdre ses racines*

Wähl deinen Weg. DIFFÉRENCIATION

A2

1. **Schau** dir das Video (Dokument D) **an**.
   a. Für wen und warum wurde dieser Wettbewerb organisiert?
   b. Warum lernen die Kinder Deutsch?
2. a. Wie macht sich die deutsche Identität in Schlesien bemerkbar?
   b. Warum ist es wichtig, dass die Kinder Deutsch lernen?

A2+

1. **Lies** Text C.
   a. **Stell** den Autor **vor**. (Name, Herkunft, Studium)
   b. Was erfährst du über die Lebensgeschichte seiner Eltern? **Suche** die drei Etappen.
2. Wie versucht die deutsche Minderheit in Oberschlesien, ihre Identität zu erhalten? **Finde** Beispiele.

3. **ZUSAMMEN**
   a. **Fasst** euer Dokument für die andere Gruppe **zusammen**.
   → Phonologie p. 169
   b. Welche Verbindung gibt es zwischen den beiden Dokumenten?
   c. **Findet** andere Ideen, um eine Kultur und eine Sprache im Ausland am Leben zu erhalten!

WORTSCHATZ!

Die Osterweiterung

- Osteuropa: *l'Europe de l'Est*
- Polen: *la Pologne*
- Russland: *la Russie*
- die Tschechische Republik: *la République Tchèque*
- der Vorteil (e): *l'avantage*
- die Erweiterung (en): *l'élargissement*
- die Europäische Union (die EU): *l'Union Européenne (l'UE)*
- die Freizügigkeit: *la libre circulation*
- die Grenze (n): *la frontière*
- die Wirtschaft: *l'économie*
- das Dreiländereck (en): *la région des trois frontières*
- das Ereignis (se): *l'événement*
- statt/finden* (a, u): *avoir lieu*
- verlagern: *délocaliser*
- weg/fallen* (ie, a): *disparaître*

DEUTSCHLAND UND DER OSTEN

Deutsche im Osten

- der Vorfahre (n): *l'ancêtre*
- die Herkunft : *l'origine*
- die Migration (en): *la migration*
- die deutschsprachige Minderheit (en): *la minorité germanophone*
- einen Migrationshintergrund haben: *être issu de la migration*
- sich an/siedeln: *s'installer*
- ein/wandern: *immigrer*
- aus/wandern: *émigrer*

Russlanddeutsche

- der Generalverdacht: *la suspicion généralisée*
- der Russlanddeutsche (n): *le Russe de souche allemande*
- der Siedler (-): *le colon*
- der Zusammenbruch der Sowjetunion: *l'effondrement de l'Union soviétique*
- die Geschichte: *l'histoire*
- das Privileg (ien): *le privilège*
- geschimpft werden* (u, o): *être traité de*
- auf/wachsen* (u, a): *grandir*
- um/siedeln: *déménager*
- versprechen* (a, o): *promettre*

Schlesien

- Schlesien: *la Silésie*
- der Verein (e): *l'association*
- die Polonisierung: *imposition de la culture et de la langue polonaises*
- die Wiedereinführung: *la réintroduction*
- das Mitglied (er): *le membre*
- neugierig: *curieux*
- von ... geprägt sein: *être marqué par*
- zu ... gehören: *appartenir à*
- verändern: *changer*
- verbieten* (o, o): *interdire*

Kultur erhalten

- der Deutschunterricht: *les cours d'allemand*
- die Sprache (n): *la langue*
- bereichernd: *enrichissant*
- wichtig: *important*
- bewahren: *conserver*
- erhalten* (ie, a): *maintenir*
- fördern: *encourager*
- ein Sprache lernen: *apprendre une langue*
- voneinander profitieren: *bénéficier les uns des autres*
- die Kultur pflegen: *cultiver la culture*
- retten: *sauver*
- seine Wurzeln verlieren* (o, o): *perdre ses racines*
- sich verständigen: *communiquer*

exercices interactifs
hachette-clic.fr/25all2114

Üben

1 | Quels mots pourrais-tu utiliser pour parler de cette photo ?

die Osterweiterung – die Grenze – der Unterricht – der Russlanddeutsche – der Vorfahre – die Europäische Union – verbieten – die Freizügigkeit – gründen – seine Wurzeln verlieren – weg/fallen

2 | Complète les mots suivants avec les syllabes manquants. Puis donne la traduction de chaque mot et ajoute le déterminant aux noms.

a. MIN ...
b. ER ...
c. AUS ...
d. MI …
e. GE …
f. BE …

GRA – HEIT – TEN – SCHICH – TE – WAN – WAH – TION – DERN – HAL – DER – REN

3 | Choisis la proposition qui convient.

a. Nach dem 2. Weltkrieg **fördert/verbietet** Polen die deutsche Sprache.
b. Wenn man eine Sprache lernt, kann man sich besser **verständigen/versprechen**.
c. Die deutsche Minderheit in Schlesien möchte ihre Kultur **pflegen/vergessen**.
d. Die deutschen **Kinder/Siedler** folgten dem Ruf Katharina der Großen.
e. Dank der EU fallen die **Grenzen/Vorfahren** weg.

4 | Associe chaque groupe nominal à un verbe, puis fais des phrases.

das Ereignis	verlagern
die Grenzen	gründen
nach Osteuropa	weg/fallen
ein deutsches Dorf	fördern
Privilegien	statt/finden
zu einer Minderheit	gehören
die deutsche Kultur	versprechen

Phonologie

La prononciation de ie [i:] et ei [aɪ̯]

Il ne faut pas confondre */ie/* et */ei/*. */ie/* se prononce comme un i long [i:], par exemple : *viel*. */ei/* se prononce comme dans weil [vaɪ̯l].

⚠ Dans le mot *Schlesien* ou dans *Privilegien*, le */i/* et le */e/* se prononcent de façon séparée.

AUDIO 38
hachette-clic.fr/25all2115

1 Écoute les mots suivants, puis répète-les.
a. Ereignis **b.** Minderheit **c.** verbieten **d.** verlieren **e.** Erweiterung **f.** Siedler

2 Écoute les mots suivants et ajoute les lettres manquantes.
a. neug…rig **b.** Fr…zügigk…t **c.** von…nander **d.** profit…ren **e.** W…der…nführung **f.** Polonis…rung **g.** Dr…ländereck **h.** Vort…l

3 Lis le texte à voix haute.

Die Osterweiterung war ein riesiges Ereignis für die EU. Seitdem profitieren auch die osteuropäischen Mitglieder von der Freizügigkeit. Vor allem im Dreiländereck haben die Einwohner viele Vorteile. Sie finden es bereichernd, mit neuen Kulturen konfrontiert zu werden.

exercices interactifs
hachette-clic.fr/25all2116

Les possessifs

→ Précis p. 187

Observe et déduis

a. *Die Frau sagt, dass **ihre** Tochter Tschechisch lernt.*

b. *„**Unser** Kind geht in Deutschland zur Schule".*

- Observe les mots en gras. Qu'expriment-ils ?
- Observe également la terminaison et le mot qui suit. Quel lien peux-tu établir ?

Retiens

Les possessifs sont des déterminants qui se déclinent comme l'article indéfini *ein-* ou *kein-* (au pluriel).
mit ein**em** Kind => mit sein**em** Kind ; ein**e** Tochter => ihr**e** Tochter ; kein**e** Hypothesen => dein**e** Hypothesen ; etc

À la 3e personne du singulier, le possessif est différent selon si le possesseur est masculin *(sein-)* ou féminin *(ihr-)*.

ich	mein-	wir	unser-
du	dein-	ihr	euer / eur-
er, es	sein- (→ his)	sie, Sie	ihr-, Ihr-
sie	ihr- (→ her)		

Entraîne-toi

1 Choisis le possessif qui convient.

a. Er hat eine Tochter: **Seine/Ihre** Tochter geht in Deutschland zur Schule.
b. Ihr habt Hypothesen formuliert: **Deine/Eure** Hypothesen sind sehr interessant.
c. Die Mutter und die Tochter gehen oft in die Tschechische Republik: Sie wollen **meine/ihre** Sprachkenntnisse verbessern.
d. Du willst nach Polen fahren, aber du hast **deine/seine** Reise noch nicht begonnen.

La subordonnée relative sujet

→ Précis p. 202

Observe et déduis

a. *Mein Vater, **der** gern mit seinem Akkordeon musizierte, spielte russische Lieder.*

b. *Die ersten Siedler, **die** nach Russland kamen, wollten ihre deutsche Kultur bewahren.*

- Observe les termes en gras. Comment faudrait-il les traduire en français ?
- À quel mot se réfèrent-ils ?
- Repère la ponctuation et les verbes conjugués.

Retiens

La subordonnée relative est introduite par un **pronom relatif** qui dépend du genre et du nombre de **l'antécédent.** Pour la subordonnée relative sujet, le pronom relatif est identique à l'article défini (der, die, das). Le verbe conjugué se place à la fin de la proposition.

Entraîne-toi

2 Complète à l'aide du pronom relatif au nominatif.

a. Das Kind, … man zu Beginn des Videos sieht, ist Kyra Funk.
b. Die Zarin Katharina die Große, … selbst Deutsche war, ließ andere Deutsche nach Russland kommen.
c. Ihr Vater, … in der Sowjetunion aufgewachsen war, wollte nach Deutschland zurückkommen.
d. Viele Nachkommen der Siedler, … nach Russland ausgewandert waren, wollten wieder zurück nach Deutschland.

3 Complète le groupe nominal et transformant les propositions entre parenthèses.

a. Ihre Großeltern, … , wurden deportiert (Sie wohnten in Kasachstan.)
b. Ein Russlanddeutscher ist jemand, … (Er hat deutsche Vorfahren).
c. Katharina die Große war eine Deutsche, … (Sie wurde Kaiserin von Russland.)
d. Die EU-Osterweiterung ist ein Ereignis, … (Es fand 2004 statt.)

MEIN PROJEKT ✓

MÉDIATION

Wir machen eine Ausstellung oder eine animierte Karte

Ihr macht eine zweisprachige Ausstellung für die Schulbibliothek oder eine animierte Karte im Internet. Stellt deutschsprachige Minderheiten in östlichen Ländern vor.

SCHRITT 1

Welche deutschsprachige Minderheit wollt ihr vorstellen? **Nehmt** ein Beispiel aus dem Unterricht oder **macht** Recherchen im Internet.

SCHRITT 2

Notiert Informationen zur Geschichte (Seit wann sind sie in diesem Land? Warum?) und der aktuellen Lage (Wie wird die deutsche Identität bewahrt?).

SCHRITT 3

Schreibt einen kurzen Text auf Deutsch und Französisch (oder einer anderen Sprache!) und illustriert eure Arbeit. Wenn ihr eine animierte Karte macht, könnt ihr euch auch aufnehmen.

SCHRITT 4

BONUS! Macht daraus ein großes Projekt mit den anderen Fremdsprachen eurer Schule.

METHODIK

Hiérarchiser les informations

- Assurez-vous de la cohérence de vos informations et pensez à illustrer votre texte.
- Mettez-vous à la place d'élèves non germanistes : Est-ce que toutes les informations d'ordre culturel sont expliquées de façon simple et compréhensible ?

Kultur-Profi

KUNST

Die Skulptur « Berlin » von Brigitte und Martin Matschinsky-Denninghoff als Symbol für das geteilte Berlin, 1987

FILME

BÜCHER

Pour aller plus loin sur ce thème, flashe ce code.

hachette-clic.fr/25all2117

Kapitel 18

Die Hanse

Mehr als Handel und Piraten?

Dans ce chapitre...

Culture

- La *Hanse*, hier et aujourd'hui
- Le pirate Klaus Störtebeker
- Lübeck, la reine de la Hanse

Langue

- Le lexique du commerce maritime et des échanges
- Savoir lire à voix haute.
- Le génitif du complément du nom
- Les infinitives en *zu*

MEIN PROJEKT

- Organisiert eine Ausstellung.

STEIG EIN

1. Notiere zu jedem Bild deine ersten Gedanken.
2. Welche Geschichten kann man mit diesen Bildern erzählen?

1 // Die historische Hanse

A Die Stärke in der Union DIFFÉRENCIATION

VIDÉO 28
hachette-clic.fr/25all2118

Notes de la vidéo : die Ware (n): *la marchandise* • der Bund: *la fédération*

Schau dir das Video an.

1. **Mach** eine Tabelle (wo, wann, was, wer, wie, warum…) und **notiere** die wichtigsten Fakten.
2. **Nenne** die Elemente, die zum Erfolg der Hanse beigetragen haben.
3. **Erkläre**, warum die Hanse unterging.

B Großmacht mit Höhen und Tiefen

Die Hanse erstreckte sich von Rostock, Hamburg, Bremen und Lübeck über Danzig und Königsberg bis hin zu Städten und Gemeinden im Binnenland wie etwa Uelzen oder Hameln. Getreide, Felle, Holz sowie andere Rohstoffe gelangten nach Westeuropa, fertige Produkte wie etwa Wein an die östliche Ostseeküste. Die Hanse wurde durch ihr hohes Handelsaufkommen schnell zu einer wirtschaftlichen Großmacht. Ihr Netz an Handelswegen erstreckte sich im 16. Jahrhundert von Skandinavien bis nach Süditalien und von Portugal bis nach Russland.

Profiteure des aufblühenden Fernhandels waren die Kaufleute in den Hafenstädten. Unterdessen mussten in den Häfen Tagelöhner[1] arbeiten, die oftmals unter erbärmlichen[2] Verhältnissen in primitiven Behausungen leben mussten. Einzige Lichtquellen waren dort ein Loch im Dach sowie offenes Feuer.

Die größten Gefahren für die Handelsschiffe auf den Meeren waren nicht nur die Naturgewalten, sondern auch Piraten. So waren die Koggen immer wieder Plünderungen[3] durch Piraten ausgeliefert. Die Seeräuber der damaligen Zeit waren jedoch nicht nur Kriminelle und Gesindel, sondern auch verarmte Adelige[4]. Im 14. Jahrhundert wurden die Piraten sogar zu einer eigenen Kriegspartei, die mit Kaperbriefen durch die Mecklenburgischen Herzöge[5] im Thronstreit mit Dänemark ausgestattet waren.

Wir sind Lübeck, 2025

1. *travailleurs payés à la journée* 2. sehr arm 3. *les pillages* 4. *les nobles* 5. *les ducs*

Lies den Text.

1. **Ergänze** deine Tabelle aus Übung A mit den Informationen des ersten Absatzes.
2. **Erkläre** mit Hilfe des zweiten Absatzes, welche Probleme die Hanse hatte.

Kulturecke

Von 1356 bis 1669 trafen sich Vertreter der Hanse manchmal mehrmals im Jahr an sogenannten Hansetagen. An ihnen schlossen sie Verträge ab und lösten eventuelle Konflikte.

Vokabelcoach!

- der Erfolg (e): *le succès*
- der Handel: *le commerce*
- die Beziehung (en): *la relation*
- die Macht: *le pouvoir*
- der Hafen (¨-): *le port*
- die Ware (n): *la marchandise*
- der Seeräuber (-): *le pirate*
- der Krieg (e): *la guerre*
- wirtschaftlich: *économique*
- bei/tragen* (u, a): *participer*

KURZ PROJEKT

Halte ein Referat.

Organisiere deine Notizen und halte ein kurzes Referat zum Thema: *Die Hanse - eine moderne Idee?*

2 // Die Hanse – gestern und heute

A Das Schiff, der Pirat ...

Die Kogge hat zum Erfolg der Hanse viel beigetragen. Sie war ein kleines Schiff von maximal 25 Metern Länge und 8 Metern Breite, mit nur einem Segelmast[1]. Man brauchte also nur eine kleine Besatzung, um sie zu bedienen. Sie konnte etwa 90 bis 200 Tonnen Waren transportieren. Auch konnte sie schnell und preisgünstig[2] gebaut werden und bei Bedarf zu einem wendigen[3] Kriegsschiff umgebaut werden.

Echte fahrende Koggen kannst du noch sehen, zum Beispiel jedes Jahr in Rostock bei der *Hanse Sail*, einer Regatta, die jedes Jahr um die 500 000 Besucher anzieht.

1. *le mât à voile* 2. billig 3. *bien manœuvrable*

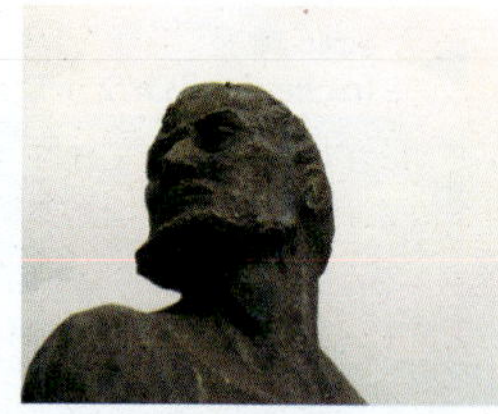

Klaus Störtebeker ist wohl der berühmteste Seeräuber Deutschlands und einer der ersten bekannten Piraten überhaupt. Sein Leben und sein Tod sind von Geheimnissen und Mythen umwoben. Er soll um 1350 geboren und am 20. Januar 1401 in Hamburg hingerichtet[1] worden sein. Er gehörte zu den Vitalienbrüdern: Es waren Piraten, die von Adligen engagiert wurden, um während Kriegen Handelsschiffe zu überfallen[2] und die Waren zugunsten der anderen Partei zu stehlen. Nach dem Frieden überfielen sie weiterhin Handelsschiffe. Seit 1993 werden auf Rügen jährlich Festspiele zur Ehre Störtebekers veranstaltet. Sein Leben wird auf einer Freilichtbühne[3] dargestellt und hat bis jetzt 9 Millionen Besucher angezogen.

1. *exécuté* 2. *assaillir* 3. Theatervorstellung, die draußen stattfindet.

Lies die Texte.

1. **a. Notiere** die historischen Aspekte.
   b. Erkläre, wie die Technik den Handel unterstützte.
   c. Was erfährst du über die Rolle der Seeräuber? → **Grammatik** p. 178
2. **Zeige** anhand von Beispielen, dass die Hanse auch heute noch fasziniert.

Kulturecke

Die vielen Austausche in ganz Europa beeinflussten auch die Entwicklung der Sprache im Ost- und Nordseeraum. Es entstand eine einheitliche Handelssprache nach dem Vorbild des Lübecker Dialekts.

B ... und die Stadt

Notes de la vidéo : das Wahrzeichen: *l'emblème* • das Weltkulturerbe: *le patrimoine mondial*

Vokabelcoach!

- das Schiff (e): *le navire*
- die Besatzung: *l'équipage*
- das Festspiel (e): *le festival*
- das Rathaus: *l'hôtel de ville*
- der Markt (¨e): *le marché*
- der Speicher (-): *l'entrepôt*
- das Salz: *le sel*
- berühmt: *célèbre*
- an/ziehen* (o-o): *attirer*
- gelten* (a, o) als: *(ici) être considéré comme*
- stehlen* (a-o): *voler*
- genießen* (o-o): *profiter de*

Schau dir das Video an.

1. **a.** Was macht Lübeck attraktiv für Touristen?
   b. Notiere die Namen der Gebäude aus der Hansezeit.
2. Welches Handelsgut galt zur Zeit der Hanse als weißes Gold?
3. **Fasse** die neuen Fakten zur historischen Hanse **zusammen.**

Sprachcoach!

Le génitif → p. 178

- le génitif est le cas du complément du nom.
  *Die Kogge hat zum **Erfolg der Hanse** beigetragen:* la cogue a contribué au succès de la Hanse.

3 // Nostalgie mit Zukunft?

Heute knüpfen die Hansestädte wieder an ihre große Vergangenheit an: Im Jahr 1980 wurde in Zwolle der Internationale Städtebund Die HANSE gegründet, um das gemeinsame Erbe der Hansezeit neu zu beleben. Mittlerweile hat der Städtebund 200 Mitglieder in 16 Ländern und ist damit eine der größten freiwilligen Städtegemeinschaften weltweit.

Jede Stadt oder Gemeinde, die zur historischen Hanse gehörte und ihr zugewandt war (z.B. als Kontor, Niederlassung[1] oder durch regelmäßige Handelsbeziehungen) kann Mitglied des Städtebundes werden.

Es geht heute nicht mehr um die Durchsetzung[2] wirtschaftlicher Interessen, sondern vielmehr um Austausch und grenzüberschreitende[3] Zusammenarbeit. Der Städtebund hat zum Ziel, das kulturelle Erbe und die hansische Identität in den Mitgliedsstädten zu fördern und sich gemeinsam für ein geeintes und friedliches Europa einzusetzen. Wesentliche Themen der Zusammenarbeit sind Tourismus, Kultur und Nachhaltigkeit.

Mit dem „Internationalen Hansetag der Neuzeit" greift[4] der Städtebund die Tradition der mittelalterlichen Hansetage wieder auf[5].

Jedes Jahr ist eine andere Hansestadt Gastgeberin und lädt dazu ein, Tradition und Völkerverständigung zu feiern. Mit dabei sind nicht nur die Delegationen aus den Hansestädten, sondern bis zu 500.000 Besucherinnen und Besucher aus ganz Europa.

Seit 1988 gibt es die youthHansa – die Jugendorganisation des Städtebundes. Ziel ist es, junge Menschen auf das Thema Hanse aufmerksam zu machen und Jugendbegegnungen auf Basis des werteverbindenden[4] Dachs der Hanse zu ermöglichen. Die Jugendlichen nehmen am internationalen Hansetag teil und erarbeiten Projekte, die einen wichtigen Beitrag zur Völkerverständigung leisten.

hanse.org

1. *la succursale* **2.** *action d'imposer quelque chose* **3.** *international* **4.** *reprendre une idée* **5.** *aux valeurs communes*

Lies den Text und wähl deinen Weg. DIFFÉRENCIATION

A2+

1. a. **Notiere**, seit wann und wo Die HANSE existiert.
   b. Wer kann diesem Städtebund beitreten?
2. **Beschreibe**, was der Bund organisiert und welche Ziele er hat.
3. **Schreibe** einen Steckbrief über Die HANSE.

B1

1. a. **Schreib auf**, wie Die HANSE zustande kam.
   b. wer diesem Bund angehört.
2. **Liste** die Ziele und Aktionen des Städtebundes Die HANSE **auf**.
3. **Schreib** einen kurzen Text über Die HANSE.

4 ZUSAMMEN

Erklärt, wie sich Die HANSE sowohl für die Vergangenheit als auch die Zukunft engagiert.

METHODIK

Pour aborder un texte long, procède par étapes : lis chaque paragraphe plusieurs fois, et repère l'idée principale, avant de passer à la suite.

Sprachcoach!

Les infinitives en « *zu* » → p. 178

- La proposition infinitive est complément d'un nom ou d'un verbe: *Das Theater beabsichtigt, das Leben des Piraten darzustellen.* Le théâtre a l'intention de représenter la vie du pirate.

Vokabelcoach!

- die Begegnung (en): *la rencontre*
- das Ziel (e): *le but*
- das Mitglied (er): *le membre*
- an/knüpfen: *renouer (avec le passé)*
- gründen: *fonder*
- das Treffen (-): *la rencontre*
- der Austausch (e): *l'échange*
- das Erbe: *l'héritage*
- an/gehören: *appartenir*
- freiwillig: *de plein gré*

KURZ PROJEKT

Schreibt einen Artikel.

Schreibe einen Artikel über eine Hansestadt und einen Hansetag und lies ihn vor. → **Phonologie** p. 177

WORTSCHATZ!

DIE HANSE – MEHR ALS HANDEL

Der Handel

- der Handel: *le commerce*
- der Kaufmann (Kaufleute): *le marchand*
- der Markt (¨e): *le marché*
- der Rohstoff (e): *la matière première*
- der Speicher (-): *l'entrepôt*
- der Wein (e): *le vin*
- der Zoll (¨e): *la douane*
- die Niederlassung (en): *la succursale*
- die Ware (n): *l'article*
- das Fell (e): *la fourrure*
- das Getreide: *les céréales*
- das Gewürz (e) : *l'épice*
- das Handelsgut (¨er): *la marchandise*
- das Holz: *le bois*
- das Kontor (e): *le comptoir*
- das Mittelalter: *le Moyen-Âge*
- das Salz: *le sel*
- wirtschaftlich: *économique*
- einen Vertrag ab/schließen* (o, o): *conclure un contrat*

Erfolge und Gewinne

- der Austausch: *l'échange*
- der Bund (¨e): *la fédération*
- die Entwicklung: *le développement*
- der Erfolg (e): *le succès*
- der Gewinn (e): *le gain*
- die Sicherheit: *la sécurité*
- die Macht: *le pouvoir*
- die Vereinigung (en): *l'union*
- das Netz (e): *le réseau*
- einheitlich: *homogène*
- florieren: *fleurir*
- sich erstrecken: *s'étendre*
- unterstützen: *soutenir*
- bei/tragen* (u, a) : *contribuer*
- teil/nehmen* (a, o): *participer*
- auf/blühen: *s'épanouir*
- schützen: *protéger*

Probleme und Verluste

- der Krieg (e): *la guerre*
- die Gefahr (en): *le danger*
- die Seeräuberei: *la piraterie*
- die Plünderung (en): *le pillage*
- der Verlust (e) : *la perte*
- der Tagelöhner (-): *le travailleur journalier*
- verarmen: *s'appauvrir*
- stehlen* (a, o): *voler*
- überfallen *(ie, a): *assaillir*
- hin/richten: *exécuter*

Identität und Tourismus

- der Besucher (-): *le visiteur*
- der Friede: *la paix*
- der Gastgeber (-): *l'hôte*
- die Aufführung (en): *la représentation (théâtre)*
- die Begegnung (en): *la rencontre*
- die Freilichtbühne : *le théâtre en plein air*
- die Verständigung (en): *la compréhension*
- das Erbe (n): *l'héritage*
- das Festspiel (e): *le festival*
- das Mitglied (er): *le membre*
- das Stadtwappen: *le blason de la ville*
- das Treffen: *la rencontre*
- das Volk (¨er): *le peuple*
- das Ziel (e): *le but*
- grenzüberschreitend: *par delà les frontières*
- berühmt: *célèbre*
- bekannt: *connu(e)*
- an/ziehen* (o,o) : *attirer*
- an/gehören: *faire partie de*
- gründen: *fonder*

Die Hanse und das Meer

- der Fluss: *le fleuve*
- der Hafen: *le port*
- der Mast (en): *le mât*
- die Kaufleute: *les commerçants*
- die Besatzung: *l'équipage*
- die Hafenstadt: *la ville portuaire*
- die (freie) Hansestadt: *la ville (libre) hanséatique*
- die Küste (n): *la côte*
- die Kogge (n): *la cogue*
- das Kriegsschiff (e): *le navire de guerre*
- die Naturgewalt (en): *la force de la nature*
- das Segel (-): *la voile*
- hanseatisch: *hanséatique*
- preisgünstig: *bon marché*
- wendig: *manoeuvrable*
- auf dem Meer fahren* (u, a): *naviguer*
- bedienen: *faire fonctionner*

exercices interactifs

hachette-clic.fr/25all2120

Üben

1 | Trouve l'intrus.

a. das Fell – das Holz – der Speicher – das Salz – der Wein
b. das Kontor – die Kogge – die Hansestadt – der Hafen – die Niederlassung
c. die Plünderung – der Austausch – die Räuberei – der Krieg – überfallen
d. der Erfolg – aufblühen – die Entwicklung – der Verlust – die Macht

2 | Choisis parmi les énoncés.

a. Der direkte **Austausch / Markt** von Waren ohne **Salz / Zoll** ließ **Kaufleute / Tagelöhner** reich werden.
b. Die neuen **Häfen / Schiffe** der Hanse waren **billig / teuer** und trugen zum **Erfolg / Verlust** des Bundes bei.
c. Norddeutsche Städte konnten **einheitlich / wirtschaftlich** aufblühen und bekamen politische **Gefahr / Macht**.
d. Viele **Kongresse / Festspiele** finden in den ehemaligen **Kontoren / Koggen** statt.

3 | a. Choisis les termes adaptés pour décrire l'image.

die Ware – das Netz – die Freilichtbühne – sich erstrecken – berühmt – der Austausch – der Besucher – hinrichten – das Erbe – der Vertrag – die Seeräuberei – Kaufleute – das Mittelalter – der Handel – florieren – wirtschaftlich – bekannt – das Festspiel

b. Utilise cinq mots parmi ceux que tu as choisis et fais des phrases.

Phonologie

La lecture à voix haute

S'entraîner à lire à voix haute permet de comprendre les textes plus rapidement, de mieux mémoriser le vocabulaire, de vaincre ses hésitations à prendre la parole en classe.

Outre la prononciation de certains sons différents du français, la grande difficulté réside souvent dans la reconnaissance des syllabes.

De manière générale, toutes les lettres se prononcent, et il y a une syllabe par voyelle.

AUDIO 39
hachette-clic.fr/25all2121

1 Écoute et, dans les mots suivants, repère et prononce d'abord juste les voyelles, puis le mot entier syllabe par syllabe, puis le mot en entier de plus en plus vite.

Lichtquelle → Licht-quel-le
a. Freilichtbühne → Frei-licht-büh-ne
b. Handelsbeziehung → Han-dels-be-zieh-ung-en
c. werteverbindend → wer-te-ver-bin-dend
d. Städtegemeinschaft → Städ-te-ge-mein-schaft

2 Écoute et prononce les énoncés suivants d'abord syllabe par syllabe, puis mot par mot, et de plus en plus rapidement.

a. Das kleine Schiff mit dem einzigen Segelmast trug zum Erfolg der Hanse bei.
b. Jede Stadt mit einem Hafen konnte der Handelsvereinigung beitreten.

3 Lis ce texte à voix haute.

Kaufleute fuhren von Stadt zu Stadt, um Waren einzukaufen und anderswo wieder zu verkaufen. Die Reisen waren aber sehr gefährlich, weil es noch keine richtigen Polizisten gab. Um ihre Sicherheit zu erhöhen, schlossen sie sich zu Gemeinschaften zusammen.

exercices interactifs
hachette-clic.fr/25all2122

Le génitif → Précis p. 189

Observe et déduis

a. *Die Seeräuber der damaligen Zeit waren oft reich.*

b. *Die Tradition des Hansetags wird sehr geschätzt.*

- Quel est le rapport entre les mots soulignés ?
- Comment dirais-tu en français ?

Retiens

Le génitif indique une situation d'appartenance ou de possession. Il existe deux types de marque du génitif : forte et faible.

	forte	*faible*	*Exemple*
masc.	s+s	n	das Licht eines sonnigen Morgens
fém.	r	n	das Kleid meiner großen Schwester
n.	s+s	n	die Farbe des neuen Autos
pl.	r	n	die Aura dieser alten Schiffe.

Tu le trouves également derrière des prépositions comme *wegen* ou *während*. La marque du génitif sur un nom propre est un « s » à la fin du nom : *es ist Störtebekers Schiff.*

Entraîne-toi

1 Repère les GN au génitif.

a. Die Idee eines Sommerfestes finde ich interessant.
b. Wegen des schlechten Wetters kamen weniger Touristen.
c. Die Macht der norddeutschen Kaufleute provozierte den Ärger der dänischen Adligen.
d. Während einer klaren Nacht kann man Sterne sehen.

2 Complète les GN avec les bonnes terminaisons.

a. Koggen waren ideal für den Transport d… Rohstoffe….
b. Ich lasse das Segel mein… Schiff… reparieren.
c. Während d… Krieg…unterstützen Seeräuber die Armee d… dänisch… Herzöge…
d. Die Ziele dies… neu… Hanse… sind nicht mehr wirtschaftlich, sondern kulturell.

Les propositions infinitives en *zu* → Précis p. 200

Observe et déduis

a. *Sie lädt ein, Tradition zu feiern.*

b. *Der Bund hat zum Ziel, die Identität zu fördern.*

c. *Die Menschen sind stolz, ihre Identität zu zeigen.*

- Repère les infinitifs dans ces énoncés.
- Comment est formée la proposition infinitive ?

Retiens

Lorsqu'une action (verbe et complément) est complément soit d'un verbe (a.), d'un nom (b.) ou d'un adjectif (c.), elle constitue une proposition infinitive : le verbe à l'infinitif est en fin d'énoncé et il est précédé de *zu*, sauf s'il s'agit d'un verbe modal ou semi-modal.

Entraîne-toi

3 Relie les énoncés suivants.

1. Ziel der Übung ist,
2. Mit den Hansetagen versuchen Hansestädte,
3. Die Jugendlichen sind froh,
4. Der Bund hat vor,

a. an einer Regatta teilzunehmen.
b. besser zu lernen.
c. für den Frieden zu kämpfen
d. mit ihrer Vergangenheit anzuknüpfen

4 Construis des énoncés avec ces débuts.

Es ist richtig … Es ist falsch … Es ist eine gute Idee…

a. … sich für den Frieden engagieren.
b. … die Tradition aufleben lassen.
c. … das Leben eines berühmten Mannes zeigen.
d. … die Vergangenheit aufgreifen.
e. … internationale Zusammenarbeit fördern.
f. … Touristen in die Hansestädte bringen.
g. … die Vergangenheit vergessen.

Organisiert eine Ausstellung!

Zum Europatag am 9. Mai erstellt ihr Plakate, um die Hanse als eine europäische Vereinigung vorzustellen.

SCHRITT 1

Macht eine Liste der Informationen, die ihr über die Hanse habt.

SCHRITT 2

Bildet Gruppen und verteilt diese Informationen auf die Gruppen.

SCHRITT 3

Schreibt kurze Texte und druckt Bilder zum Illustrieren aus.

METHODIK

Ne présentez qu'un seul thème bien précis par affiche : par exemple sur le bateau de la Hanse, sur les denrées échangées, sur Störtebeker, sur une ville précise, sur les régates, la Hanse historique, la Hanse actuelle …

SCHRITT 4

Gestaltet eure Plakate und hängt sie in der Schule auf.

METHODIK

Mettez en avant les éléments importants en adaptant le graphisme. Ne rédigez que des énoncés simples, à partir de mots-clefs. Pensez à équilibrer la part de textes et la part d'images.

Kultur-Profi

SPIELE

Pour aller plus loin sur ce thème, flashe ce code.

hachette-clic.fr/25all2123

GEMÄLDE

Hans HOLBEIN der Jüngere : *Kaufmann Hans Georg Gisze*

BÜCHER

Gefangen im Teufelsberg

ESCAPE GAME

Ihr seid bei einer nächtlichen Tour auf dem Teufelsberg dabei. Leider bleibt ihr etwas hinter der Gruppe zurück... und werdet eingeschlossen! Ihr habt fünfzig Minuten, um den Code zu finden: Beeilt euch!

SCHRITT 1 **Schaut** euch die Seiten aufmerksam **an. Lest**, **hört** euch **die** Dokumente **an** und **sammelt** Indizien.

SCHRITT 2 **Löst** die Rätsel, um über jede Etappe der Geschichte des Teufelsbergs etwas zu erfahren.

SCHRITT 3 **Findet** jetzt mithilfe eures Spielblatts den Code, um euch zu befreien!

Feuille de route
hachette-clic.fr/25all2124

AUDIO 40
hachette-clic.fr/25all2126

Was ist ein Trümmerberg?

Am Ende des Zweiten Weltkrieges war Berlin zerstört **(1)**. Wohin mit den Trümmern[1]? Das war ein großes Problem. Schließlich wurde eine Lösung gefunden.

Man beschloss, die Trümmer zu Hügeln aufzuschütten[2] **(2)**. Abtransportiert wurde dieser Schutt[3] meist mit Trümmerbahnen **(3)**. Provisorisch wurden dabei in Straßen Schienen verlegt. Die vielen Trümmerfrauen, die fleißig und mühevoll den Schutt wegbrachten und aufschichteten, wurden zur Legende **(4)**. Ein Denkmal von so einer Trümmerfrau findet man im Volkspark Hasenheide. Später wurden die Hügel bepflanzt und Parks entstanden. Der Berliner nennt solche Berge „Mont Klamott".

Der am meisten besuchte Trümmerberg ist sicherlich der Teufelsberg. Er ist gleichzeitig mit 120,1 Metern der zweithöchste Berg Berlins **(5)**. Wunderschöne Aussichten bieten sich von der Spitze[4] des Teufelsbergs **(6)**.

in-berlin-brandenburg.com

1. *les ruines* 2. *en faire des collines*
3. *le remblai* 4. *le sommet*

„Im geteilten Berlin bot der Teufelsberg als damals höchste Erhebung den optimalen Standort für die Geheimdienste der USA und Großbritanniens, den Osten zu belauschen[1]. [...]

Bis zum Ende des Kalten Krieges belauschten dort bis zu 1.500 Geheimdienstmitarbeiter Gespräche. Ausgestattet mit modernster Technik dokumentierten sie Tag und Nacht den Funkverkehr[2] in bis zu 250 Kilometern Entfernung. Im Verbund mit weiteren Anlagen waren sogar bis zu 500 Kilometer möglich. Dabei bekamen die Techniker unerwartete Unterstützung[3] durch die feierfreudigen[4] Berliner: Das Riesenrad auf dem alljährlichen Volksfest am Hüttenweg in West-Berlin verbesserte den Funkempfang[5] der Anlagen deutlich, da dieses die Weiterleitung der Signale verstärkte. Auf Anweisung blieb das Riesenrad noch einige Zeit nach den Festen stehen. [...]

Ganz ungestört und ohne Probleme gestaltete sich die Arbeit in der Field Station Berlin allerdings nicht. In den Jahren 1982 bis 1985 gelang[6] es der Stasi, [...] den auf dem Teufelsberg stationierten US-Soldaten James W. Hall dazu zu bringen, umfangreiche geheime NSA-Akten zu übergeben.

Er ließ sich dafür gut bezahlen. Nach der Wiedervereinigung beendeten Amerikaner und Briten 1991 ihre Arbeit auf dem Gelände der Abhörstation."

deutsches-spionagemuseum.de

1. *espionner* 2. *les communications radio* 3. *un soutien inattendu* 4. *amateurs de fête* 5. *la réception radio.* 6. *réussit*

VIDÉO 32
hachette-clic.fr/25all2128

VIDÉO 31
hachette-clic.fr/25all2127

Précis grammatical

LE GROUPE NOMINAL

LE GROUPE VERBAL

LA PHRASE

LE GROUPE NOMINAL

Un groupe nominal est constitué d'un nom, très souvent précédé d'un déterminant et éventuellement d'un adjectif et suivi éventuellement d'une subordonnée.

En allemand, le groupe nominal est caractérisé par :

- le **genre** : masculin, féminin, neutre
- le **nombre** : singulier ou pluriel
- le **cas** : nominatif, accusatif, datif, génitif

Les trois genres

La plupart du temps, le genre d'un nom ne s'explique pas mais il peut se déduire :

- **par le genre de la personne qu'il désigne :**

Masculin	Neutre	Féminin
der Mann	**das** Kind	**die** Frau
der Vater	**das** Baby	**die** Mutter
der Sohn		**die** Tochter
der Lehrer		**die** Lehrerin
der Politiker		**die** Politikerin
der Ingenieur		**die** Ingenieurin
der Forscher		**die** Forscherin

- **par la formation du nom :**

• mots en ***-er*** • *mots en **-e** de sexe masculin dit « masculin faible »* • mots en ***-ling, -or, -ist***	• dérivation d'un verbe • dimunitifs en ***-chen, -lein***	• suffixes en ***-heit, -keit, -schaft, - ung, -ion***
Masculin	**Neutre**	**Féminin**
der Lehrer **der** Computer **der** Junge **der** Kollege **der** Frühling **der** Doktor **der** Aktivist	leben → **das** Leben essen → **das** Essen schreiben → **das** Schreiben **das** Brötchen **das** Mädchen **das** Büchlein **das** Tischlein	**die** Freiheit **die** Fähigkeit **die** Freundschaft **die** Entwicklung **die** Funktion

Sprachcoach!

La meilleure façon de connaître le genre et le pluriel des noms c'est encore de les apprendre par cœur !

Les pluriels des noms

Il existe plusieurs formes de pluriels, certains éléments réguliers, et d'autres qu'il faut apprendre.

Forme du pluriel	Masculins singulier → pluriel	Neutres singulier → pluriel	Féminins singulier → pluriel
identique	der Wagen → **die** Wagen	das Theater → **die** Theater	
a → **ä**	der Vater → **die** V**ä**ter		
u → **ü**	der Bruder → **die** Br**ü**der		die Mutter → **die** M**ü**tter
-e	der Fisch → **die** Fisch**e**	das Jahr → **die** Jahre	
o → **ö** + **-e**	der Rock → **die** R**ö**ck**e**		
au → **äu** + **-e**	der Baum → **die** B**äu**m**e**		die Stadt → **die** St**ä**dte
-er	der Geist → **die** Geist**er**	das Kleid → **die** Kleider	
a → **ä** + **-er**	der Mann → **die** M**ä**nn**er**	das Haus → **die** Häuser	
u → **ü** + **-er**		das Buch → **die** Bücher	
-(e)n/nen	der Staat → **die** Staat**en**	das Auge → **die** Auge**n**	die Blume → **die** Blume**n** die Lehrerin → **die** Lehrerin**nen**

De nombreux noms d'origine étrangère ont un pluriel en -s :

der Streik → die Streiks; der Chef → die Chefs; das Büro → die Büros; das Café → die Cafés

Il a quelques formes particulières pour le pluriel des noms d'origine étrangère :

die Firma → die Firmen; das Museum → die Museen; das Praktikum → die Praktika; das Visum → die Visa

Les déterminants

• Dans le groupe nominal, le nom est souvent précédé d'un déterminant qui peut être un article, un déterminant **démonstratif** ou **possessif**, ou encore un **quantificateur**.

a. Les types de déterminants

der, das, die *article défini : le, la, les*	**dies-** *déterminant démonstratif : ce(te), ces*	**jed-** *quantificiateur indéfini : chaque*
• **der** Vater • **das** Kind • **die** Mutter • **die** Leute	• **dieser** Vater • **dieses** Kind • **diese** Mutter • **diese** Leute	• **jeder** Vater • **jedes** Kind • **jede** Mutter -

ein/e *article indéfini : un, une, des*	**kein/e** *article indéfini négateur : aucun(e)*	**mein/e** *déterminant possessif : mon, ma, mes*
• **ein** Vater • **ein** Kind • **eine** Mutter • **Ø** Leute	• **kein** Vater • **kein** Kind • **keine** Mutter • **keine** Leute	• **mein** Vater • **mein** Kind • **meine** Mutter • **meine** Leute

b. Les déterminants possessifs

personne	Singulier	
ich du er/es sie	mein- dein- sein- ihr	mein Vater / Kind; meine Mutter; meine Freunde dein Vater / Kind; deine Mutter; deine Freunde sein Vater / Kind; seine Mutter; seine Freunde ihr Vater / Kind; ihre Mutter; ihre Freunde
	Pluriel	
wir ihr sie/Sie	unser- euer/eure ihr-/Ihr-	unser Vater / Kind; unsere Mutter; unsere Freunde euer Vater / Kind; eure Mutter; eure Freunde ihr/Ihr Vater / Kind; ihre/Ihre Mutter; ihre/Ihre Freunde

Sprachcoach!

Attention en allemand, comme en anglais, à la 3e personne du singulier le genre du possesseur détermine le choix du possessif.

L'ami de Paul → son ami → ***sein*** *Freund* (***his*** *friend*)

L'ami de Lila → son ami → ***ihr*** *Freund* (***her*** *friend*)

c. Les quantificateurs

Les quantificateurs précèdent le nom pour en préciser la quantité qui peut être faible, moyenne ou indéterminée, grande, totale. La quantité simple ou nulle est exprimée par les indéfinis ***ein / kein***.

▲ **ein wenig, etwas** *(un peu)*
ein wenig Zucker, etwas Zucker

▲▲ **einige, ein paar** *(quelques)*
einige Dinge, ein paar Dinge

▲▲▲ **viel(e)** *(beaucoup)*
viele Leute, viel Zeit

▲▲▲ **alle** *(tous/toutes)*
alle Freunde

wenig(e) (peu de)
wenig Zucker, wenige Eier

manche *(certains, quelques)*
manche Dinge

mehrere *(plusieurs)*
mehrere Leute

Les cas et leurs emplois

En français, le groupe nominal peut avoir plusieurs fonctions : sujet/attribut du sujet, complément d'objet direct et indirect… En allemand, ces fonctions sont portées par les cas.
Selon le cas, le déterminant porte une marque (une terminaison particulière).

Nominatif

Sujet (wer? / was?)

Die Direktorin kommt zurück.
Eine Oper steht auf dem Spielplan.

attribut du sujet (was?)

Die Loreley ist **eine** gefährliche Nixe.
München ist **eine attraktive Stadt**.

Accusatif

COD (wen? / was?)

Ich habe **meinen Freund** gesehen.
Er findet bestimmt **den Weg**.

complément de temps

Wir kommen **nächsten Montag**.
Das war sicher **letztes Jahr**.

complément du verbe

Sie braucht dafür etwa **eine Stunde**. (durée)
Jede Woche läuft er **zehn Kilometer**. (distance)

après une préposition entraînant l'accusatif

toujours suivies de l'accusatif

durch de**n** Park *(à travers)*
für mich *(pour)*
gegen di**e** Wand *(contre)*
ohne ih**n** *(sans)*
um de**n** Baum *(autour)*

complément de lieu (directif)

an *à (au tableau, au mur)* ; **auf** *sur* ;
hinter *derrière* ; **in** *dans* ; **neben** *à côté* ;
über *au-dessus* ; **unter** *sous* ;
vor *devant, avant* ; **zwischen** *entre*
→ Er geht in di**e** **Küche**.
→ Er stellt sich neben de**n** **Direktor**.

Datif

COI ou COS (wem?)

Ich antworte **der Direktorin**.
Sie gibt **mir** (COS) morgen das Rezept (COD).

après certains verbes

antworten *répondre* ; **begegnen** *rencontrer* ;
danken *remercier* ; **fehlen** *manquer* ;
folgen *suivre* ; **gefallen** *plaire* ; **gehorchen** *obéir* ;
helfen *aider* ; **vertrauen** *faire confiance, etc*
→ Hilf **mir** doch mal kurz.
→ Der Film hat meine**n** Freunde**n** sehr gefallen.

après une préposition entraînant le datif

toujours suivies du datif

aus *de* ; **bei** *chez* ; **mit** *avec* ;
nach *à, en (directif)* ; **seit** *depuis* ;
von *de* ; **zu** *vers, à*
→ Er kommt **aus der** Schule.
→ Sie fährt auch **nach** Berlin **zu** ihre**m** Freund.

complément de lieu (locatif)

an *à (à la fenêtre)*; **auf** *sur* ; **in** *dans* ; **hinter**
neben *à côté* ; **über** *au-dessus* ; **unter** *sous* ;
vor *devant, avant* ; **zwischen** *entre*
→ Er steht **am** Fenster.
→ Das Buch liegt **auf** de**m** Tisch.

Sprachcoach!

En allemand, pour les compléments de lieu, on distingue le **locatif** (pour situer où se trouve quelque chose ou quelqu'un) et le **directif** (pour indiquer où mène un déplacement). Certaines prépositions sont dites « mixtes » car elles sont suivies soit de **l'accusatif**, soit du **datif**, qui précisent alors s'il y a changement de lieu ou non.

Génitif

complément du nom

Die Mutter **meiner Mutter** ist meine Oma.

possession (génitif saxon)

Das ist **Tims** Buch.
Das ist **Vickys** Mutter.

après une préposition entraînant le génitif

statt *au lieu de* ; **trotz** *malgré, en dépit de* ; **während** *pendant* ; **wegen** *à cause de*

→ Trotz ihres **Alters** läuft sie jeden Tag 10 Kilometer.

→ Während der Pause könnt ihr euch entspannen.

Sprachcoach!

Attention : pour former le génitif saxon quand le nom se termine par s ou le son **/s/**, on ajoute simplement une apostrophe : Thomas' Tasche ; Max' Schwester.

La déclinaison du groupe nominal

La **marque** (ou déclinaison) du groupe nominal correspond au **cas**, au **genre** et au **nombre** qui le caractérisent. Elle est toujours la même, mais peut-être portée par différents éléments du groupe nominal (surtout l'article et l'adjectif).

Comme leur nom l'indique, les pronoms personnels peuvent remplacer un nom :

	Singulier			Pluriel
	Masculin	Neutre	Féminin	+ Forme de politesse
nominatif	er	es	sie	sie / Sie
accusatif	ihn	es	sie	sie / Sie
datif	ihm	ihm	ihr	ihnen/ Ihnen

a. Le groupe nominal défini (le, la, les) avec adjectif épithète

	Singulier			Pluriel
	Masculin	Neutre	Féminin	+ Forme de politesse
nominatif	der gute Freund	das neue Haus	die beste Freundin	die jungen Schüler
accusatif	den guten Freund	das neue Haus	die beste Freundin	die jungen Schüler
datif	dem guten Freund	dem neuen Haus	der besten Freundin	den jungen Schülern
génitif	des guten Freundes	des neuen Hauses	der besten Freundin	der jungen Schüler

Les articles démonstratifs ***dies- / jen-*** peuvent prendre la place de l'article. Ils prennent alors la marque du cas : → dieser Freund / dieses Haus / diese Freundin / jene Schüler

b. La particularité du masculin faible

Les masculins faibles prennent -n ou -en à toutes les personnes.

	masculin	pluriel
nominatif	der nette Junge	die netten Jungen
accusatif	den netten Jungen	den netten Jungen
datif	dem netten Jungen	den netten Jungen
génitif	des netten Jungen	der netten Jungen

Les masculins faibles peuvent être :

- des noms d'origine germanique désignant :
▶ des animaux : der Affe, der Bär, der Hase, der Löwe ...
▶ des métiers ou qualités : der Bauer, der Held, der Herr, der Mensch, der Nachbar ...
- des noms d'origine étrangère désignant :
▶ des métiers ou fonctions : der Architekt, der Biologe, der Experte, der Geologe, der Kollege, der Philosoph, der Psychologe, der Präsident, der Demokrat ...
▶ des nationalités : der Däne, der Franzose, der Grieche, der Pole, der Russe, der Schwede ...

c. Le groupe nominal indéfini (un, une, des) avec adjectif épithète

	Singulier			Pluriel
	Masculin	Neutre	Féminin	
nominatif	ein guter Freund	ein neues Haus	eine nette Freundin	junge Schüler
accusatif	einen guten Freund	ein neues Haus	eine nette Freundin	junge Schüler
datif	einem guten Freund	einem neuen Haus	einer netten Freundin	jungen Schülern
génitif	eines guten Freundes	eines neuen Hauses	einer netten Freundin	junger Schüler

Sprachcoach!

L'article indéfini négateur ***kein*** et les déterminants possessifs ***mein, dein, sein, ihr...*** (→ p. 187)
se déclinent comme ***ein***. Ils ne prennent pas de marques au nominatif masculin et neutre, ni à l'accusatif neutre.

d. Le groupe nominal sans déterminant

En allemand, *du, de la, des*, ne se traduisent pas. L'indéfini pluriel et le partitif (qui exprime une quantité indéfinie de quelque chose d'indénombrable) s'expriment sans article.

	Singulier			Pluriel
	Masculin	Neutre	Féminin	
nominatif	guter Saft	friches Fleisch	süße Konfitüre	knackige Äpfel
accusatif	guten Saft	friches Fleisch	süße Konfitüre	knackige Äpfel
datif	gutem Saft	frichem Fleisch	süßer Konfitüre	knackigen Äpfeln
génitif	guten Saftes	frichen Fleisches	süßer Konfitüre	knackiger Äpfel

e. L'adjectif substantivé

Un **nom** peut être un **adjectif** substantivé (employé comme un nom). Dans ce cas, il prend alors une majuscule comme les autres noms mais suit la déclinaison de l'adjectif épithète.

	Singulier			Pluriel
	Masculin	Neutre	Féminin	
nominatif	der Deutsche	das Richtige	die Deutsche	die Deutschen
accusatif	den Deutschen	das Richtige	die Deutsche	die Deutschen
datif	dem Deutschen	dem Richtigen	der Deutschen	den Deutschen
génitif	des Deutschen	des Richtigen	der Deutschen	der Deutschen

	Singulier		Pluriel
	Masculin	Féminin	
nominatif	ein Deutscher	eine Deutsche	Deutsche
accusatif	einen Deutschen	eine Deutsche	Deutsche
datif	einem Deutschen	einer Deutschen	Deutschen
génitif	eines Deutschen	einer Deutschen	Deutscher

Quelques exemples : der/die Bekannte, der/die Verwandte, der/die Erwachsene, der/die Jugendliche, das Gute, das Beste ...

L'adjectif qualificatif

a. L'adjectif épithète

- Il fait partie du groupe nominal et se place directement **avant** le nom qu'il qualifie.
- Les marques qu'il porte dépendent non seulement du **genre**, du **nombre** et de la **fonction** du nom qu'il qualifie mais aussi du déterminant qui introduit le groupe nominal :
der gute Freund / ein guter Freund / gute Freunde
- Quand un groupe nominal est introduit par un déterminant indéfini comme *ein, kein* ou un possessif *(mein, sein, ihr...)* c'est la terminaison de l'adjectif qui porte la marque du **genre** et du **cas**.
ein **guter** Freund → **der** Freund
ein schön**es** Haus → **das** Haus

b. Les degrés de l'adjectif (comparatif et superlatif)

On parle de **degrés** de l'adjectif parce que certaines formes de l'adjectif permettent d'exprimer une qualité plus ou moins grande du nom qu'il qualifie.

Degré zéro = adjectif ou adverbe < **Degré 1** = comparatif < **Degré 2** = superlatif

Le comparatif		
Supériorité	adjectif **-er** + **[als]**	Du bist größ**er als** ich. Mein Bruder ist auch viel klein**er** [als ich].
Égalité	**so** + adjectif + **wie**	Du **bist** so groß **wie** ich.
Infériorité	**nicht so** + adjectif + **wie**	Er ist gar **nicht so** groß **wie** ich.

On traduit une intensité croissante (plus... plus) ou descendante (moins... moins) par :

je + comparatif..., desto + comparatif...

Je weniger er Klavier spielt, **desto weniger** Fortschritte macht er.

Le superlatif		
Adjectif	adjectif **-st** + terminaison	Es ist der schnell**ste** Weg nach Hause.
Adverbe	**am** + adverbe **-sten**	Am einfach**sten** ist Deutsch. Am **besten** lebt es sich in Zürich.

Sprachcoach!

En allemand, **adverbes** et **adjectifs** sont **identiques**, seule leur fonction les différencie.

De nombreux adjectifs d'une seule syllabe prennent un **Umlaut** au comparatif de supériorité et au superlatif alt → älter → der älteste Sohn ; groß → größer → am größten

Au superlatif, on intercale un **-e** devant la terminaison **-st** des adjectifs terminés par **-t, -d, -s** ou **-z** : ältest... - am ältesten, größt... - am größten.

Formes irrégulières			
gern *(volontiers)* gut *(bon, bien)* hoch *(haut)* nah *(proche)* viel *(beaucoup)*	liebe- besser- höher- näher- mehr	liebst- best- höchst- nächst- meist-	am liebsten am besten am höchsten am nächsten am meisten

LE GROUPE VERBAL

On distingue en allemand plusieurs **types de verbes** :

→ **les auxiliaires** : sein, haben, werden.
sein et haben servent à former certains temps du passé, werden le futur, le subjonctif II présent et la voix passive.

→ les verbes **simples** : gehen, spielen, kommen...

→ les verbes **composés** : avec un préverbe séparable (an-, auf-, ein, aus-, mit-) ou une particule inséparable (zer-, be-, er-, ge-, miss-, emp-, ent-, ver-)

→ les verbes **pronominaux** : sich freuen, sich waschen...

→ les verbes **de modalité** : sollen, müssen, können, dürfen, mögen, wollen

Note

• Les verbes **faibles** : ce sont les verbes réguliers, qui sont les plus nombreux, comme machen, spielen, arbeiten ...

• Les verbes **mixtes** = faibles irréguliers : rennen - rannte - gerannt, bringen - brachte - gebracht ...

• les verbes **forts** : ce sont des verbes irréguliers, au présent ou au passé, ou les deux, selon les verbes : sprechen - spricht - sprach - gesprochen ; gehen - geht - ging - gegangen.

Les pronoms personnels

Les pronoms personnels peuvent être sujets, objets ou réfléchis.

	nominatif	accusatif	datif
singulier	ich	mich	mir
	du	dich	dir
	er es sie	ihn es sie	ihm ihm ihr
pluriel	wir	uns	uns
	ihr	euch	euch
	sie, Sie	sie, Sie	ihnen, Ihnen

Quand le pronom est réfléchi, il se décline au cas qui correspond à sa fonction par rapport au verbe.

pronom personnel sujet	ich	du	er / es / sie	wir	ihr	sie	Sie
verbe	freue	freust	freut	freuen	freut	freuen	freuen
pronom réfléchi (acc.)	mich	dich	sich	uns	euch	sich	sich
verbe	überlege	überlegst	überlegt	überlegen	überlegt	überlegen	überlegen
pronom réfléchi (dat.)	mir	dir	sich	uns	euch	sich	sich

L'indicatif

a. Le présent

• Les auxiliaires *sein, haben, werden*

Comme en français, les verbes sein (être), haben (avoir) werden (devenir) peuvent être employés
- pour leur sens propre
- comme auxiliaire, c'est-à-dire pour « aider » à former les temps composés ou la voix passive.

⚠ Tous les auxiliaires sont irréguliers.

	sein	haben	werden
ich	bin	habe	werde
du	bist	hast	wirst
er / es / sie	ist	hat	wird
wir	sind	haben	werden
ihr	seid	habt	werdet
sie / Sie	sind	haben	werden

Sprachcoach!

Retiens que :
- sein et haben sont les auxiliaires utilisés pour former le **parfait** (passé composé en français).

Ich bin zurückgegangen.
Ich habe ihn gestern gesehen.
- werden est l'auxiliaire du **futur** et du **passif**.

Sie wird nächstes Jahr eine Weltreise machen.
In Deutschland werden Kinder mit sechs Jahren eingeschult.

En allemand, on utilise fréquemment le présent à valeur de futur : Sie kommt morgen.

- **Les verbes faibles et forts en -a et -e**
- **Formation = radical du verbe + -e, -st, -t, -en, -t, -en**

Les verbes dont le radical se termine par **-d**, **-t** ou **-chn** prennent un e intercalaire aux 2e et 3e personnes du singulier et à la 2e du pluriel (du arbeitest, er zeichnet, ihr achtet).

Les verbes forts en **-a** et **-e** sont irréguliers aux 2e et 3e personnes du singulier.

	verbes faibles	verbes forts en -a	verbes forts en -e
	machen	fahren	sehen
ich	mach**e**	fahr**e**	seh**e**
du	mach**st**	f**ä**hr**st**	s**ie**h**st**
er / es / sie	mach**t**	f**ä**hr**t**	s**ie**h**t**
wir	mach**en**	fahr**en**	seh**en**
ihr	mach**t**	fahr**t**	seh**t**
sie / Sie	mach**en**	fahr**en**	seh**en**

- **Les verbes de modalité**

Au présent les verbes de modalité – mögen, wollen, müssen, sollen, dürfen et können - présentent la particularité de changer de voyelle du radical au singulier (sauf sollen : ich soll) et de ne pas prendre de terminaison aux 1re et 3e personnes du singulier.

- können → ich kann**Ø**, du kann**st**, er kann**Ø**, wir könn**en**, ihr könn**t**, sie könn**en**
- dürfen → ich darf**Ø**, du darf**st**, er darf**Ø**, wir dürf**en**, ihr dürf**t**, sie dürf**en**
- mögen → ich mag**Ø**, du mag**st**, er mag**Ø**, wir mög**en**, ihr mög**t**, sie mög**en**
- wollen → ich will**Ø**, du will**st**, er will**Ø**, wir woll**en**, ihr woll**t**, sie woll**en**
- müssen → ich muss**Ø**, du muss**t**, er muss**Ø**, wir müss**en**, ihr müss**t**, sie müss**en**

Modalite

volonté

mögen *(goût, intérêt)*
Ich mag gern Musik.

wollen *(volonté forte)*
Er will Manager werden.

capacité, permission

können
(capacité , compétence)
Ich kann gut Klavier spielen.

dürfen *(permission)*
Darf ich bei Katja bleiben?

dürfen *(interdiction)*
Hier darf man nicht parken.

obligation

müssen *(obligation)*
Ich muss jetzt weg.

sollen *(obligation externe)*
Du sollst dich vorstellen!
Du sollst aufhören!

Sprachcoach!

- Le verbe ***wissen*** (savoir) se conjugue comme un verbe de modalité :
Ich **weiß**, du w**eiß**t, er/es/sie **weiß**, wir wissen, ihr wisst, sie/Sie wissen

b. Le prétérit

Formation du prétérit **faible** = radical du verbe + **-te** + terminaisons **Ø**, **-st**, **Ø**, **-n**, **-t**, **-n**

Formation du prétérit **fort** = radical du verbe avec modification de la voyelle + **Ø**, **-st**, **Ø**, **-en**, **-t**, **-en**

Formation du prétérit **faible irrégulier** = radical modifié + te + terminaisons **Ø**, **-st**, **Ø**, **-n**, **-t**, **-n**

	verbes faibles	verbes forts en -a	verbes forts en -e
	machen	fahren	denken
ich	machte	fuhr Ø	dachte
du	machtest	fuhrst	dachtest
er / es / sie	machte	fuhr Ø	dachte
wir	machten	fuhren	dachten
ihr	machtet	fuhrt	dachtet
sie / Sie	machten	fuhren	dachten

c. Le parfait et le plus-que-parfait

Comme en français, le **parfait** (qui correspond au passé composé) et le **plus-que-parfait** sont des temps composés formés d'un auxiliaire (haben ou sein) et d'un participe passé.

auxiliaire → au **présent** + **participe passé** = **parfait**

auxiliaire → au **prétérit** + **participe passé** = **plus-que-parfait**

Parfait → Ich habe gefragt, ob ...

Plus-que-parfait → Ich hatte gefragt, ob ...

• Le choix de l'auxiliaire

haben ou **sein ?**

- verbe **transitif** → **haben** Er hat das Buch gekauft.
- verbe **intransitif**
  - sans changement de lieu ou d'état → **sein** Er ist in Berlin geblieben.
  - avec changement de lieu → **sein** Er ist nach Berlin gefahren.
  - avec changement d'état → **sein** Der Schnee ist geschmolzen.

• La formation du participe passé

verbes faibles	**ge-** + radical + **-t**	**ge**spiel**t**, **ge**mach**t**, **ge**hör**t**...
verbes forts	**ge-** + radical modifié + **-en**	**ge**sproch**en**, **ge**schrieb**en**, **ge**ruf**en**
verbes mixtes	**ge-** + radical modifié + **-t**	**ge**dach**t**, **ge**kann**t**, **ge**nann**t**, **ge**brach**t**
Verbes de modalité	**ge-** + radical modifié sans Umlaut + **-t**	**ge**konn**t**, **ge**durf**t**, **ge**muss**t**, **ge**soll**t**, **ge**woll**t**, **ge**moch**t**, **ge**wuss**t**

Sprachcoach!

- Il faut apprendre par cœur la formation du participe passé des verbes forts. → couverture IV, V
- les verbes qui ne sont pas accentués sur la 1re syllabe ne prennent pas **ge-** : bekommen → Øbekommen
- Pour les verbes à préverbe, le préverbe est accentué et le **ge-** se glisse entre le préverbe séparable et le radical du verbe : ankommen → an**ge**kommen

• Le cas particulier des verbes de modalité

Au **parfait**, lorsque le participe passé des verbes de modalité est accompagné d'un infinitif, il prend lui aussi la forme d'un infinitif. On parle souvent de « double infinitif »

→ Sie hat kein Eis gewollt. → Sie hat kein Eis **essen wollen**.

d. Le futur

Le **futur** est un temps composé qui se forme avec l'auxiliaire werden et l'infinitif du verbe de l'action.

auxiliaire werden + **infinitif** ⟶ **futur**

→ Ich **werde** bald umziehen. → Nach ihrer Operation wird sie sich erholen müssen.

Le subjonctif II

Le subjonctif II est le mode de l'**irréel** : on l'utilise pour exprimer l'**hypothèse** (présent) ou le **regret** (passé) mais aussi pour formuler un souhait, donner un conseil ou faire une suggestion.

Il correspond au conditionnel en français.

→ Es könnte sein, dass ... (il se pourrait que...) Wenn ich es könnte, würde ich meine Wohnung renovieren lassen. Ich würde gern häufiger wegfahren. Sie hätte gern mehr Zeit für sich. Wenn er das gewusst hätte.

a. Le présent

• Pour les auxiliaires, les verbes de modalité (+ wissen) et quelques verbes forts courants, le présent du subjonctif II se forme avec :

radical du prétérit avec inflexion + **-e** + **Ø, -st, Ø, -n, -t, -n** ⟶ **présent du subjonctif II**

	sein	haben	werden	geben	gehen
ich	wäre	hätte	würde	gäbe	ginge
du	wärest	hättest	würdest	gäbest	gingest
er / es / sie	wäre	hätte	würde	gäbe	ginge
wir	wären	hätten	würden	gäben	gingen
ihr	wäret	hättet	würdet	gäbet	ginget
sie / Sie	wären	hätten	würden	gäben	gingen

• Les verbes de modalité prennent aussi l'inflexion, sauf ***wollen*** et ***sollen***.

	können	dürfen	mussen	sollen	wollen	mögen	wissen
ich	könnte	dürfte	müsste	sollte	wollte	möchte	wüsste
du	könntest	dürftest	müsstest	solltest	wolltest	möchtest	wüsstest

• Les verbes faibles forment leur subjonctif II avec l'auxiliaire **werden** au subjonctif II + l'infinitif du verbe (d'action).

→ Ich würde eher so spielen.

• Pour tous les autres verbes forts, même si les formes simples existent (ich fände, ich käme, ich sähe...) on leur préfère dans le langage courant le plus souvent la forme **würde** + **infinitif**.

→ Ich würde diesen Film gern noch einmal sehen.

b. Le passé

• Le subjonctif II passé se forme avec les auxiliaires **sein** ou **haben** au présent du subjonctif II et le participe passé du verbe conjugué.

Pour le choix de l'auxiliaire voir p. 195

auxiliaire au présent du subjonctif II + **participe II** ⟶ **subjonctif II passé**

→ Sie hätte gern mit dir gearbeitet.

→ Er wäre lieber früher gekommen, wenn er es gekonnt hätte.

La voix passive

a. Formation et emploi

L'emploi du passif est fréquent en allemand, davantage qu'en français. Sa formation est proche de celle du français :

auxiliaire **être** + **participe passé** — *Le chien est sauvé (par son maître).*

auxiliaire w**erden** + **participe II** — Der Hund wird (von seinem Herrn) gerettet.

On peut utiliser la voix passive à tous les temps et mode de la langue allemande.

	ich	du	er/es/sie	wir	ihr	Sie/Sie	+ participe passé	+
Indicatif présent	**werde**	**wirst**	**wird**	**werden**	**werdet**	**werden**	kontrolliert	-
prétérit	**wurde**	**wurdest**	**wurde**	**wurden**	**wurdet**	**wurden**	kontrolliert	-
parfait	bin	bist	ist	sind	seid	sind	kontrolliert	**worden**
plus-que-parfait	war	warst	war	waren	wart	waren	kontrolliert	**worden**
futur	**werde**	**wirst**	**wird**	**werden**	**werdet**	**werden**	kontrolliert	**werden**
subjonctif II présent	**würde**	**würdest**	**würde**	**würden**	**würdet**	**würden**	kontrolliert	-
subjonctif II passé	wäre	wärest	wäre	wären	wäret	wären	kontrolliert	**worden**

- Infinitif passif : participe passé + **werden** → verkauft **werden** (être vendu).
- Avec les verbes de modalité : modal **+ infinitif passif** → Das Haus muss verkauft **werden**. (La maison doit être vendue.)
- Le **complément d'agent** est introduit par :
von (l'agent est à l'origine de l'action) → Das Kind wird **von** seiner Mutter bestraft.
durch (l'agent est le moyen ou l'intermédiaire) → Im Deutschen werden Haupt- und Nebensätze **durch** ein Komma getrennt.

b. Le passif impersonnel

En allemand, il existe une forme de passif sans sujet appelée « passif impersonnel ». On le traduit par « on » en français sans qu'il soit équivalent à 'nous' mais plutôt aux gens en général.

→ Es wurde getanzt. (On a dansé.)

→ Es wird oft gesagt, dass ... (On dit souvent que...)

Le es disparaît si un autre élément (ici l'adverbe oft) occupe la première place :

→ Oft wird gesagt, dass ... (On dit souvent que...)

L'impératif

L'impératif sert à donner un **ordre** ou un **conseil**, ou à faire une **suggestion**. C'est le mode de l'injonction.

	verbes faibles	Verbes forts en **-e**
[du]	Sag es laut!	L**ie**s den Text!
[ihr]	Sag**t** es laut!	Les**t** den Text!
[Sie]	Sag**en Sie** es laut!	Les**en Sie** den Text!

LA PHRASE

La phrase allemande répond à une structure régressive, c'est-à-dire que tous les éléments associés à un autre (la base) le précèdent.

une maison blanche → ein weißes Haus

manger une pomme → einen Apfel essen

La phrase simple

a. La phrase déclarative

• La place du verbe conjugué

Le verbe conjugué est **toujours** en **2e position** !

sujet, complément ou subordonnée	verbe conjugé	sujet	Complément ou surbordonnée
Er	**geht**		vielleicht nach Hause.
Jetzt	**geht**	er	vielleicht nach Hause.
Vielleicht	**geht**	er	jetzt nach Hause.
Wenn der Bus nicht kommt,	**geht**	er	nach Hause.

Sprachcoach

Si la première position de la phrase est occupée par une subordonnée, elle est séparée par une virgule du verbe conjugué.

• Les conjonctions de coordination

Les conjonctions de coordination permettent de lier entre elles deux propositions **indépendantes**. Elles n'influent pas sur la place du verbe.

Ich lese ein neues Buch. Er sieht fern.
Ich lese ein neues Buch, **und** er sieht fern.

Sie hat sehr gute Ideen. Ihre Kollegen wollen ihr nicht zuhören.
Sie hat sehr gute Ideen, **aber** ihre Kollegen wollen ihr nicht zuhören.

So spart man viel Geld. Der Energieverbrauch nimmt ab.
So spart man viel Geld, **denn** der Energieverbrauch nimmt ab.

• L'ordre des compléments dans la phrase

Ich habe	meiner Freundin	dieses Buch	gekauft. (**COI** substantif – **COD** substantif)
Ich habe	es	meiner Freudin	gekauft. (**COD** pronom - **COI** substantif)
Ich habe	ihr	dieses Buch	gekauft. (**COI** pronom – **COD** substantif)
Ich habe	es	ihr	gekauft. (**COD** pronom - **COI** pronom)

Si les deux compléments sont des **substantifs**, alors le **COI** se place devant le **COD**

Si les deux compléments sont des **pronoms**, alors le **COD** se place devant le **COI**.

Si l'un des deux compléments est un **substantif** et l'autre un **pronom**, le pronom est toujours placé **avant** le substantif.

b. La phrase interrogative

- **La place du verbe conjugué**

Pronom interrogatif	Verbe conjugué	sujet	Compléments	Ponctuation
	Gehst	du	nach Hause	**?**
Wann	**geht**	er	nach Hause	**?**

- Les types de questions

On distingue deux types d'interrogatives, l'interrogative **globale** et l'interrogative **partielle**.

Interrogative

globale
(réponse par oui/non)

Kennst du ihn?
→ Nein, ich kenne ihn nicht.

partielle
(avec pronom interrogatif)

wer? *qui* **was?** *quoi* **wo?** *où* **wie?** *comment*
welch-? *quel* **wann?** *quand*
warum? *pourquoi* **weshalb?** *pourquoi*
wozu? *dans quel but*

Les combinaisons avec *wie*

wie alt? *quel âge... ;* **wie groß** *quelle taille... ;*
wie weit? *à quelle distance...*
wie viel? *combien...* **wie oft?** *à quelle fréquence*
inwiefern? *dans quelle mesure...*

wo + préposition

wohin? *où ;* **woher?** *d'où ;* **woran?** *à quoi ;* **womit?** *avec quoi ;*
wofür? *pour quoi faire ;* **wozu?** *dans quel but*

Sprachcoach!

Les pronoms composés avec wo ne s'utilisent que si la question porte sur une chose, pas sur une personne.

c. La phrase négative

On distingue la **négation globale** et la **négation partielle**. La négation globale porte sur l'ensemble de la phrase. La négation partielle ne porte que sur un élément de la phrase.

- **La négation globale avec *nicht***

Dans la phrase indépendante, seule la partie mobile du verbe conjugué occupe la deuxième position, les éléments sur lesquels portent la négation sont en position finale.

infinitif	indépendante
nicht kommen	Er kommt **nicht**.
nicht mitkommen	Er kommt **nicht** mit.
nicht mitgekommen sein	Er ist **nicht** mitgekommen.

Sprachcoach!

- Avec un préverbe séparable, ***nicht*** se place avant le préverbe. → Ich rufe ihn heute **nicht** an.
- Si le verbe est accompagné d'un groupe prépositionnel, *nicht* se place avant le complément.
→ Sie will heute **nicht** ins Kino gehen.

- **La négation partielle avec *nicht***

Le négateur partiel ***nicht*** est généralement non accentué. Il se place juste devant l'élément nié, qui est accentué.

→ Nein, in Berlin waren wir **nicht** letztes Jahr, sondern vor zwei Jahren!
(Ce n'est pas l'an dernier mais il y a deux ans que nous étions à Berlin.)

- **La négation avec *kein***

On emploie ***kein*** à la place de ***nicht*** devant des articles indéfinis (au singulier et au pluriel) ein / eine / Ø et du partitif (er trinkt Milch / keine Milch).

→ Ich habe **keinen** Hund.

→ Heute habe ich leider **keine** Zeit.

Sprachcoach!

- La négation peut être suivie d'une rectification introduite par ***sondern***.
→ Trachten sind keine jahrhundertealte Tradition, **sondern** ein Modephänomen aus dem 19. Jahrhundert.

La phrase complexe

a. La structure de la phrase

La phrase complexe est composée d'au moins **deux propositions** qui sont liées entre elles, une **principale** et une **subordonnée**. La subordonnée est **liée** à la principale et ne peut fonctionner seule.

En allemand, la proposition principale et la proposition subordonnée sont toujours séparées par une **virgule**.

La principale peut précéder la subordonnée ou la subordonnée peut précéder la principale. Quoi qu'il en soit, dans une proposition subordonnée, le verbe est toujours en **dernière** position.

b. La proposition infinitive

Dans des propositions à l'infinitif, le groupe verbal à l'infinitif est toujours en position **finale**. Il peut être précédé d'une préposition ***zu*** (de, à) , ***um... zu*** (pour), ***anstatt... zu*** (au lieu de).

→ Ich bitte dich, alles richtig zu schreiben.

Le marqueur d'infinitif ***zu*** peut être associé à certaines prépositions.

→ Wir sind gekommen, **um** dir zu helfen.

⚠ Quand il est complément d'un verbe de modalité, le groupe infinitif est employé seul sans ***zu*** en français.

Ich will heute mit einem Freund **telefonieren.**

Ich will heute als erstes mit einem Freund **telefonieren.**

Ich soll gestern lange mit einem Freund **telefoniert haben.**

Sprachcoach!

Dans un verbe à préverbe séparable, ***zu*** s'intercale entre le préverbe et la base du verbe

→ Ich habe keine Lust, mir dieses Fotoalbum wieder an**zu**sehen.

c. La subordonnée complétive

Les subordonnées complétives sont introduites par une **conjonction de subordination**.

• Elle est introduite par **dass** (*que*) quand le verbe dont elle dépend exprime entre autre un fait ou une certitude.

• Elle est introduite par ***ob*** quand le verbe dont elle dépend exprime une question ou une incertitude.

• Les complétives introduite par un mot en **w-** sont des interrogatives partielles indirectes.

principale	subordonnée
Erklär mir doch,	**warum** du das Buch nicht lesen willst.
Kannst du mir sagen,	**wann** er zurück sein wird?

d. Les subordonnées circonstancielles

• Les subordonnées de temps

als (quand, lorsque) = événement **unique** du passé

→ **Als** ihr Sohn an der Haustür klingelte, saßen seine Eltern im Wohnzimmer.

→ Seine Eltern saßen im Wohnzimmer, **als** ihr Sohn an der Haustür klingelte.

wenn (quand, lorsque) = événements **répétés** du passé

→ **Wenn** er abends nach Hause kam, wartete niemand auf ihn.

→ Niemand wartete auf ihn, **wenn** er abends nach Hause kam.

wenn (quand, lorsque) = événements **du présent** et **du futur**

→ **Wenn** die Sonne scheint, verbringt er den ganzen Tag in seinem Garten.

bevor (avant que) = événement antérieur

→ **Bevor** das Buch herauskommt, muss eine Pressekampagne gestartet werden.

nachdem (après que) = événement postérieur

→ **Nachdem** er lange überlegt hatte, gab er sein Einverständnis.

seit / seitdem (depuis que) = précise depuis quand un événement perdure

→ **Seit(dem)** er weiß, dass es mit seinem Studium klappt, ist er entspannt.

bis (jusqu'à ce que) = indication d'une limite dans le temps

→ Wir warten, **bis** er kommt.

während (pendant) = indication d'une simultanéité

→ **Während** wir das Theaterstück probten, wurden die Kostüme entworfen.

• Les subordonnées de cause, but, conséquence

cause →	**weil** (parce que)	→ Du musst mir antworten, weil ich die Information brauche.
cause →	**da** (comme)	→ Da nur wenige Plätze verkauft wurden, wurde die Vorstellung abgesagt.
cause →	**indem** (en faisant...)	→ Indem Klaus ihn schnell ins Krankenhaus brachte, hat er ihn gerettet.
but →	**um ... zu** + infinitif (pour)	→ Ich brauche mehr Zeit, um meine Übung zu machen.
	damit (afin que)	→ Ich habe es dir aufgeschrieben, damit du es nicht vergisst.
conséquence →	**so dass** (de sorte que)	→ Es regnet nicht genug, so dass die Pflanzen zu wenig Wasser haben.

Sprachcoach!

La conséquence est le plus souvent exprimée dans des propositions coordonnées introduites par deswegen, deshalb, darum (c'est pourquoi...).

- **Les subordonnées d'opposition et de concession**

obwohl (bien que)

→ **Obwohl** du mir alles erklärt hast, kann ich deine Reaktion nicht ganz verstehen.

auch wenn (même si)

→ **Auch wenn** es schwierig ist, muss man es versuchen.

während (tandis que)

→ **Während** er gern in der Bibliothek lernt, lernt seine Schwester lieber zu Hause.

e. La subordonnée relative

La proposition subordonnée relative suit le nom qu'elle complète, appelé l'**antécédent**.

▶ La forme du pronom relatif dépend de la fonction de cet antécédent dans la proposition subordonnée ou de la préposition qui le précède ;

▶ du genre et du nombre de l'antécédent.

→ Siehst du **die Frau**, **die** das grüne Sweatshirt anhat?

→ Der Freund, **an den** er denkt, ist leider nicht gekommen.

→ Das Kind, **dessen** Eltern wir suchen, steht da drüben.

Sprachcoach!

Contrairement au français, le pronom relatif génitif n'est jamais associé à un article.

→ Das Kind, dessen Vater ein erfolgreicher Athlet ist, ...
*L'enfant, **dont** le père est un athlète accompli, ...*

C. La modalisation

Les **modalisateurs** permettent à celui qui parle d'exprimer un **jugement** ou une **nuance** appréciative sur l'information qu'il communique. La modalisation peut porter sur différents points de l'information.

Modalisation portée sur

la source

Er ist angeblich sehr reich.

la possibilité, la probabilité

vielleicht *(peut-être)*
Wir werden vielleicht zusammen singen
wahrscheinlich *(probablement)*
Er ist wahrscheinlich krank.

la valeur *(bon, mauvais, (in)correct...)*

leider *(malheureusement)*
hoffentlich *(espérons que, pourvu que)*
zum Glück *(par chance)*
natürlich *(évidemment, bien sûr)*
Sie ist leider durchgefallen.
Hoffentlich lässt sie den Kopf trotzdem nicht hängen.

QUELQUES STRATÉGIES POUR ...
ÉCOUTER ET COMPRENDRE UN DOCUMENT AUDIO OU VIDÉO

ANTICIPER

- Commence par faire des **hypothèses** sur le **contenu** du document à partir du **titre** et/ou du **visuel** qui peuvent te donner des indices sur le sujet, les personnes, le contexte (lieu, époque...) et éventuellement la nature du document (reportage, interview, campagne de sensibilisation, extrait de film...). .
- Rappelle-toi ce que tu sais, ce que tu as vu en cours sur le sujet, les personnes, l'époque, etc. dont il pourrait être question. Rappelle-toi aussi le lexique que tu pourrais entendre dans l'enregistrement. Note quelques mots de vocabulaire.
- Puis mets-toi en situation d'écoute et **prépare-toi** à prendre des notes.
- Tu pourras les organiser à la façon d'une carte mentale pour pouvoir les compléter au fur et à mesure plus facilement.
- Tu pourras utiliser un code couleur pour regrouper des informations de même nature ou sur les mêmes faits ou personnes.

ÉCOUTER

REPÉRER

- Valide ou invalide tes **hypothèses** : rectifie ou précise le thème, repère les personnes dont il est question et/ou qui s'expriment, dans quel contexte cela se passe.
- Sois attentif(ve) aux **mots** que tu reconnais et note-les.

Espace bien tes notes au brouillon pour pouvoir les compléter aux écoutes suivantes ou choisis une format type carte mentale.

COMPLÉTER ET METTRE EN RÉSEAU

- Sois attentif(ve)
  - aux données chiffrées (pourcentages, dates...) et relie-les à des informations précises,
  - aux noms et fonctions des personnes ainsi qu'à leur point de vue,
  - aux connecteurs logiques et chronologiques, à l'expression de l'avis, de l'accord ou du désaccord.
  - au ton, aux mimiques et à la gestuelle.

S'il y a plusieurs locuteurs pense à aller à la ligne pour chacun d'entre eux. Laisse des blancs ou des « ? » s'il y a des choses que tu n'as pas comprises, tu compléteras plus tard.

VÉRIFIER

- **Vérifie et complète** tes notes avec plus de détails lors de la dernière écoute.
- Précise ce qui relève de l'implicite : le ton et l'intention du document, les points de vue supposés des personnes...

Il faut que tu mettes en réseau l'essentiel des éléments que tu as compris.

RESTITUER

- Structure ton propos en allant du **plus général au plus précis** : du thème et de la situation d'énonciation aux faits et informations pour finir par l'intention de l'auteur. Tu pourras préciser alors quels moyens il utilise.

N'oublie pas que ta restitution doit être accessible à quelqu'un qui n'a pas vu/entendu le document.

Vokabelcoach!

- eine Nachrichtensendung
- eine Werbung, ein Werbespot
- ein Dokumentarfilm
- eine Reportage
- Es geht in diesem Dokument um ...
- Das Dokument handelt von + D
- Es handelt sich hier um + A.
- Der Journalist betont, dass ...
- Das Ziel ist es, ... zu zeigen / über ... zu informieren / für ... zu sensibilisieren.

METHODIK

QUELQUES STRATÉGIES POUR ...

T'EXPRIMER SUR UN DOCUMENT ICONOGRAPHIQUE

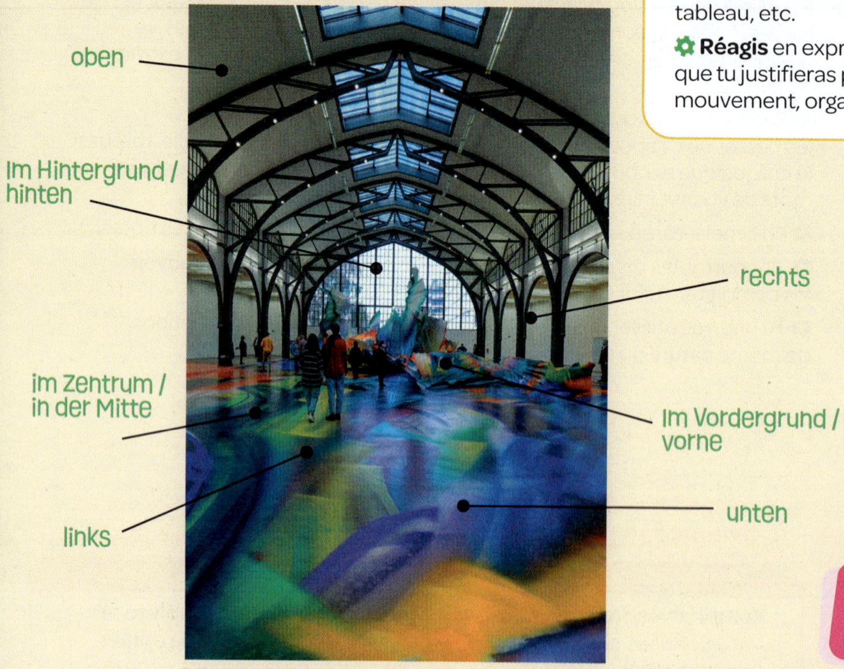

OBSERVER

- Relève les **informations données** : titre, artiste, date, dimensions, lieu d'exposition.
- Identifie la **nature du document** : dessin, photo, tableau, etc.
- **Réagis** en exprimant tes premières **impressions** que tu justifieras par des éléments formels (couleurs, mouvement, organisation...).

ANALYSER

LA COMPOSITION

- Prépare des mots-clés pour parler de ce que tu vois.
- Identifie la composition : plans, personnages, logos, slogans, etc.
- Qu'est-ce qui attire l'attention en premier, pourquoi ?
- S'il y a des personnages, explique ce que l'on peut imaginer d'eux.

LA LUMIÈRE ET LES COULEURS

- Repère les lignes de forces ou de fuites et vers quoi elles attirent l'œil.
- Identifie les couleurs dominantes et étudie les contrastes.
- Cherche d'où vient la lumière et ce qu'elle met en valeur ou laisse dans l'ombre.

INTERPRÉTER

- Appuie-toi sur tes **connaissances** personnelles pour donner du **sens** à l'image.
- Exprime ton **ressenti** et ton point de vue sur le document.
- Formule des **hypothèses** sur le sens du document et l'**intention** de l'auteur.
- Interroge les **symboles** et les éventuels éléments **implicites**.

Fais des liens et compare avec d'autres supports ou références iconographiques.

Vokabelcoach!

- ein Gemälde
- ein Stillleben
- ein Porträt
- ein Selbstporträt
- eine Fotografie
- ein Plakat
- ein Comic
- die Fluchtlinie
- die Perspektive
- die Proportionen
- der Umfang
- unterstreichen
- darstellen = zeigen

QUELQUES STRATÉGIES POUR ...

LIRE ET COMPRENDRE UN TEXTE

ANTICIPER

- Fais des hypothèses en t'appuyant sur le **paratexte** (source, auteur, date) et des indices donnés par une illustration.
- La **mise en page** peut t'aider à identifier le **genre** du document (article, roman, poésie, etc.)
- Le **sous-titre** ou les premières lignes du texte peuvent donner des informations sur le **contexte** et les personnes / personnages en présence.

Le genre du texte aide à envisager l'intention : un roman → raconter, un article → expliquer/commenter, un poème → émouvoir...

ORGANISER SA LECTURE

REPÉRER

- Vérifie tes **hypothèses** et essaie de dégager le thème du texte.
- **Repère** de qui il est question, du lieu et du moment où se situe l'action.
- Sois attentif(ve) aux **personnages**, aux pronoms personnels et aux déterminants possessifs ainsi qu'à leur référent.
- Sois attentif(ve) à la **structure du texte** pour en identifier la logique (paragraphes, éléments de dialogue, citations, etc.)

COMPLÉTER ET METTRE EN RÉSEAU

- Sois attentif(ve) aux **compléments** de lieux et de temps mais aussi aux temps et modes verbaux pour situer dans le temps (ou dans l'irréel).
- Repère les **connecteurs** chronologiques et logiques.
- Sois attentif(ve)
  - aux **données chiffrées** (pourcentages, dates...) et relie-les à des informations précises,
  - aux **noms et fonctions** des personnes, à leur point de vue,
  - aux **compléments de lieu et de temps** mais aussi aux temps et modes verbaux, aux connecteurs chronologiques et logiques.

VÉRIFIER

- **Complète** tes notes par davantage de détails.
- Sers-toi du **contexte** pour comprendre les mots inconnus.
- Repère les **procédés stylistiques** (ponctuation, répétition, amplification, etc. ...) pour identifier une intention et l'effet produit.

Utilise différentes couleurs pour surligner des éléments et informations dans le texte.

INTERPRÉTER

- Sers-toi de tes connaissances pour faire des liens entre les éléments du texte.
- À partir des éléments explicites, déduis les éléments implicites.
- Donne ton interprétation des intentions de l'auteur.
- Interroge-toi sur la portée du texte.

Vokabelcoach!

- eine Fiktion
- eine Erzählung
- ein Sachtext
- eine (Auto-)Biografie
- ein Artikel
- eine Beschreibung
- erzählen
- bewegen
- eine Ansicht teilen

QUELQUES STRATÉGIES POUR ...
S'EXPRIMER À L'ORAL EN CONTINU

SE PRÉPARER

- Mobilise tes connaissances culturelles et linguistiques sur le sujet.
- Note le vocabulaire que tu pourras utiliser pour t'exprimer.
- Prépare des mots-clés sur le sujet pour définir tes idées principales.
- Fais un plan de ta présentation sous forme de schéma, tableau ou carte mentale. Introduction → idée 1 (exposition, exemple, transition) → idée 2... → idée 3...→ conclusion

PRENDRE LA PAROLE

PENSER ET STRUCTURER SON PROPOS

- Organise ce que tu veux dire et note les mots clés utiles.
- Prévois une brève introduction pour dire ce que tu vas faire / de quoi tu vas parler.
- Note quelques amorces de phrases, des transitions et des connecteurs logiques entre tes différentes idées.
- Étaye ton propos avec des exemples, des citations, des éléments d'une illustration.

S'ENTRAÎNER

- Choisis une partie et entraîne-toi à t'exprimer **sans lire tes notes**.
- Répète des **mots-clés**, des **amorces** ou des **transitions** à voix haute.
- Vérifie et répète la **prononciation** de certains mots qui te semblent difficiles.

Entraîne-toi à l'oral en t'enregistrant puis récoute et corrige tes erreurs, ton intonation, ton accentuation, etc.

S'EXPRIMER

- Parle haut et **distinctement** pour que tout le monde te comprenne.
- **Regarde** ton auditoire pour percevoir d'éventuelles incompréhensions.
- Adapte ton **débit de parole** : plus lentement pour les idées importantes, plus vite pour les exemples et des pauses entre chaque partie.
- Si besoin, utilise des ***Lückenfüller*** *(ja also, was ich sagen will, wie gesagt ...).*

Vokabelcoach!

- für mich / meiner Meinung nach
- mir scheint, dass ..., ich glaube, dass ..., ich denke, dass ...
- auf der einen Seite ... auf der anderen Seite ...
- darüber hinaus / dazu
- während
- In meiner Präsentation geht es um ...
- Es ist wichtig für mich, ... zu teilen

AVOIR LA BONNE ATTITUDE

- Si tu es **convaincu(e)**, tu seras plus convaincant(e).
- **Pose tes notes**... et n'hésite pas à te référer à une illustration visible de tous pour soutenir ton propos.
- Fais attention à ta posture, tes gestes, au ton de ta voix...
- Observe les réactions de tes interlocuteurs pour **corriger** ou **reformuler**.
- Si tu te trompes, ce n'est pas grave, n'hésite pas à te corriger ou à demander de l'aide (ich habe vergessen, wie man «...» sagt).

N'hésite pas à sourire même si tu n'es pas encore très à l'aise pour parler devant un groupe.

QUELQUES STRATÉGIES POUR ...
INTERAGIR ET DÉBATTRE À L'ORAL

SE PRÉPARER

- Analyse le sujet en repérant les **mots-clés** pour identifier les **enjeux** de la question.
- Hiérarchise tes idées, prépare tes arguments et mémorise des connecteurs pour **structurer** ta pensée pendant le débat.

AFFIRMER SA POSITION

POUR

- Commence par exposer le **sujet** de manière claire.
- Donne ton **opinion** en t'appuyant sur des exemples.
- **Anticipe** les arguments des autres pour les **contrer** ou y répondre.

L'intonation est essentielle, plus tu seras convaincu(e) plus tu seras convaincant(e).

NEUTRE

- Écoute bien les arguments des uns et des autres pour les **confronter**.
- Utilise l'expression de la concession et des modalisateurs pour **nuancer** le débat.
- N'hésite pas à développer un **point de vue original** étayé sur des expériences personnelles ou connues.

Veille à traiter à égalité les arguments opposés. Adopte un ton posé et rassurant : observe les réactions des opposants pour adapter ta posture.

CONTRE

- Exprime ton **point de vue** de façon claire et argumentée.
- **Reformule** les idées adverses pour les réfuter.
- Exprime ton **désaccord** ou **nuance** les propos adverses sans être agressif(ve).

Si tu veux être écouté(e) pense toi-même à ne pas couper la parole. Quand tu n'es pas d'accord, réagis aux idées et non pas aux personnes..

INTERAGIR

- Parle **distinctement** pour être compris(e) de tous.
- Interpelle tes interlocuteurs pour mieux les **impliquer** dans l'échange.
- Utilise le **langage corporel** : le ton, la posture, le regard soutiennent aussi ton argumentation.
- **Accentue** les mots ou arguments essentiels.

N'hésite pas à demander à ton interlocuteur/trice de reformuler. Utilise des expressions qui rendent l'interaction naturelle : also …, klar…, natürlich… *(mais sans en abuser !) Tu peux utiliser des questions rhétoriques pour convaincre.*

Vokabelcoach!

- meiner Meinung nach...
- ich bin mit ... (nicht) einverstanden
- Ich teile deine / Ihre Meinung (nicht).
- Ich bin (nicht) überzeugt ..., (nicht) sicher ...
- klar..., vermutlich ...
- weil ... / da ... / wdaher ...
- ausnahmslos ... / während ... / wie auch immer

Crédits iconographiques Couverture : Bildagentur-online/Joko / Alamy Stock Foto ; Valerii Apetroaiei/Adobe Stock (fille) **p.14/15** freepik **p.16 de hg à bd** TommL / i stock ; © Enrico Sauda ; Nikada / i stock ; Sean Gallup/Getty Images Europe/Getty Images/AFP ; Giuseppe Maffia / Alamy Stock Photo **p.17 hg** Jeff Morgan 04 / ARTGEN / Alamy Stock Foto ; hd The Picture Art Collection / Alamy Stock Foto ; © Otto Waalkes Tristar Media / Getty **p.20 de hg à bd** Fab_1 / Shutterstock Inside Creative House ; **p.21** Artepics / Alamy Stock Foto **p.24 de hg à bd** Martin Thomas Photography / Alamy Stock Foto ; Elena Ivanova / Alamy Stock Foto ; Kzenon / Alamy Stock Foto ; dpa picture alliance / Alamy Banque d'Images ; XINHUA/ Imago Salzburg Aug 29 2010 **p. 25** Courtoisie FESCH MAGAZIN © Boss **p.26 h** Sharkstock/Shutterstock ; **b** © Jochen Scherzinger /artwood **p.27** KarepaStock / Shutterstock **p.28h** Roger Jegg - Fotodesign-Jegg.de/Shutterstock ; **b** Boss Products /Shutterstock **p.29** imageBROKER.com / Alamy Stock Foto **p.31** Xavier Lorenzo / Shutterstock ; S_Photo / Shutterstock **p.32 de hg à bd** Annette Riedl/dpa/Alamy Live News dpa | Maja Hitij ; Annette Riedl/dpa/ Alamy Live News ; picture alliance / istock (DR) ; Waltraud Grubitzsch/dpa-Zentralbild/ Alamy ; SDI Productions / istock ; dpa / picture alliance /alamy **p.34 de hg à bd** Joerg Carstensen / dpa picture alliance archive / Alamy Stock Foto ; Daniel Reinhardt/dpa/Alamy Live News Dan Grytsku / Alamy Stock Foto; Dinçer Güçyeter (DR) **p. 3** Paul Zinken/dpa/Alamy Live News **p.36 hg à bd** Daniel Ernst / Alamy Banque d'Images; Bernd Weissbrod / dpa picture alliance / Alamy Stock Foto ; Dan Grytsku / Alamy Stock Foto **p.37** 2019, real Sarah Winkenstette © Orange Roughy Filmproduktion **p.40 a:** akg-images ; **b:** Artothek / LA COLLECTION; **c:** akg-images; **d:** akg-images; **e:** Axis Images / Alamy Stock Foto ; delcarmat/Shutterstock **p.41** Markus Wissmann/Shutterstock ; Markus Wissmann/Shutterstock © Ilija Trojanow **p.42/43** Jochen Tack/ imageBROKER/Photo 12 **p.44 de hg à bd** United Archives GmbH / Alamy Stock Foto ; imageBROKER.com / Alamy Stock Foto ; Rainer Jensen / Alamy Stock Foto ; Angelika Warmuth / Alamy Stock Foto ; Maurizio Gambarini / Alamy ; **p.45 h** Agencja Fotograficzna Caro / Alamy Stock Foto ; **b** United Archives GmbH / Alamy Stock Foto ; **p.46** United Archives GmbH / Alamy Stock Foto ; **p.47 de hg à bd** WENN Rights Ltd / Alamy Stock Foto ; Peter Timm/ullstein bild via Getty Images ; picture-alliance/ dpa/ dpaweb / XAMAX **p.48 de hg à bd** WENN Rights Ltd / Alamy Stock Foto ; Agencja Fotograficzna Caro / Alamy Stock Foto ; Photo by Ursula Düren/picture alliance via Getty Images **p.49** YAY Media AS / Alamy Stock Foto **p.51** dpa picture alliance / Alamy Stock Foto **p.52 de hg à bd** Kzenon / Alamy Stock Foto ; pikselstock / Maya Claussen/Alamy Alamy Stock Foto ; Marjorie Curtis/Spoa Simon/Sipa **p.55** © Bürgerportal in-gl.de **p.57** © RTL Deutschland ; **p.60 de hg à bd** Mode Images / Alamy Stock Foto ; ImagesBazaar / Alamy Stock Foto ; mauritius images GmbH / Alamy Banque d'Images ; Aleksei Isachenko / Alamy Stock Foto ; Iain Masterton / Alamy Stock Foto **p.61** © Bundesministerium für Familie, Senioren, Frauen und Jugend, Plakat zur Strategie gegen Einsamkeit. **p.62** Wolfgang Kunz/Fotofinder.com **p.64 g:** DimaBerlin/ Shutterstock ; **d:** fast-stock/Shutterstock ; **b:** fizkes/ Shutterstock **p.65** Ground Picture / Shutterstock **p.67 h:** EF Stock/Shutterstock ; **bg:** Werner Otto / Alamy Stock Foto ; **bd:** imageBROKER.com / Alamy Stock Foto ; **p.68 de hg à bd** Pictorial Press Ltd / Alamy Stock Foto ; Panther Media GmbH / Alamy Stock ; Foto Lebrecht Music & Arts / Alamy Stock Foto ; IanDagnall Computing / Alamy Stock ; Foto Allstar Picture Library Limited. / Alamy Stock Foto **p.69** © Die Fantastischen Vier (DR) **p.70/71** Karl F Schoefmann/ImageBROKER/Photo12 **p.72 de hg à bd** Martin Köbsch / Alamy Stock Foto ; Sina Ettmer/Adobe Stock ; imageBROKER.com / Alamy Banque d'Images ; imageBROKER.com / Alamy Banque d'Images ; Gavin Rodgers / Alamy Banque d'Images **p.74** DR **p.77** imageBROKER.com / Alamy Stock Foto **p.79 h** Animaflora PicsStock + **bd:** Hans Dieter Tylle © Adagp 2025 (DR), **p.80 de hg à bd** Jens Wolf/ picture alliance/ZB ; Moritz Frankenberg/ picture alliance/dpa ; Westend61 GmbH / Alamy Stock Foto ; Torsten Sukrow/ picture alliance / SULUPRESS.DE ; Moritz Frankenberg/ picture alliance/dpa **p.82** BearFotos / Shutterstock ; **p.84 h:** New Africa / Shutterstock; **b:** AMJ Fotografia / Shutterstock ; **p.85** TobiasTropper / Shutterstock **p.88 de hg à bd** Richard Allen / Alamy Stock Foto ; Angela Serena Gilmour / Alamy Stock Foto , 2ebill / Alamy Stock Foto ; Andres Felipe Carulla / Alamy Stock Foto ; ColsTravel / Alamy Stock Foto **p.89 hg** © Christian Limmer **p.92 de h en b** Loocid/Shutterstock ; Bartolomiej Pietrzyk/ Shutterstock ; Hervé Donnezan / Alamy Stock Foto ; **p.93** Bildagentur-online / Alamy Stock Foto **p.96 g** Mo Photography Berlin/Shutterstock; **de milieu hg à bd** LightField Studios/Shutterstock ; Alexander_Peterson/Shutterstock ; picture alliance/dpa | Moritz Frankenberg ; industryviews/Shutterstock **p.97** djumandji/Shutterstock ; **p.98/99** blickwinkel/ Alamy/ Photo12 **p.100 de hg à bd** Andrew Angelov / Shutterstock ; Sergey Novikov / Shutterstock ; Andrew Lloyd / Alamy Stock Foto ; Tupungato / Shutterstock ; Peter Gudella Shutterstock **p.101** © Timo Bühler / Universität Wien **p.102** © Roman Ritscher (DR) **p.104 de hg à bd** Vadim Zakharishchev/Shutterstock ; KlausL/Shutterstock ; Zalanif/Shutterstock **p.105** AllaMa/Shutterstock ; **p.107** Kari Ahlers / Shutterstock **p.108 de hg à bd** Sven Braun/dpa/Alamy Live News ; Westend61 GmbH / Alamy Stock Foto ; ZUMA Press, Inc. / Alamy Stock Foto ; Sebastian Christoph Gollnow/dpa/Alamy Live News ; Roberto Pfeil/dpa/Alamy Live News **p.110 h:** Issarawat Tattong/Shutterstock ; **b:** Tero Vesalainen / Alamy Stock Foto ; **d:** DR ; **p.111** © Ronja Polzin; jung genug-Redaktion **p.112 h:** Rolf Kremming/Shutterstock ; **b:** Felix Geringswald/Shutterstock ; **p.113** Peter Endig/dpa/Alamy Live News **p.115** Xavier Lorenzo/Shutterstock **p.116 de hg à bd** Wolfgang Diederich / Alamy Stock Foto; Joerg Boethling / Alamy Stock Foto ; Markku Rainer Peltonen / Alamy Stock Foto ; 360b/Shutterstock ; Arterra Picture Library / Alamy Stock Foto **p.119 hg:** Forgem/Shutterstock ; **hd:** © Miriam Wurster **p.121** ©HSB-Cartoon/ toonpool.com **p.123** SeventyFour/Shutterstock **p.124 bg** canadastock/Shutterstock ; milieu Lucky Business/Shutterstock **milieu de hg à bd** JAUBERT French Collection / Alamy Stock Foto ; Andrew Lloyd / Alamy Stock Foto (b) Illustronaut / Alamy Stock Foto **p.126/127** Geisler-Fotopress/dpa-pa/ Photo12 **p.128 de hg à bd** DR ; © QMRK en collaboration avec Mesk 1 ; Alice-D / Shutterstock ; Giancarlo Costa / Bridgeman Images ; imageBROKER.com / Alamy Stock Foto **p.130** BIS / Ph. Giancarlo Costa © Archives Larbor **p.132 b** andreiuc88/Shutterstock **p.133** Art Collection 3 / Alamy Stock Foto **p.136 de hd à bd** FlixPix / Alamy Stock Foto ; cabuscaa / Alamy Stock Foto ; Stock Foto Kawka / Alamy Stock Foto ; © Andy Stückl ; FlixPix / Alamy Stock Foto **p.138 hg** © Greyhound /Impuls Productions/ Collection CHRISTOPHEL; bd © Free Turn/Tempo Productions/7e Art/ Photo12 **p.141** The Picture Art Collection / Alamy Stock Foto **p.144 hg** Goethes Faust 2020 real Karsten Pruehl © Picturis Produktion/ **c ;** hd dpa picture alliance / Alamy Stock FotoRobbie Jack / Contributeur hd Matthias Bein/dpa/Alamy Live ; **bg** © Royal Ballet and Opera / ArenaPAL bd Faust (Omnia)DR ; **p.146 h** ©; bg Matt/ Alamy ; **bd** © faust-rockoper@deutsche-mediengesellschaft.de **p.148** United Archives GmbH / Alamy Stock Foto; m © Proline Film/Collection CHRISTOPHEL **p.153 h** slavantonov/Shutterstock (3 images) b Tal der Nibelungen 2024 real Cyrill Boss & Philipp Stennert © Contantin FIlms / RTL+/ Collection CHRISTOPHEL **p.154/155** imageBROKER.com / Alamy Stock Foto **p.156 de hd à bd** Eden Breitz / Alamy Stock Foto ; MNStudio / istock ; DR; Jens Kalaene/dpa/Alamy Live News ; Michael Kappeler/dpa/Alamy Live News **p.158** affiches de film tandem/Langue Étrangère, 2024 real Claire Burger © Les Films de Pierre **p.159** Cast Of Thousands /Shutterstock (g) ; Natalia Sharygina / Shutterstock (d) **p.160 h** EVA105/Shutterstock ; **b** Prostock-studioShutterstock **p.164 de hd à bd** Panther Media GmbH / Alamy Stock Foto ; imageBROKER.com / Alamy Stock Foto ; Imago / Alamy Stock Foto ; dpa picture alliance / Alamy Stock Foto ; dpa picture alliance archive / Alamy Stock Foto ; **p.166** © Ira Peter **p.167** DR **p.168 h** Patrik Forsberg / Alamy Vektorgrafik m Wolfgang Spitzbart / Alamy Stock Foto bd Semiletava Hanna / Shutterstock **p.169** Gunter Kirsch / Alamy Banque d'Images **p. 171** PjrDigital / Alamy Stock Foto **p.172 de hd à bd** classicpaintings / Alamy Stock Foto ; Zoonar GmbH / Alamy Stock Foto ; © Hansa Teutonica (DR) ; Sina Ettmer Photography / Shutterstock ; DR **p.174 g** Scott Wilson / Alamy Stock Foto ; d imageBROKER.com / Alamy Stock Foto **p.175** Menzeres/Shutterstock **p.176 de hd à bg** Vera Larina/Shutterstock ; LukeOnTheRoad/Shutterstock **p.177** Stefan Sauer/dpa/Alamy Live News **p.179** sadman/Shutterstock **p.180/181** Sina Ettmer/Adobe Stock **p.180** Prisma by Dukas Presseagentur GmbH / Alamy Stock Foto **p.181** Ksenia Lada/Shutterstock **p.182** Oksana/Adobe Stock **p.182/183** Oksana/Adobe Stock **p.203** Bildagentur-online/Joko / Alamy Stock Foto **Autres photos :** Freepik **Références des textes p.19** Annette Mierswa Instagir © Loewe-Verlag **p.25** © welt.de (DR) **p.26** © alpenclassics (DR) **p.27**Anna KleinBR24 (DR) **p.33** © Avant-Verlag **p.34** Wladimir Kaminer, Ausgerechnet Deutschland. Geschichten unserer neuen Nachbarn © 2018 Wilhelm Goldmann Verlag, München, in der Penguin Random House Verlagsgruppe GmbH © Sasa Stanišić ©, HERKUNFT © 2019 Luchterhand Literaturverlag, München, in der Penguin Random House Verlagsgruppe GmbH © S. Fischer Verlage (D. Güçyeter) **p.46** Tagesspiegel (DR) **p.47** © Jochen Förster GQ Germany (DR) **p.54** Maxim Leo, Wir werden jung sein © Kiepenheuer & Witsch **p.55** © Bürgerportal in-gl.de **p.61**© Bundesministerium für Familie, Senioren, Frauen und Jugend **p.62** General-Anzeiger Bonn (DR) **p. 63** Wilde Stadt, Claudia Fromme, SZ.de of March 27, 2024 **p.73** ©Tobias Krone, Deutschlandfunk (DR) **p.74** ©Jens Voss, National Geographic (DR) **p.75** © Saarländischer Rundfunk (DR) p. 83 Paul Bühre, Das Jahr nach dem Abi © Ullstein Buchverlage GmbH, Berlin 2018 **p 90** Harald Stutte, Wir wünschten uns Flügel © Rowohlt-Verlag **p.102** © wdr. de (DR) ; bild.de (DR) **p.103** reisevergnuegen.com (DR) **p.110** © diskutiermitmir (DR) ; © jugendbudget ; © Demokratie braucht dich **p.117** Gudrun Pausewang, Die Wolke © Ravensburger (DR) **p.129** © Isabell Schmitt-Egner **p.131** Gallus Frei-Tomic literaturblatt.ch (DR) © **p.137** © houseofswitzerland.ch (DR) **p.139** persoenlich .com (DR) **p.146** © Klett-Verlag **p.147** Fatma Aydemir, Doktormutter Faust © Suhrkamp-Verlag **p.157** © bundesregierung.de (DR) **p.158** © OFAJ/DFJW, Paris/Berlin, 2025 **p.158** © deutschland.de (DR) **p.166** © Ira Peter **p.167** © Matthias Kneip deutsches-polen-institut (DR) **p.173** © Wir sind Lübeck (DR) **p.175** © hanse.org (DR)

Malgré nos efforts, il nous a été impossible de joindre certains photographes ou leurs ayants droit ainsi que les éditeurs ou leurs ayants droit pour certains documents afin de solliciter l'autorisation mais nous avons naturellement réservé en notre comptabilité des droits usuels.

Achevé d'imprimer en Italie par Grafica Veneta - Dépot lègal : Mai 2025 - Edition 01 - 76/4216/6